austernbank verlag

Die Originalausgabe erschien unter dem Titel
„Une bouche sans personne" bei Éditions Aux forges de Vulcain, 2016,

1. Auflage 2017

Bettina Deininger, München
www.austernbank-verlag.de

Gestaltung: Anja Wesner, München
Satz: textum GmbH, München
Druck: Druckerei Theiss GmbH
ISBN 978-3-946687-00-9

Gilles Marchand

EIN MUND OHNE MENSCH

Roman

Aus dem Französischen
von Bettina Deininger

austernbank verlag

Für meine Großeltern,
Für meine Eltern
Für meine Brüder
Für Milo und Elliot

„Die Dinge, die niemand kennt und die keine Spuren hinterlassen, existieren nicht."

Italo Svevo, Zenos Gewissen.

Kapitel
0

Ich habe ein Gedicht und eine Narbe.

Von meiner Unterlippe bis weit ins Innere meines Hemdes reicht dieser Abdruck der Geschichte, diese unauslöschliche Zeichnung. Ich gebe mir alle Mühe, sie mit meinem Schal zu verdecken, um den Menschen, die meinen Weg kreuzen, den Anblick zu ersparen. Was das Gedicht anbelangt, so verfolgt es mich wie eine eingängige Musik. Seine Worte kriechen in meinem Kopf umher, den sie gerne verlassen würden, um der Welt von ihrem Schmerz zu künden. Ebenso wie meine Beine, meine Arme und meine Schulterblätter gehören das Gedicht und die Narbe zu mir. Ich muss sie nicht unbedingt genau betrachten, um zu wissen, dass es sie gibt. Ich habe nur gelernt, sie möglichst zu vergessen.

So viel zu meinem Schrank mit Erinnerungen. Ich habe ihn sorgfältig verschlossen, und meistens funktioniert das gut. Es ist die einzige Lösung, um – auf meine Weise – recht glücklich zu bleiben. Aber Schlösser können brechen, und es ist unmöglich, eine Narbe zu vergessen, wenn sie als Maske dient, die man nicht abnehmen kann.

Kapitel 1

Die Scheibe ist beschlagen. Schwierig, nach drinnen zu sehen.

Noch sind keine Gäste da. Auf den Tischen stehen Kerzen, die meisten noch nicht angezündet. Ein Geruch von kaltem Tabak und Bier, ein wenig Schweiß und vielleicht ein Hauch Feuchtigkeit. Die Farbe an den Wänden blättert wie bei mir zu Hause ab. Sie wird ursprünglich wohl weiß gewesen sein. Oder gelb. Schwierig, sich die Farben genau vorzustellen. Alte Kinoplakate sind mit Reißnägeln an den Wänden befestigt. Das größte ist *Forbidden Planet*: Eine Art Roboter, ein schwarzes, leicht gruseliges Michelin-Männchen, der eine junge Frau auf seinen Armen trägt. Im Hintergrund sieht man Berge, einen Planeten, von einem Ring umgeben, und eine Untertasse, die wie ein Raumschiff aussieht, obwohl sie auf dem Boden steht. Die Frau ist blond, und man muss zweimal hinschauen, um sicher zu sein, dass sie bekleidet ist. Jedes Mal, wenn mein Blick das Bild streift, kann ich es mir nicht verkneifen nachzuschauen, ob das Kleid noch da ist.

Die Aschenbecher sind voll, teilweise laufen sie bis auf die runden Gläserabdrücke auf den Tischen über. Die wackeligen Stühle sind da, ebenso das zerkratzte Parkett und der alte Regenschirm, der vor zwei Jahren am Eingang vergessen wurde. Niemand kam zurück, um ihn zu suchen, und niemand wagte es bislang, ihn an sich zu nehmen. Selbst dann nicht, wenn es Bindfäden regnete. Er gehört zur Ausstattung, ebenso wie das Poster oder die alte Standuhr, die nicht mehr geht. Hinten im Raum hängt noch ein Poster, von einer Tombola, die vor zehn Jahren organisiert wurde. Eine Hälfte des Datums ist unleserlich geworden, aber es war 1978. Das Poster ist hässlich und nichtssagend. Ich nehme an, es hängt einfach noch da, weil niemand es abgenommen hat.

Lisa steht am Tresen. Wie in den Filmen, in denen Frauen am Tresen stehen. Wie auf Fotos, auf denen Frauen am Tresen stehen. Wie auf Gemälden, auf denen Frauen am Tresen stehen: Mit einem Geschirrtuch in der Hand wischt sie die Bar ab. Ganz Gedanken verloren, hat sie mich nicht gesehen. Ich beobachte sie von hinten aus einer Dreiviertel-Perspektive. Ihren Nacken, eine Haarsträhne, die ihr auf die Schulter fällt, ihre Arme, die sich im Rhythmus des Geschirrtuchs bewegen. Ich rühre mich nicht, um den Augenblick zu genießen. Ein altes Musikstück kommt aus dem Lautsprecher. Lisa stützt sich auf ihren Ellbogen und atmet durch, sichtbar erschöpft.

Auf ihrem Rücken schmiegt sich die Bluse an ihre Körperformen und lässt die Konturen der Rückenwirbel durchscheinen wie die zarten Abdrücke, die Wasser und Wind im Sand zeichnen. Kleine, regelmäßige Wellen, die meinen Blick einwiegen und auf denen ich mich in meinen Träumen ausruhe.

Ich räuspere mich. Eine sichere Methode, um auf sich aufmerksam zu machen. Sie dreht sich um und lächelt. Sie geht unter der Lampe durch, die über der Bar im Rhythmus des Ventilators pendelt, der immer läuft, egal, bei welcher Temperatur. Im Schein des Lichts wirkt Lisa noch einmal anders. Müde und glücklich. Schön und traurig. Es gelingt mir nie herauszufinden, wie sie wirklich ist.

„Du bist der Erste“, sagt sie zu mir.

„Sehe ich … Es ist früh."
„Spät oder früh, wie man's nimmt."
„Brassens?"
„Nein, Daho."
„Ah. Tut mir leid, ich bin beim Erkennen von Musiktiteln nicht sehr gut."
„Der hier ist gar nicht übel."
„Ja … na ja, es ist Daho."
„Magst du ihn nicht?"
„Ich finde ihn nicht schlecht."
„Ich auch. Toll aber auch nicht. Ich bin kein Fan der achtziger Jahre."
„Ich auch nicht. Lassen wir sie zu Ende gehen und dann sprechen wir uns wieder."
„Einen Kaffee?"
„Einen Kaffee."
Sie stellt die Kaffeemaschine an, die eine pfeifende Dampfwolke ablässt. Währenddessen klopft sie das Kaffeepulver auf einen Holzsockel. Der Klang von 100 % Arabica. Da es für einen Kaffee schon zu spät ist, achtet sie darauf, ihn für mich mit einem Schluck Whisky zu verlängern. Eine Art Irish Coffee ohne das ganze Tralala. Es muss auch einen Namen dafür geben. Hier sagen wir Kaffee dazu.

Eben gerade ist ein kalter Wind um meine Schultern gestrichen. Ich halte Ausschau nach einem Schauder auf Lisas Rücken. Der sich nicht einstellt. Ein andermal vielleicht. Denn Schauder verabreden sich nicht und kündigen ihre Ankunft nicht an. Das macht ja ihren Charme aus. Die Tür geht auf. Sam winkt uns zu und legt seinen Mantel auf der Rückenlehne eines Stuhls ab. Er zieht seine beschlagene Brille ab und wischt sie mit seinem Hemdschoß ab. Unzufrieden mit dem Ergebnis, haucht er die Gläser an. Er verzieht das Gesicht zu einem leichten Lächeln.
„Guten Abend."
„Grüß dich, Sam. Kaffee?"
„Kaffee."

Sam ist noch nie ein leidenschaftlicher Redner gewesen. Wir kennen uns seit knapp zehn Jahren, kurz nachdem das Poster mit der Tombola aufgehängt wurde. Wir trafen uns hier. Zufällig. Die typische Begegnung zweier Nachtschwärmer. Ein plötzlicher Regenguss, ein beleuchtetes Schild, eine geöffnete Bar, eine hübsche und zurückhaltende Kellnerin, Kaffee. Das war alles, was wir brauchten.

Daraus wurde ein regelmäßiges Treffen. Am Anfang nicht jeden Abend, aber drei-, viermal in der Woche. Wir setzen uns hin, hören Musik, spielen ein paar Runden Belote, rauchen. Manchmal diskutieren wir, aber nicht unbedingt.

Wieder ein Luftzug. Lisa schaudert immer noch nicht. Sie bereitet schon die Kaffeemaschine vor, die noch warm ist. Thomas ist gekommen. Er ist älter, gut um die sechzig. Als er jung war, gab es noch nicht so viele Leute, die Thomas hießen, hatte er uns am ersten Tag gesagt, um sich zu entschuldigen. Das war nicht an diesem Regentag, sondern später, an einem anderen. Er kam gerade von der Besichtigung einer Wohnung im Viertel und wollte dessen nächtliche Atmosphäre austesten. Schließlich hatte er die Wohnung nicht genommen, sondern fand nur ein paar Wochen später eine andere in der Straße von Lisas Café. Thomas ist viel gesprächiger und bereit, sich in jede noch so kurze Konversation zu stürzen. Seine Bildung scheint allumfassend, seine Neugierde unstillbar. Er begeistert sich für alles: klassische Musik, Literatur, Theater, zeitgenössische Kunst. Und sollte ihn jemand auf die Olympischen Spiele in Rom 1960 ansprechen, könnte er sicherlich die Namen der acht Finalisten des 100-Meter-Laufs in der Reihenfolge ihrer Zielankunft nennen. Seine einzigen Wissenslücken sind „Rock, Pop und seine elektronischen Brüder und Schwestern“, wie er sie nennt. Für ihn braucht Musik keinen Verstärker.

Damals war er Inhaber einer Papeterie, die er verkaufte, weil er beabsichtigte, ein anderes Geschäft zu finden und zu übernehmen. Er fand keines, suchte aber auch nie ernsthaft danach. Seitdem liest er und arbeitet an einem Roman, von dem er erstaunlicherweise so gut wie nie spricht.

Er setzt sich, ohne sich die Mühe zu machen, den Mantel abzulegen. Ein langer grauer Mantel, den er permanent trägt. Gleich welche Jahreszeit, welche Tageszeit oder Tätigkeit, er trägt seinen großen grauen Mantel. Das wirkt wie eine Konstante in unserem Leben. Ein gutes altes, abgetragenes Kleidungsstück. Eine Mütze und ein Bart. Eine Art Nikolaus vor dem Zeitalter des Farbfilms. In etwas kleinerer Ausführung. Fehlen noch die Rentiere und zehn Zwerge. Also sagen wir, ein Nikolaus in Zivil, der vermutlich abgenommen hat und sich auf einen Kaffee mit seinen Freunden trifft.

Das Erste, was man hört, wenn Thomas kommt, ist sein Feuerzeug. Nachdem er in den Tiefen seiner Taschen gewühlt hat, fördert er ein verrostetes Zippo zutage, das durch welches Wunder auch immer noch funktioniert. Das *Klack* beim Öffnen, das Geräusch des Steins, der Geruch von Benzin, die Zigarette, die zu glimmen beginnt, und schließlich die Rauchwolke. Er nimmt einen Zug, bevor er auch nur ein Wort sagt. Das ist das Startsignal. Sam und ich holen unsere Schachteln heraus, und der Raum hüllt sich in Graublau. Selbst Lisa hinter der Theke widersteht nicht. „Die Erste heute Abend." Es ist wie eine Zeremonie: Die Erste wird immer von Thomas' Zippo angezündet.

„Kaffee, Thomas?"

„Kaffee! Und, Lisa, wie war der Tag? Was war los hier?"

„Na ja, ein paar Leute waren schon da …"

Immer noch kein Schauder, als sich die Tür zum vierten Mal öffnet. Lisa friert wohl nie. Sie muss mit einem selbstregelnden Wärmesystem ausgestattet sein, das ihr ein zukünftiger Kunde geschenkt hat. Der Roboter vom Plakat. Ich sollte mich erkundigen, ob die Heldin aus *Forbidden Planet* fröstelt.

Jetzt ist ein alter Mann hereingekommen. Er führt Selbstgespräche. Eine Art Stammgast, aber nicht von hier. Ein Stammgast von anderswo.

Lisa stellt ein Tablett bei uns ab.

„Kaffee, Zucker, Löffel, Aschenbecher, alles ist da, meine Herren, ihr könnt nachzählen."

Sam schaut sie verliebt an. Thomas schaut sie verliebt an. Ich schlage meine Augen nieder. Ich atme tief ein, um einen Lufthauch ihres Parfums einzufangen. Ein kleines Vergnügen, das ich mir gestatte und das mich zu nichts verpflichtet, ehe sie in den Vorratsraum entschwindet.

Ich schaue sie niemals aus der Nähe an. Ich wage es nicht. Darauf haben mich Thomas und Sam übrigens schon mehrmals hingewiesen und mich wegen meiner Gefühle Lisa gegenüber aufgezogen. Sie sind klar und rein. Ich betrachte Lisa als eine Freundin. Eine Freundin, in die ich verliebt bin. Eine bequeme Liebe und eine, die ich mir erlauben kann. Lisa ist schön, sie ist intelligent, sie ist freundlich, sie ist unerreichbar für mich. Ich riskiere nicht, es darauf anzulegen. Ich erwarte nichts als ihre Freundschaft. Ich fordere nicht mehr, als sie mir bereitwillig gibt. In der Liebe bin ich wie bei der Arbeit: Ich halte mich bedeckt. Ich pflege meinen Kokon als Rückzugsort. Ehrgeiz ist ein Begriff, der mir in diesen beiden Bereichen völlig fremd ist. Meine Kindheit und Jugend waren prägend, und ich begriff schnell, dass weder mein Liebesleben noch mein gesellschaftliches Leben nicht gerade das eines romanesken Spaßvogels sein würde. Was die Arbeit anbelangt, wählte ich den strengen und beruhigenden Rahmen der Zahlen. Eine Welt, die ich kontrollieren kann. Ohne echte Überraschungen. Ohne mich täglich mit Männern und Frauen konfrontiert zu sehen, die mich anstarren. Ohne Situationen, die mir entgleiten könnten und auf die ich mich einstellen müsste. Zahlen bleiben immer Zahlen, und bei mir sind alle Vorgänge gut aufgehoben. In meinem Gefühlsleben herrscht das gleiche Prinzip. Auch auf die Gefahr hin, alleine zu leben, ist diese Träumerei immerhin angenehm. Für meine Liebesfantasien wählte ich Lisa. Was meine Freunde angeht, so sitzen sie alle hier in diesem Café. Für mich passt das wunderbar zusammen. Wenn also die Tresentür schlägt und Lisa zu uns kommt, um den heißen Kaffee mit Whiskey aufzufüllen, schaue ich sie nicht an. Nähe würde Versuchung nach sich ziehen. Versuchung würde Frustration auslösen. Ich starre auf das Poster von *Forbidden Planet*. Der verbotene Planet, eine gute Zusammenfassung meines Lebens. Alles dreht sich nur darum, mir darüber im Klaren zu sein und damit zufrieden sein zu können.

Meinen Kaffee zu trinken, ohne meine Umgebung mit dem spektakulären Anblick meiner unteren Gesichtshälfte zu behelligen, ist immer eine gefährliche Übung. Die Bewegung muss genau und schnell sein, ohne jeden Spielraum, es spontan anders zu machen: Ich führe die Tasse an meine Lippen und ziehe meinen Schal um wenige Zentimeter herunter, nur für die kümmerlichen Sekunden, die die Flüssigkeit benötigt, um durch meinen Rachen zu rinnen. Aber heute Abend zog sich der Schal nicht rechtzeitig zurück. Oder die Tasse kam zu schnell. Ich kann den Schrei nicht unterdrücken. Der Kaffee rinnt meinen Hals entlang, tränkt meinen Schal, während die Tasse am Boden zerbricht, nachdem sie erst vom Tisch und dann von meinem linken Knie abgeprallt ist.

Nach drei oder vier Sekunden der Stille fragt mich Sam, ob ich mich verbrannt habe. Lisa geht davon, um ein Handtuch zu holen, und Thomas beschränkt sich auf ein „Tja“, das ich nicht vollständig deuten kann.

Auf der Toilette eingeschlossen, schreite ich zu einer schnellen Bilanzierung: Meine Hose und mein Hemd sind auf wundersame Weise verschont geblieben, aber mein Schal wird sich von diesem schrecklichen Unfall wahrscheinlich nicht erholen. Er hat alles für die anderen auf sich genommen, hat sich aufgeopfert. Ich reinige ihn, so gut es geht. Aber es ist nichts zu machen: Der Abend wird kürzer ausfallen als vorgesehen. Der Stoff, vollgesogen mit Flüssigkeit, hat seine Form ganz verloren. Er ist schwer geworden, hängt nachlässig herunter und gibt den Blick auf mein Kinn und einen Teil meines Halses frei. Ich ziehe den Rollkragen meines Pullovers so weit wie möglich hoch und halte den Schal mit einer Hand fest, als ich die Toilette verlasse.

Als ich mich gerade verabschieden will, bemerke ich, dass Lisa eine frische Tasse auf den Tisch gestellt hat. Ich danke ihr, erkläre aber, indem ich mit meiner freien Hand auf den Zustand meines Schals verweise, dass ich nach Hause muss. Sam und Thomas bestehen darauf, dass ich zumindest noch meinen Kaffee trinke.

Thomas, verlegen und entschlossen zugleich, stützt seine Ellbogen auf den Tisch und betrachtet mich.

„Warum legst du diesen verfluchten Schal nicht ab?"

Stille. Er schaut mir weiterhin in die Augen, während Sam sich anstrengt, lässig zu wirken. Es ist nicht das erste Mal, dass sie mich zu diesem Thema befragen. Seit dem ersten Tag sagen sie mir, dass ich ihn ablegen kann. „Ist doch heiß damit", „Du wirst frieren, wenn du rausgehst", „Wir sind unter Freunden, du hast nichts zu befürchten" … Sie hakten mehrmals nach, ohne zu sehr darauf herumzureiten, um sich schließlich dafür zu entschuldigen, dass sie sich in Dinge einmischen, die sie nichts angehen. Ich habe niemals nachgegeben. Es gibt keinen Verhandlungsspielraum, weil es für mich nichts zu gewinnen gibt. Und mit seinen Freunden verhandelt man nicht.

Heute Abend ist es jedoch anders. Da ist noch etwas. Nicht Mitleid, aber etwas liegt in der Luft zwischen dem Tresen, dem Lagerraum, unserem Tisch und der Eingangstür. Etwas, das mit dem Rauch unserer Zigaretten spielt, das die Blicke meiner Freunde vernebelt und ihre Stimmen in einem Timbre schwingen lässt, das ich nicht zuordnen kann. Ich habe große Lust, sie zu fragen, was los ist, und entscheide mich für die Formulierung, die unter diesen Umständen die wirkungsvollste ist:

„Was ist los?"

„Nichts. Warum?"

„Doch, ich spüre es genau. Da ist so etwas wie ein Duft. Ihr wisst schon, diese Düfte, die in bestimmten Büchern beschrieben sind. Diese undefinierbaren Düfte, von denen man nie weiß, ob es sie wirklich gibt oder ob es sich nicht um einfache Stilfiguren handelt, wie „Angst" oder „Geld". Etwas, das an mir vorbeizieht und das ich nicht fassen kann."

„Hier wabert ein Duft umher?" Sam fühlt sich nicht wohl in seiner Haut und beginnt, auf seinem Stuhl herumzurutschen.

„Bei dieser Beschreibung würde ich eher von einem umhergeisternden Duft sprechen", fügt Thomas hinzu.

„Nein, es geht gar nicht um den Duft. Was habt ihr ausgeheckt?"

„Aber nein, es gibt keine Verschwörung, kein Geheimnis, keinen undefinierbaren Duft. Wir sind nur darauf aus, dass du bei uns bleibst! Du wirst ja nicht nur deshalb gehen, weil du deinen Schal befleckt hast!"

„Morgen komme ich wieder, keine Sorge. Ärgert ihr euch, weil ihr zu meinem Geburtstag eine Überraschungsparty vorbereitet habt und ich jetzt die Feier ruiniere, weil ich gehe?"

„Du hast heute Geburtstag?"

„Nein … Aber ihr hättet ja eine kleine Feier vorgesehen und euch im Datum getäuscht haben können."

„Wann ist denn dein Geburtstag?"

„Unwichtig."

„Unwichtig. Das ist doch verrückt. Sobald es um dich geht, antwortest du: ‚Unwichtig'."

„Tut mir leid."

„Nein, nein, dir muss nichts leidtun. Es ist nur … Wie soll ich sagen? Ein wenig verwirrend. Um ehrlich zu sein, wir haben gestern darüber gesprochen, nachdem du gegangen warst …"

„Ihr sprecht über mich, sobald ich euch den Rücken zukehre?"

„Na und? … Wir sprechen über alles und jeden, wenn du uns den Rücken zukehrst."

„Also – was habt ihr gesagt?"

„Das hier: ‚Unwichtig, unwichtig, unwichtig.' Wie lange kennen wir uns? Seit zehn Jahren, oder?"

„Neun Jahre. Es war 1979."

„Was für ein Gedächtnis! Neun Jahre … und wir kennen dich nicht."

„Aber klar doch!"

„Also gut: Du bist Buchhalter, du bist ungefähr einen Meter achtzig groß. Du magst Bücher, die Beatles, Belote, und du lässt niemals deinen Schal im Stich. Das ist alles, was wir wissen!"

„Es gibt sonst nichts Interessantes zu wissen."

„Vielmehr nichts, was du sagen würdest. Wir zwingen dich wohlgemerkt zu gar nichts. Wir treffen uns, trinken etwas zusammen, rauchen, blödeln herum, spielen Karten. Das gefällt uns gut. Es ist nur so, dass … du zeitweise anderswo bist. Wir bekommen dich nicht fassen. Sobald die Unterhaltung ernsthaft wird, entwischst du uns und fliehst."

Es ist das erste Mal, dass einer unserer Abende eine solche Wendung nimmt. Ich weiß nicht, was ich sagen und wie ich mich verhalten soll. Ich fasse die Möglichkeit ins Auge, den Tisch umzukippen, die Tassen fliegen zu lassen und Türen schlagend zu gehen. Natürlich lasse ich das sein. Lisa ist einer der Gründe, weshalb ich mich zurückhalte. Für sie wäre es am unangenehmsten. Und außerdem ist die Tür mit diesem mechanischen System ausgestattet, das Türenschlagen gerade verhindert. Mein Abgang, so theatralisch er auch sein könnte, würde ein klein wenig schiefgehen.

Vor allem kann ich meinen Freunden nicht böse sein. Andere hätten mich sicherlich schon viel früher einem Verhör unterzogen, mir mit Fragen zugesetzt, sich über mein Schweigen, über meine andauernde Zurückhaltung geärgert. Sie dagegen sind immer respektvoll geblieben. Wenn sie sich durchringen, mich etwas zu fragen, dann ist es nicht, um einen voyeuristischen Instinkt zu befriedigen. Sie wahren mein Schamgefühl, sprechen leise. Sie suchen Blickkontakt, den ich versuche zu vermeiden. Ich möchte nicht, dass sie meine Wut sehen, die sie nicht verdient haben. Ich will nicht, dass sie bemerken, wie verstört ich bin.

Ich winke Lisa zu und gebe Sam und Thomas die Hand. Sie entschuldigen sich, sie bitten mich zu bleiben, erklären mir, dass jetzt Schluss ist mit den Fragen. Dass sie mich nehmen, wie ich bin, mit meinem Schweigen und meinem Schal. Egal, welches Geheimnis ich für mich behalten will.

Kapitel 2

Für die Dauer eines Augenblicks bin ich versucht, meinen Schal abzulegen und ihn in den Rinnstein zu werfen. Aber ich traue mich nicht. Wie ein Fußballspieler, der einen Elfmeter verschossen hat, erlebe ich in einer Endlosschleife den Moment wieder, an dem der Abend kippte, als der Inhalt der Tasse um wenige Zentimeter danebenging. Ich laufe ohne Ziel umher und überlasse es dem Zufall, welche Straße ich nehme, um mich zu beruhigen, um auf andere Gedanken zu kommen. Weil mir zielloses Laufen um Mitternacht die einzige Wahl zu sein scheint, die mir bleibt.

Mein Streifzug führt mich zu einer Bar, aus der ein Höllenlärm dringt. Ich weiß nicht, was mich hineinzieht. Mich, der diesen Orten des Nachtlebens so abgeneigt ist. Aber ich überschreite die Schwelle, ohne im Geringsten zu zögern. Meine Augen benötigen eine gewisse Zeit, um sich an die Dunkelheit zu gewöhnen, aber dann steuere ich erfolgreich auf den einzigen freien Tisch ganz hinten im Raum zu. Die Leute schreien sich gegenseitig an, weil sie sich über die Musik hinweg kaum verstehen können. Ich bestelle einen Whisky, um die Bilanz meines sozialen Lebens zu ertränken.

Ich bin Buchhalter. Ich zähle, ich rechne nach, ich verrechne ... Zahlenreihen, mit denen ich Blätter fülle, mit denen ich Ordner fülle, mit denen ich Metallregale fülle. All das ist sehr wertvoll. Zumindest versuche ich, mich davon zu überzeugen. Wenn ein Gesprächspartner mich nach meinem Beruf fragt, wechselt er unweigerlich das Thema, sobald er die schreckliche Nachricht vernommen hat: Ich bin Buchhalter. Ein Beruf wie eine Krankheit, für die man sich schämt. Natürlich gibt es die üblichen Scherze: „Und was zählst du?" Beim ersten Mal lächelte ich, beim zweiten Mal ebenfalls. Und ohne die ganze Geschichte wiederholen zu wollen, bin ich mir ziemlich sicher, dass ich auch beim dritten und vierten Mal angestrengt lächelte. Da Geduld nicht meine größte Stärke ist, ging ich ab dem fünften Mal zu einem Halblächeln über, das sich darauf beschränkte, den linken Mundwinkel zu verziehen. Beim zehnten Mal legte ich mir einen eisigen Blick zu, den ich jetzt perfekt beherrsche.

Es passierte mir, dass ich mich zum Scherzen aufgelegt fühlte und antwortete: „Was genau zähle ich ... das ist eine hervorragende Frage." Und für die längste halbe Stunde im Leben meines Gesprächspartners lege ich los. Es ist ein ziemlicher Genuss, den Blick desjenigen zu beobachten, der nicht versteht, dass seine geistreiche Bemerkung ernst genommen wurde: Sein Ausdruck geht von überrascht zu gelangweilt über, schließlich zu entsetzt, wenn er merkt, dass ich eine unverschämte Ausdauer unter Beweis stellen kann. Wenn ich einen guten Tag habe, kann ich eineinhalb Stunden zu diesem Thema sprechen. Das Geheimnis besteht darin, dem anderen systematisch das Wort abzuschneiden, um jede Hoffnung auf einen Themenwechsel zunichte zu machen. Ein nonstop Redefluss auf der Grundlage von zahlengestützten Fakten (nicht zu vergessen die Zahlen hinter dem Komma), Anekdoten, die mit Taschenrechner und Dreisatz funktionieren, und der erschöpfenden Liste von Handbüchern, deren Lektüre ich als unerlässlich erachte, um ein guter Buchhalter zu werden. Wenn das nicht reicht, erzähle ich meinen Tagesablauf.

Meinen Beruf zu erklären ist ein hervorragendes Mittel, um nicht mehr unbedacht eingeladen zu werden. Schluss mit den verpflichtenden Geschäftsessen und Umtrünken unter dem Vorwand, dem gleichen riesigen Unternehmen anzugehören. „Und du, was ist dein Job hier? Ich glaube nicht, dass ich dich schon mal gesehen habe.“ – „Ich bin Buchhalter.“ – „Und was genau zählst du?“ Dumm gelaufen, mein Guter ... Ich bin der schlechte Gast geworden, die Nervensäge, aber ich habe an Ruhe gewonnen. Ich bin mit Anfang zwanzig in das Unternehmen eingetreten, und jetzt, da ich die Mitte vierzig schon überschritten habe, verfüge ich die nötige Erfahrung, um mir die berufliche Umgebung eines Asketen zu schaffen.

Es scheint selbstverständlich zu sein, dass man sich gut mit seinen Kollegen versteht. Dass man in seinem Beruf aufblüht. Dass man die Leute im Unternehmen als eine große Familie betrachtet, wie eine große Bruderschaft oder besser: einen Stamm. Mit ihren Initiationsriten, Feierlichkeiten und Ereignissen, die man mit einer großen beruflichen Verbundenheit teilt. Ich persönlich kritisiere das System nicht. Ich verbringe meinen Tag über Heften voller Zahlen und Daten, alles wohlgeordnet in Spalten und Zeilen. Mein Büro misst ungefähr zehn Quadratmeter. Und wenn ich es mit einem Becher Kaffee oder einem perlenden Getränk in der Hand verlasse, dann nicht in der Hoffnung, mich mit jemandem anzufreunden. Morgens gehe ich hinein, abends hinaus. So erstaunlich es auch zu sein scheint, komme ich gut damit klar, alleine meinen Kaffee zu trinken, alleine meine Zigarette zu rauchen und alleine in meinen Notizbüchern zu kritzeln.

Glauben Sie nicht, dass ich Platzangst habe oder ein Menschenfeind bin. Übrigens legen meine Kollegen meistens auch keinen Wert auf meine Gegenwart. Bis auf ungefähr ein oder zwei Ausnahmen fällt es ihnen schwer, mich anzusehen, wenn sie mit mir sprechen. Sie fragen sich, was ich unter meinem Schal verberge. Sie versuchen, sich so zu verhalten, als wäre nichts. Ohne Erfolg. Sie strengen sich an, mir in die Augen zu schauen, aber ihre Pupillen fixieren einen Punkt, der zwischen meinen Augenbrauen und meinen Haarwurzeln liegt. „Nicht tiefer, nicht tiefer." Ich höre diesen kleinen Satz zwischen ihren Schädelwänden widerhallen, inmitten ihrer Erinnerungen an die Akademie für Handel, Kommunikation, Marketing oder sonst etwas.

Aus diesem Grund entziehe ich mich solchen Situationen lieber, als dass ich den Anschein wahre.

Private Beziehungen sind nicht so kompliziert.

So wie hier in der Bar, die ich niemals zuvor betreten habe, wo Dunkelheit und Zigarettenrauch mir eine notdürftige Maske bieten. Keiner fragt mich, was ich hier mache, welchem Beruf ich nachgehe, ob ich Kinder habe oder was ich hinter dem Schal verberge. Einsamkeit inmitten dieser Menge, die unaufhörlich wächst, spricht, schreit, dröhnt und singt. Die Musik schwillt weiter an. Die Gäste müssen ihre Bestellung mimisch aufgeben, und wenn das nicht reicht, um sich verständlich zu machen, auf den Tresen steigen. Seltsames Gefühl, in dieser Bar zu sein, die ich nicht kenne, in der ich kein Stammgast bin, in der Anonymität für die Versehrten des Lebens noch möglich ist. In der es zu den unveräußerlichen Gastrechten gehört, auf den Tresen zu steigen, um brüllend eine Bestellung durchzugeben. Wie alle anderen brülle ich also meine Bestellung. Die Musik, die noch einmal lauter geworden ist, überdeckt meine Stimme, und ich erkenne am anderen Ende des Raumes Musiker, die wie besessen in ihre Posaunen, Trompeten und Tuben blasen. Schatten, deren einziges Licht vom metallenen Schimmern ihres Instruments ausgeht. Männer und Frauen tanzen vor ihnen wie kreiselnde Derwische. Zwischen Musikern, Tänzern, Betrunkenen und Kellnern ist nicht mehr zu unterscheiden. Die Tische sind an die Seite gerückt, die Stühle aufgestapelt. Die Gläser werden in einer einzigen Bewegung, die scheinbar nichts und niemand anhalten kann, gefüllt, geleert und wieder gefüllt. Die Musiker blasen immer kräftiger in ihre Instrumente, lassen die Mauern erzittern und den Schaum auf den Gläsern tanzen. Stöcke werden ausgeteilt, und die Schatten trommeln auf alles, was ihnen größtmögliche Resonanz bietet: die Tische aus Resopal, den Tresen, die gusseisernen Heizkörper, den metallenen Deckel des Mülleimers.

Hier ist der Kunde König. Und das Getränk Königin.

Hier vergisst man alles und fängt von vorne an.

Ich gehe hinaus und atme durch. Ich kann in die Stille der Nacht zurückkehren.

Kapitel
3

Es ist kalt. Das bestätigt mir meine Bäckerin, die viel zu sagen hat. „Es ist kalt ...“ Eine knappe Information wie eine Meldung von AFP. Selbstsicher, die Stirn in Falten gelegt, befindet sie es nicht für nötig, ausführlicher zu werden. Gestern verkündete sie die Mehlkrise und tags zuvor den Preisverfall der Erdbeeren. So ist sie, meine Bäckerin: Sie verfügt über rätselhafte Informationen, die sie tropfenweise verbreitet. Eine Information pro Tag. Jedem steht es frei, sie selbst weiter zu verfolgen.

Abgesehen davon hatte sie recht: Heute Abend ist es wirklich kalt. Dampfender Atem entweicht dem Mund eines jeden Schattens, der den Gehweg auf- und abläuft. Rauchringe paffende Auf- und Abläufer, die einen Schritt zulegen, um nach Hause zu kommen.

Lisa und die Bäckerin. Die zwei Frauen meines Lebens, zu denen man richtigerweise die Dame, die jeden Abend ihren Hund ausführt, hinzufügen muss. Ich sollte wirklich versuchen, sie zu grüßen. Sie wird Angst haben, wie alle Menschen, die man nachts grüßt: Sie wird einen Schritt beiseite gehen, den Kopf zwischen die Schultern einziehen und mit kleinen, unsicheren Schritten davoneilen. Manchmal hat sie eine Zigarette im Mund. Oder sie blättert im Gehen mit einer Hand eine Zeitschrift durch. Man weiß ja nie.

Wenn ich sie ansprechen wollte, sollte sie eine Ausrede parat haben, um der Unterhaltung mit mir aus dem Weg zu gehen.

Als ich an ihr vorbeigehe, ehe ich meine Freunde treffe, hält sie ihr Tier fest an der Leine. Bekleidet mit einem großen Regenmantel und Stiefeln, ist ihr Gesicht unter dem Hut unsichtbar. Nur andeutungsweise kann man eines ihrer Brillengläser im Widerschein der Straßenlaterne erkennen. Ich frage mich, ob sie Kontaktlinsen trägt, wenn sie zur Arbeit geht. Wenn ich ihr diese Frage stellte, würde sie mich für einen Irren, einen Bettler, einen Dieb, einen Mörder oder einen Vergewaltiger halten, in dieser Reihenfolge. Ich werde es also nie erfahren. Das ist dramatisch.

Sie kommt nur langsam voran und müht sich, ein Wesen der Spezies Hund vorwärtszuziehen. Was gibt es Schlimmeres, als einen Hund auszuführen, wenn man in Paris lebt? Einen verstopften Hund ausführen. Ich fühle fast mit ihr. Sie redet auf ihn ein, sie drängt ihn, knuddelt ihn, fleht ihn an. Am Ende schreit sie ihn an. Armer Hund, arme Frau, armes Paar, arme Hunde-Darm-Passage.

Im Augenblick ist viel weniger los auf der Straße. Genau genommen nichts. Die Laternen verbringen ihre Zeit damit, leere Gehwege zu beleuchten. Kein Mann, keine Frau, kein Hund. Die seltene Pariser Einöde, selbst bei Nacht.

Die Glühbirne im Treppenhaus beleuchtet sporadisch die rissigen Wände und passt damit perfekt zur vertrauten Baufälligkeit der krachenden Stufen und zum alten Holz, das nach Schimmel mieft. Die Mülltonne wurde nicht vor die Haustür gestellt. Vor zwei Tagen ist die Concierge gestorben, und niemand hat gewagt, sie anzufassen. Die Mülltonne, nicht die Concierge. Heute Morgen kamen schwarzgekleidete Männer, auch die Familie war da. Brüder oder Onkel, darauf achtete ich nicht so sehr. Ich stellte keine Fragen. Ich hätte aufgewühlt sein sollen, denn ich kannte die Concierge seit zehn Jahren: Sie war unglaublich nett, zurückhaltend, dabei zupackend und hatte einen angenehm melodiösen portugiesischen Akzent. Sie klagte über ihr Rheuma und ihre Familie, die nie zu Besuch kam. Jetzt beklagt sie sich nicht mehr über ihr Rheuma, und ihre ganze Familie hat sich auf die Reise gemacht, noch dazu elegant gekleidet.

Ich empfand nichts für die Frau, aber die Sache mit der Mülltonne stört mich. Niemand kümmert sich um eine Lösung der Situation. Ich ebenso wenig wie die anderen. Das wäre mal eine gute Tat von mir. Nichts für einen Heiligenschein, nichts wirklich Sensationelles, wie wenn ich mich aufs Leben retten verlegen würde ... Aber so eine kleine gute Tat, die wiegt immer in der Waagschale, sollte es ein Paradies geben. Auch ohne so weit in die Zukunft zu planen, würde ich vielleicht stolz und glücklich sein, für die anderen etwas getan zu haben. Und für mich. Unter dem Deckel der Mülltonne quellen die blauen Säcke hervor, die teils aufgerissen sind. Davor stehen am Boden leere Weinflaschen. Einige Tropfen, die vom Flaschenhals hinuntergelaufen sind, haben Abdrücke hinterlassen. Ich wage nicht, mir die Tischdecken meiner Nachbarn vorzustellen. Außer sie haben diese kleinen Flaschenuntersetzer. Es gibt sie mit dem Eiffelturm oder Sacré-Cœur darauf. Als Ausweis besten Geschmacks lösen sie Glückgefühle bei den Horden von Touristen aus, die nicht mehr wissen, was sie kaufen sollen, aber nicht eine Sekunde in Betracht ziehen, mit leeren Händen nach Hause zu kommen. Ich habe auch einen Stapel davon zu Hause. Ich habe nichts gegen die Horden von Touristen, und ich habe nie einen tadellosen Geschmack für mich beansprucht.

Als ich meinen Schlüssel ins Schloss stecke, sage ich mir, dass es für heute zu spät ist. Wenn die Mülltonne morgen noch da ist, versprochen, kümmere ich mich darum. Jedenfalls kann es so nicht weitergehen. Schließlich werden Ratten und Mäuse kommen, und ich hege keine besondere Zuneigung zu Ratten und Mäusen. Ich hasse sie auch nicht. Ich habe das gleiche Verhältnis zu Nagetieren wie zu meinen Kollegen, auch wenn sie weniger sklavische soziale Normen haben. Ich stelle mir vor, ich sei der Flötenspieler aus dem Märchen, der sie zur Seine führt. Die Blicke der Passanten sind auf meinen Zug gerichtet. Bestimmt würde man mir Münzen zuwerfen. Ich bin mir sicher, dass die Kinder es großartig fänden. Ich werde es ausprobieren.

Wenn die Nagetiere geruhen werden, sich für meine Mülltonne zu interessieren.

Wenn ich Flöte werde spielen können.

Wenn die Ratten Musikliebhaber sein werden.

Gestapelte Post, meine Kaffeetasse auf dem Geschirrständer, einige Bücher auf dem Boden verstreut – das sind unveränderliche Eckpunkte meines kleinen Lebens.

Endlich lege ich meinen Schal ab, den ich zu einer Kugel rolle, während ich in den hinteren Raum gehe, den ich nur einmal in der Woche betrete. Ich stehe aufgereihten Käfigen gegenüber, die alle berstend voll sind. Ich öffne den vorletzten und stopfe das mit Kaffee getränkte Stück Stoff hinein, ohne das Stöhnen der Schals zu beachten, die sich schon darin befinden. Hier entledige ich mich ihres Gewichts, hier schließe ich sie ein, damit sie das Geheimnis meiner Haut bewahren. Es mag einfacher Aberglaube sein, aber ich kann mich nicht überwinden, sie in den Mülleimer zu werfen. Als ob ich riskierte, indem ich mich ihrer entledige, dass sie das, was ich seit Jahren sorgfältig für mich behalte, unter die Leute bringen.

Trotz der späten Stunde sterbe ich vor Hunger. Vergeblich suche ich nach einem sauberen Topf und beschließe, einen aus dem Stapel in der Spüle abzuwaschen. Ich zünde das Gas an und setze Nudelwasser auf. Erst als das Wasser kocht, bemerke ich, dass ich keine Nudeln habe, und beschränke mich darauf, einen Teebeutel hineinzuhängen. Weniger nahrhaft, aber besser als nichts.

Kapitel 4

Ich wache mit einem bitteren Geschmack im Mund auf. Dieser Geschmack verlässt mich den ganzen Tag über nicht. Meine Freunde haben wahrscheinlich recht. Daran denke ich im Badezimmer. Daran denke ich in der Metro. Daran denke ich im Büro.

Mein Schal kratzt. Dabei ist er aus Baumwolle. Wie die anderen. Wie alle anderen, die in den Käfigen sind. Wie der, den ich gestern trug. Ich gleite mit meiner Hand darunter. Vorsichtig. Unauffällig, mit niedergeschlagenen Augen. Wie ein Kind, das sich vorstellt, mit der Hand vor den Augen würde es unsichtbar.

Ich habe den Eindruck, feige zu sein, Verstecken zu spielen.

Ja, aber wo würde es mich hinführen, alles zu erzählen? Niemand ist verpflichtet, den Freunden seine Lebensgeschichte zu erzählen. Ich war immer der Ansicht, dass man sich mit den gemeinsam verbrachten Augenblicken begnügen kann.

Immerhin mangelte es uns neun Jahre lang nicht an Gesprächsthemen: Politik, Fußball, Alkohol, Tabak, Musik, Kino, um nur unsere bevorzugten Themengebiete zu nennen. Warum sollten wir dieses Gleichgewicht stören?

Lisa, Sam und Thomas. Wie viele Belote-Partien haben wir gespielt? Wie viele Stunden gemeinsam verbracht? Wie oft miteinander gesprochen, geschwiegen, gelacht? Es ist eine erstaunliche Beziehung, die zwischen uns – allein durch unsere Anwesenheit im Café – entstanden ist. Wir fühlen uns hier wie im Inneren einer Festung. Keiner von uns entfernt sich jemals. Nicht räumlich, nicht zeitlich. Ich möchte nicht für die anderen sprechen, aber ich persönlich wäre dazu nicht in der Lage. Natürlich ist es für Lisa anders. Sie sagt manchmal, dass sie sich gerne eines Tages verändern würde. Im Hinblick auf die Einrichtung, den Beruf und warum nicht auch auf die Stadt oder das Land. Sie lässt sich diese Tür offen. Aber es ist allzu offenkundig, dass sie hier zu Hause ist. Ohne Lisa wäre das Café sinnlos. Sam, Thomas und ich würden nicht mehr kommen. Manchmal sprechen wir von der Zeit danach, selbst wenn wir nicht genau wissen, von welchem Danach. Eine Art Parallelwelt, in der dieses Café nicht existieren würde. Die Hölle also.

Dennoch kennen wir uns gar nicht so gut. Ich war noch nie bei Thomas zu Hause, und ich habe nicht die leiseste Idee, wovon er in seinem Roman erzählen könnte. Was Sam angeht, so kenne ich gerade mal den Namen der Frau, mit der er mehr als zehn Jahre lang zusammengelebt hat, und der des Unternehmens, in dem er seine Arbeitstage verbringt. Meine Freunde wiederum hörten mich noch nie von meinen Kollegen sprechen. Sie sahen noch nie einen Sinn darin, zu mir zu sagen: „Buchhalter? Und was zählst du?" Wir mussten nicht wissen, was wir außerhalb des Cafés machten, um zu wissen, dass wir uns mögen.

Manchmal sickert eine Information durch. Dann greifen wir sie auf. Oder nicht. Wir versuchen nicht, etwas zu verstecken, egal, was es ist. Es geht hier nicht um Begriffe wie Schande, Geheimnis oder Scham. Sagen wir, dass wir hier nicht in einer gesellschaftlichen Beziehung zueinander stehen. Wir sitzen nicht an einer Hochzeitstafel neben einem Paar, weil die Gastgeberin meinte, dass wir uns etwas zu erzählen hätten.

Niemand hat uns in dieses Café gesetzt. Niemand musste uns gegenseitig vorstellen. Niemand hat vorab unseren Grad an gesellschaftlicher Verträglichkeit abgeschätzt. Wir sind hier, weil wir uns hier wohlfühlen und weil wir hier reden, wovon wir wollen. Niemand schreibt es uns vor. Ich erinnere mich nicht mehr an die ersten Worte, die wir wechselten. Ich erinnere mich nicht mehr daran, ob wir viel Zeit brauchten, um sie zu wechseln. Ich erinnere mich, dass Lisa da war. Sie muss wohl unser Gradmesser an gesellschaftlicher Verträglichkeit sein.

Glauben Sie jedoch nicht, dass wir eine rein oberflächliche Gemeinschaft sind. Bei uns kommt es vor ... Bei den anderen kommt es vor, dass sie sich gegenseitig ernstere Themen anvertrauen. Gelegentlich sprechen sie von ihren Narben. Ich erinnere mich an den Tag, als Thomas uns von seinen Kindern erzählte. Von den zwei Kindern, die er niemals hatte. Es war vor ein paar Jahren im September. Die Zeit des Schulanfangs ist immer schwierig für ihn. Dieser Anlass ist der einzige, bei dem ich sehen kann, wie seine Augen kurz davor sind, sich mit Tränen zu füllen. Das Ereignis reicht zwanzig Jahre zurück, erklärte er uns. Er hatte einen Mopedunfall. Er war von einem Lieferwagen angefahren worden, wie man ihm sagte. Er konnte sich an nichts erinnern, als er drei Wochen später im Krankenhaus erwachte. Seine Frau stand an seinem Bett, und die erste Frage, die er ihr stellte, war: „Wie geht es den Kindern?“ Sie glaubte, er würde scherzen. Er scherzte nicht. Er war überzeugt davon, zwei Kinder zu haben. Unterstützt von den Ärzten, legte sie große Geduld und Sanftmut an den Tag und konnte ihn schließlich überzeugen. Aber er hat sich nie an den Gedanken gewöhnt. Er kannte ihre Vornamen. Er erinnerte sich daran, wie er sie gewickelt, gefüttert, gebadet hatte. Es handelte sich bei ihm nicht um eine einfache, etwas vage Erinnerung. Sie ging viel tiefer, war fest verankert in seinem Gedächtnis. Seitdem durchlebte er eine tiefe Trauer. Der Duft seiner Kinder fehlte ihm, ihre Zärtlichkeiten fehlten ihm, ihr Lachen fehlte ihm, selbst ihr Weinen mitten in der Nacht fehlte ihm. Er konnte nicht mehr in die Nähe eines öffentlichen Platzes oder einer Schule. Es war zu hart, zu schmerzhaft. Diese Situation ertrug seine Frau nicht. Ein oder zwei Jahre später trennten sie sich, weil er nicht über seinen Ärger hinwegkam, dass sie sich an gar nichts erinnerte. Von Zeit zu Zeit tauchen seine Kinder in unseren Unterhaltungen auf, welches Alter sie jetzt hätten, in welcher Klasse sie wären. Gelegentlich rutscht ihm heraus: „Dahin würde ich gerne mit den Kindern gehen", ehe er sich wieder fängt. Als ob er sich selbst eine Ohrfeige verpasst hätte, um sich zu wecken. Diese Trauer ist viel schwieriger auszuhalten, weil sie im Vergleich zu den Familien, die einen wirklichen Verlust erlitten haben, unangemessen ist. Aber es gelingt ihm nicht, diese Erinnerungen und die Wirklichkeit auseinanderzuhalten. Das ist kein Albtraum, sondern es sind Bilder, Farben, Düfte, die sich mitten in seinen Erinnerungen ausgebreitet haben. Es kommt übrigens vor, dass er an so manchen anderen Erinnerungen zweifelt. Er vertraut seinem eigenen Gedächtnis nicht mehr.

Zum vielleicht ersten Mal in meinem Leben lässt meine Konzentration im Beruf nach. Der Zwischenfall im Café am Abend zuvor hat einen Riss hinterlassen. Ich mag diese offene Stelle nicht. Ich habe nicht vor, mich hineinzustürzen, auf jeden Fall nicht im Büro. Ich bin mit Zahlenkolonnen konfrontiert, wie jeden Morgen, jeden Nachmittag, jeden Tag, jede Woche, jeden Monat, jedes Jahr. Und dann beginnt alles wieder von vorn. Gutes Neues Jahr, meine besten Wünsche. Die Buchhaltung ist tot, es lebe die Buchhaltung.

Die Tür ist geschlossen. Das Telefon läutet nicht. Ich addiere, ich überprüfe, ich mache Notizen, ich ordne ein. Einnahmen, Ausgaben, Gehälter, Rechnungen und Bewirtungskosten. Ich bin im Mittelpunkt von allem. Ich bin im Motor des Unternehmens, ich bin *der* Motor des Unternehmens. Ich bin wichtig, ich bin superwichtig, ich kann mir keinen Fehler erlauben. Ich bin das Fundament, auf dem alles ruht, die unerschütterliche Stütze, der Fels. Zumindest hat man mir den Job bei meinem ersten Gespräch so verkauft. Ich habe keine Ausbildung zum Fundament oder zur unerschütterlichen Stütze und schon gar keinen Motor. Ich bin gerne bereit, so zu tun, als sei ich wichtig, ja, sogar superwichtig. Ich habe nichts dagegen, einen leidenschaftlichen Wortschatz zu gebrauchen. Aber heute fehlt es den Zahlen auf grausame Weise an Glanz.

Mein Büro hat keine Fenster. Buchhalter sind unerschütterliche Stützen ohne Fenster. Ablenkung ist unmöglich, außer durch die Zahlen. Beklagen wir uns nicht. Wir sind Minenräumer, Konzentrationsbestien, Benediktinermönche, Stickmustermathematiker. Im Großen und Ganzen eine Abfolge von Aufzählungen jeder Art. Der Buchhalter zählt auf, rechnet dazu und zieht ab. Ich bin Buchhalter. Ich zähle, also bin ich.

Heute wurde zu einem Umtrunk eingeladen. Verabschiedung in den Ruhestand. Für jemanden, der sechs Jahre hier war und der viel beigetragen hat, sagt man. Ich habe ihn nie gesehen, aber ich bin eingeladen. Die ganze Etage ist eingeladen. Jemand ging mit einem Korb für das Abschiedsgeschenk herum, wie es scheint, für ein Fahrrad. Ich mag keine Verabschiedungen, aber ich gab etwas dazu. Ich bin nicht mutig. Ich gab etwas dazu, aber ich beabsichtige nicht, zum Umtrunk zu gehen. Es wird eine Rede geben und vielleicht Tränen. Es ist immer bewegend, ein Fahrrad zu erhalten, wenn man in den Ruhestand startet. Jemand klopft vorsichtig an meine Tür. Man muss leise klopfen, wenn man nicht will, dass der Buchhalter einen Rechenfehler macht. Darüber hinaus kann der Buchhalter zornig werden, wenn er einen Rechenvorgang von Neuem beginnen muss, weil man den Fehler begangen hat, ihn mitten in der Arbeit zu stören. Der Kopf eines fröhlichen Mitarbeiters schaut durch den Türspalt herein, um mich darauf hinzuweisen, dass der Umtrunk in zehn Minuten beginnt. Er flüstert mit übertriebener Artikulation und hält einen imaginären Sektkelch zwischen Daumen und Zeigefinger. Mich nicht stören, vor allem nicht lärmen, die Botschaft ist gut angekommen. Ich hebe meinen Kopf und tauche wieder in eine Akte ab. Er kommt einige Augenblicke später zurück, macht wieder die gleiche Mimik und klopft auf seine Armbanduhr. Ich hebe kurz den Kopf und tauche wieder in eine Zahlenkolonne ab. Er kommt ein letztes Mal zurück. Mein Kopf bleibt in meinen Akten untergetaucht, für immer ertrunken.

Ich packe meine Sachen und nehme die Hintertreppe, ohne vermeiden zu können, die ersten Worte der Rede zu hören. Wenn man geht, gehört es dazu, dass man seine Lebensgeschichte erzählt. Es ist die Stunde der Abrechnung. Der Moment, in dem man seinen Kollegen Punkt für Punkt aufzählen muss, was sie für uns getan haben. Die letzten Worte, um sicher zu sein, dass man gelebt hat. Die letzten Worte, von denen man hofft, dass sie sich ins Gedächtnis des Unternehmens einprägen. Der letzte Atemzug, ehe man nur noch eine Akte in den Archiven der Buchhaltung ist. Die Abschiedsrede ist die Hand des Ertrinkenden, die zum letzten Mal an der Wasseroberfläche auftaucht, weil er weiß, dass die anderen in wenigen Augenblicken nur noch in der Vergangenheitsform von ihm sprechen werden.

Eine halbe Stunde in der Metro, die gleiche halbe Stunde wie jeden Abend, mit ihren taumelnden Passagieren, die durch die Gänge rennen und in den Waggons einschlafen. Sie schauen sich nicht an, sie sind wie die Dame mit dem Hund. Sie haben zu viel Angst, dass man das Wort an sie richtet. Das passt wunderbar für mich. Ich nehme die Metro ja nicht, um Freunde zu finden.

Wenn man in einigen Stunden von meinem Kollegen in der Vergangenheit sprechen wird, bleibt meine Bäckerin, wie alle Bäckerinnen, dem einzigen Modus treu, den sie kennt: dem Konjunktiv. „Dürfte es bei Ihnen noch etwas sein?“, „Dann wären es fünf Francs.“ Wie lautet die Regel, und woher stammt diese Ausnahme, dieses Vorrecht, das es den Bäckerinnen erlaubt, niemals den Indikativ zu verwenden, und sie in den Genuss einer Quasi-Exklusivität auf den Konjunktiv kommen zu lassen? Sind sie sich dessen bewusst, dass sie ihre Kunden in manchmal komplizierte Windungen der Wirklichkeitswahrnehmung stürzen? Die niemals wissen, ob sie ihrerseits verpflichtend im Konjunktiv sprechen müssen oder ob sie eine stillschweigende Erlaubnis haben, den Indikativ zu verwenden. Übrigens ist es unbestritten, dass die Kunden in den meisten Fällen von jeder Form der Konjugation entbunden sind: „Dürfte es bei Ihnen noch etwas sein?" – „Bitte ein Stück von diesem kleinen Zitronenkuchen, der mir köstlich erscheint." Ausnahme von der Regel: Wenn der Kunde wider Erwarten beschließt, sich mit dem Kauf des Baguettes zu begnügen, weshalb er eigentlich gekommen ist, dann kann er rechtmäßig den Konjunktiv verwenden: „Das wäre alles." Das ist ein Gebrauch der Modi, der in keiner Weise eine Aussage über die Wirklichkeit trifft. Und bilden Sie sich nicht ein, dass Sie bei einer Bäckerin den Schlaumeier spielen können. Unterstehen Sie sich, genaue Angaben von ihr zu fordern. Selbst wenn sie Sie fragt, was es sein dürfe, ist es sinnlos, zurückzufragen: „Habe ich freie Auswahl? Gibt's heute etwas gratis?" Es ist sinnlos, ihr verständlich zu machen, dass Sie heute Abend nur wegen des verdammten Baguettes gekommen sind, das Sie gerade bestellt haben. Damit werden Sie eine Bauchlandung erleben: Sie wird Sie mit leerem Blick anschauen und auf die Antwort auf ihre Frage warten. Sie werden sich schließlich ihren Regeln unterwerfen müssen, sich von Ihren Konjugationsprinzipien lossagen müssen, die Sie in der Grundschule mühsam erworben haben, und ihr kleinlaut zumurmeln: „Das wäre alles." Eine Niederlage, die ich meinerseits nie akzeptiert habe. Ich kämpfe weiterhin mit aller Kraft, um ein einfaches „Das ist alles" auszusprechen, das völlig korrekt ist, aber das in den Ohren wehtut, wenn es an die vorausgehende Frage angehängt ist.

Der Kampf ist wichtig, aber die zur Verfügung stehenden Mittel sind gering. Die Bäckerinnen sind heilig. Man greift sie nicht ungestraft an.

Es ist noch kälter als gestern Abend, als ich endlich meine Wohnungstür aufschließe. Der Mülleimer steht immer noch da. Ich werde mich darum kümmern, wenn ich beim Hinausgehen daran denke. Man muss sich wirklich dazu durchringen: Die Flaschen sind von neuen Säcken überdeckt, zwischen denen man sich quasi durchschlängeln muss, wenn man das Gebäude verlassen will. Und der Geruch … Zum Glück ist die Concierge nicht im August gestorben.

Meine Schals zappeln im hinteren Zimmer herum. Ich höre, wie sie an den Seitenwänden ihrer Käfige kratzen und versuchen, durch die Zwischenräume der Gitter zu entkommen. Aber der Abstand zwischen den Maschen ist zu klein, es wird ihnen nicht gelingen. Wie Schlangen, die tief in einem Verließ zusammengedrängt sind, schlängeln und rascheln sie. Jahre von verschütteten Erinnerungen, die darauf warten, dass meine Wachsamkeit nachlässt. Ich schließe die Tür doppelt ab und stürze die Treppen hinunter.

Die Dame mit dem Hund ist heute Abend nicht da. Mein nächtliches Gemälde ist nicht vollständig. Ich bin versucht zu warten, nach ihr Ausschau zu halten. Ich habe noch nie mit ihr gesprochen, aber ihre Abwesenheit beunruhigt mich, weil sie meinen täglichen Rhythmus zerstört, der mir als Rahmen dient. Seit so vielen Jahren bewege ich mich auf diesen eingefahrenen Wegen: Ich stehe auf, ich frühstücke, ich nehme die Metro, ich zähle und verrechne, ich nehme die Metro zurück, ich gehe in der Bäckerei vorbei, ich kehre nach Hause zurück, ich gehe wieder hinaus, ich begegne der Dame mit dem Hund auf meinem Weg zum Café. Die Langeweile dieser unveränderlichen Wiederholung könnte manch einen erschrecken, aber die Routine dient mir als Panzer. Dem Unvorhergesehenen keinen Platz einräumen ist die beste Waffe, um nicht aufzufallen, um sich keine unnützen Fragen stellen zu lassen.

Ich drehe eine Runde um den Häuserblock für den Fall, dass ich die Dame mit dem Hund entdecke. Da sind einige Männer, die es eilig haben, nach Hause zu kommen, eine tief fliegende Schwalbe, ein alter Mann, der Regen ankündigt, eine junge Frau mit einem Kinderwagen, aber kein Hund und keine Dame mit Hund.

Mit den Händen in den Taschen beschleunige ich meinen Schritt. Meine Bäckerin hatte recht: „Heute Abend ist es nicht warm!“ Ich spiele mit dem Dampf, der aus meinem Mund kommt. Ich würde gerne Ringe machen können, aber das gelingt mir nicht einmal mit einer Zigarette.

Lisa stützt sich auf der Bar auf. Sam ist schon da. Thomas auch. Zwei Tassen Kaffee stehen auf dem Tisch. Es ist selten, dass ich als Letzter eintreffe. Ich bin später dran, als ich dachte. Sie sind sichtbar erleichtert, mich zu sehen. Lisa beschränkt sich auf ein Winken. Fast das gleiche wie am Vorabend, als sie mich verabschiedete. Sie stellen mir keine Fragen, und die Kaffeemaschine setzt sich in Gang.

Ich gehe zu einem Stuhl. Thomas lässt sein Zippo klacken. Man könnte meinen, er habe mich erwartet. Der Aschenbecher ist übrigens leer. Er zündet seine Zigarette an, räuspert sich und entschuldigt sich für gestern Abend in einer nahezu übergangslosen Reihenfolge, als ob der Zug Tabak fester Bestandteil des Satzes wäre. Er hält mir die Zigarette hin und zündet sich eine zweite an, während Sam zum Tresen geht, um die Musik anzustellen. Das Schweigen, das bis dahin herrschte, hatte etwas Bedrückendes.

Back in the U.S.S.R. Das erste Stück auf *The White Album* der Beatles, dem Doppelalbum. Jeder weiß, dass das mein Favorit ist. Das Album, nicht das Stück. Das ich wahrscheinlich auf eine einsame Insel mitnehmen würde.

So ist Sam. Er entschuldigt sich nicht mit Worten, sondern mit Gesten, kleinen Aufmerksamkeiten, um zu zeigen, dass er sich darüber im Klaren ist, dass er Mist gebaut hat, und dass er es wiedergutmachen möchte.

Aber ich spüre sehr wohl, dass er etwas loswerden will. Er verschränkt die Arme und öffnet sie wieder, lässt die Fingerknöchel knacken, ehe er sich langsam mit der Hand übers Gesicht fährt, so wie das Leute tun, die einen anstrengenden Tag hatten und die sich berühren müssen, um sich selbst zu versichern, dass sie noch leben. Klassische Anzeichen bei Sam, dass er sich gleich in eine weit ausholende Rede stürzen wird. Er ist nicht gesprächig, aber wenn er einmal loslegt, kann ihn nichts mehr aufhalten.

Was er zu sagen hat, wird sich an mich richten. Also eine Entschuldigung? Einverstanden. Es sei denn, er bringt mein Schweigen, meinen Schal und meine Vergangenheit zur Sprache.

Thomas bemerkt ebenfalls, dass etwas vor sich geht und gibt Lisa Handzeichen, uns etwas zu trinken zu bringen. In solchen Fällen wagen wir es nicht, Sam zu unterbrechen. Es ist dann besser, sich vorsorglich gut auszustatten. Er holt eine Zigarette heraus, beugt sich zum Zippo vor, das Thomas ihm angezündet hinhält. Er nimmt einen Zug, er atmet aus, und los geht es.

„Weißt du … was wir gestern Abend gesagt haben, war nicht, um dich zu ärgern. Wir wollen dich nicht belehren und dir auch nicht sagen, was du tun oder lassen sollst. Aber wir werden uns nicht anlügen. Wenn wir uns seit so langer Zeit fast jeden Abend hier treffen, dann deshalb, weil es einen guten Grund dafür gibt. Der Grund ist, dass wir alle allein sind. Vielleicht passt das ganz gut für dich. Was mich angeht, so könnte ich nicht sagen, ob ich es so gewählt habe oder ob ich mich deswegen als Opfer fühle. Aber ich lebe recht gut damit. Ich fühle mich hier wohl. Lisa macht einen super Kaffee und hat guten Whisky. Und außerdem stimmt es, dass sie nett ist. Und hübsch. An Humor fehlt es ihr auch nicht. Wenn ich eine Familie hätte, jede Menge Freunde und ein Leben, das vor Einladungen, Vernissagen, Einweihungen, allesamt bunt und schillernd, brummte, wenn mein Telefon ununterbrochen läutete und

Leute mich sprechen wollten, die mich anhimmeln, wäre ich vielleicht seltener hier. Das ist jedoch gar nicht sicher. Denn wenn ich hier bei euch bin, dann deshalb, weil ich mich wohlfühle. Ihr seid meine Einladungen, Vernissagen, Einweihungen, allesamt bunt und schillernd, mein Telefon, das ununterbrochen läutet. Ich weiß nicht, ob ihr Freunde seid, die mich bewundern. Aber ändert nichts daran. So passt es gut für mich. Wie wir uns unterhalten und wie wir schweigen. Die Augenblicke, die wir teilen. Am Anfang kam ich hierher, weil es Licht und Kaffee gab. Weil es etwas zu trinken gab und es warm war. Ich kam zurück, so wie man sich an einem Feuer niederlässt. Das hier ist ein wenig meine Hafenbar, und ich bin der Fischer. Es ist laut, bekannte Gesichter sind da ... und nach einem Tag auf dem Meer ... ach, das tut einfach gut. Und dann, ja dann ... eines Tages habe ich erfahren, dass mein Vater tot ist. Ich hatte ihn seit zwei Jahren nicht mehr gesehen. Wir hatten uns entfremdet. Dar war der Eindruck, man habe sich nichts mehr zu sagen. Die Zeit vergeht, man lässt sie verstreichen. ‚Uns bleibt immer noch Zeit.' Man verschiebt auf später, aus später wird zu spät. Ich hatte ein schlechtes Gewissen, es schmerzte mich. Ich war allein, und ich bemerkte, dass ich es am Vorabend nicht war. Denn es gab dieses Café. Ich trank ein wenig, bevor ich herkam. Als ich eintrat, wart ihr da. Auf euren Plätzen. Lisa war auch hier, sie saß hinter der Bar wie heute Abend. Sieben Jahre jünger, aber ebenso schön wie heute Abend. Ich setzte mich, begann zu weinen und erzählte euch. Lange. Vielleicht eine Stunde, vielleicht zwei. Gewiss die ganze Nacht. Ihr hörtet mir zu. Ich erzählte euch von meinem Vater, von meiner Kindheit und Jugend und von danach. Nur meine Arbeit ersparte ich euch. Ich weiß nicht, warum ich euch das alles erzählt habe. Vielleicht weil ihr die Einzigen wart, die mir zuhören konntet. Jedenfalls schüttete ich euch mein Herz aus. Ich sage nicht, dass du das auch tun musst. Jeder tickt anders. Aber wir haben den Eindruck ... Ich zumindest bin mir sicher, dass du etwas auf dem Herzen hast. Die Art von Last, die dich erdrückt und dir die Luft nimmt. Vielleicht täusche ich mich, aber ich glaube es nicht. Wenn du es also irgendwann loswerden musst, wird es bei uns am leichtesten sein, nur damit du es weißt. Wir werden dich nicht verurteilen, vielleicht nicht einmal einen Kommentar abgeben. Wir werden einfach mit einem Glas in der Hand da sein. Wie immer. Wie immer, aber mit einem Freund, den wir etwas besser kennen werden."

In aller Stille hat Lisa sich einen Stuhl herangezogen, um sich zu uns zu setzen. Ein frisches Bier steht vor ihr. Sie trinkt es in großen Zügen, ohne an Eleganz zu verlieren. Noch nie habe ich eine so zarte Frau so einfach Bier trinken sehen. Die ganze Zeit über hört sie aufmerksam Sams Rede zu und nimmt sich eine Zigarette aus Thomas' Päckchen. Als sie den Rauch ausatmet, fährt sie sich mit ihrer freien Hand durch die Haare und spielt mit einer Strähne, die durch ihre Finger gleitet. Sie hat Sam fest im Blick, sie schaut ihm direkt in die Augen, wie sie es immer macht, wenn sie den Leuten zuhört.

Sam lächelt, steht auf, umrundet den Tresen und gibt bekannt, dass heute Abend die zweite Runde Kaffee auf ihn geht. Er lehnt sich vor und greift nach der Whiskyflasche.

Die Schallplatte ist bei *While my guitar gently weeps* angekommen. Der siebente Titel auf dem Album. Ein fantastisches Stück, George Harrison hat es geschrieben. Eines der wenigen, bei denen sich mir auch beim tausendsten Hören die Haare auf dem Arm aufstellen. Unsere Hände trommeln den Rhythmus bis zum letzten Schlag auf den Holztisch.

„Es ist schon komisch", sagt Lisa. „Wenn man die Leute fragt, die Namen der Bandmitglieder der Beatles aufzusagen, dann ist immer der Letzte, der genannt wird, George Harrison."

„Wer? Welche Leute? Wer kann so etwas tun?", scherzt Thomas.

„Die Leute eben … egal wer! Neun von zehn nennen Paul, John, Ringo, und George kommt am Ende … Wenn er nicht ganz in der Versenkung verschwindet.“

„Stimmt schon … Aber noch schlimmer ergeht es wohlgemerkt den Stones …“

„Wem?“

Durch dieses Musikstück, in dieser Atmosphäre wird mir bewusst, dass wir hier tatsächlich zu Hause sind, auch wenn wir alle unsere Geheimnisse haben. Ich vermag nicht zu sagen, ob es an der Episode am Vortag und meinem überstürzten Abschied lag. Oder an der Fürsorglichkeit meiner Freunde und der Art, die sie heute an den Tag legen, um mich zu beschützen. Ob es die Erinnerung an Thomas' Kinder ist, von denen er uns unter Tränen erzähle, oder der Tod von Sams Vater, oder schließlich die Abwesenheit der Dame mit Hund, die meine Routine durchbrochen hat … Aber ich sage mir, wenn ich mich meiner Vergangenheit stellen muss, dann wird es hier stattfinden. Und zwar jetzt. Das schulde ich ihnen: Man kann seine Narben nicht auf ewig vor seiner Familie verbergen.

Ich beginne, in meiner Manteltasche zu kramen und hole mein Portemonnaie heraus, aus dem ich ein Foto ziehe. Nach so langer Zeit ist es natürlich vergilbt. Ich schaue es nicht oft an, als hätte ich Angst, es abzunutzen. Seine Ränder sind verknickt, an manchen Stellen etwas eingerissen.

Ich lege es auf dem Tisch und drehe es zu Sam, Thomas und Lisa.

Es ist ein Foto meines Großvaters. Er stützt sich auf das Dach eines schwarzen Wagens. Meine Großmutter ist bei ihm. Und mein Vater. Ein Sonntagsfoto. Ein Datum steht nicht darauf, aber ich denke, es muss Ende der zwanziger Jahre aufgenommen worden sein. Auf jeden Fall ein gutes Jahrzehnt vor meiner Geburt. Ich mag es, weil alle darauf lächeln. Sie haben die Sonne in den Augen, aber sie lächeln, weil Fotos etwas Bleibendes sind, und deshalb müssen sie schön werden. Schließlich gebe ich mir einen Ruck. Ich fühle, wie mein Bein nervös zuckt und meine Stimme zittert.

Mein Großvater war groß. Groß für seine Zeit. Die Menschheit wird scheinbar immer größer. Wenn er also heute wieder auf die Welt käme, würden wir ihn vielleicht gar nicht so groß finden. Wenn ich mich richtig erinnere, muss er ungefähr einen Meter fünfundachtzig groß gewesen sein. Für den kleinen Jungen, der ich zu dieser Zeit war, fast ein Riese.

Soweit meine Erinnerungen zurückreichen, hat er immer weiße Haare gehabt. Ich sage nicht, dass er mit weißen Haaren geboren wurde, aber so lange ich lebe, hatte er sie. Viele weiße Haare ohne das geringste Anzeichen einer Glatze. Ein wenig so, als habe er beschlossen, seine Haare würden weiß, ohne dass dies sein Alter verrät. Sie waren leicht nach hinten gekämmt, was ihm ein wenig das Aussehen eines amerikanischen Schauspielers gab. Dieser Eindruck wurde durch ein Bärtchen à la Errol Flynn verstärkt.

Großvaters Ausstrahlung war auf natürliche Weise stilvoll. Er hätte ein Star sein können, aber er hatte keinen roten Heller.

Er kleidete sich schlicht: Wollpulli und Velourshose. Ich erinnere mich nicht, ihn im Anzug gesehen zu haben. Wenn ich also sage, er hätte ein Star sein können, dann denke ich mehr an einen Star für sonntags. Keiner, der die Stufen des Festivals von Cannes emporsteigt. Ein Star, der mit seinen Kindern am Flussufer spazieren geht. Eine Art großer Kennedy, vor der Wahl zum Präsidenten unbemerkt fotografiert.

Dieses Foto erinnert an die Bilder, die man in alten Zeitschriften findet, wo Berühmtheiten bei sich zu Hause oder auf dem Land verewigt wurden. Der Vorteil dieser Aufnahmen ist, dass die Persönlichkeiten nicht verkleidet waren. Kein Kostüm, keine Pailletten, keine Verschrobenheiten. Im Vordergrund stand die Seite von Herrn oder Frau Jedermann. Das erklärt, warum diese Bilder weniger unter der

Vergänglichkeit der Zeit gelitten haben, wenn man von den Schlaghosen und den altertümlichen Frisuren absieht … Alles in allem aber nichts Ungewöhnliches für heutige Begriffe.

Lisa schenkt mir Kaffee nach. Der Alte von gestern tritt ein und setzt sich an seinen Tisch. Er bestellt nichts und wartet, bis ich meinen Monolog beendet habe. Sam und Thomas sagen nichts, sie stimmen nicht zu, sie beschränken sich aufs Zuhören. Ich trinke einen Schluck Whisky.

Mein Großvater war also ein Herr Jedermann. Außer dass er mein Großvater war. Sagt nie zu einem Kind, dass sein Vater wie alle anderen ist. Das gilt für seine Mutter und alle seine Familienmitglieder. Erst recht für seinen Großvater.

Er hatte zwei Vornamen. Er hieß Pierre-Jean. Die Leute, die ich mit zwei Vornamen kannte, hießen Jean-Claude, Jean-Baptiste oder Jean-Pierre. Jean-Eudes, im äußersten Fall. Er war anders, seine Vornamen hatten die falsche Reihenfolge: Er hieß Pierre-Jean. Ich kannte keinen zweiten. Was normal war, denn es handelte sich um meinen Großvater: Opa Pierre-Jean.

Als ich ihn fragte, weshalb seine Vornamen falschherum seien, erklärte er mir, der Grund sei ein Scherz seines Vaters. Ich habe nicht verstanden, was daran komisch sein sollte, aber angesichts seines Lächelns lächelte ich auch und tat so, als stimmte ich zu und fände das sehr lustig. Anschließend erklärte er mir, dass sein Vater und seine Mutter sich nicht auf einen einzigen Vornamen einigen konnten. Sie schrieben also alle Vornamen, die ihnen gefielen, auf Papierzettel und legten sie in einen Hut. Beim Ziehen gewann der Vorname Jean. Meine Urgroßmutter hatte angemerkt, dass dieser erlaube, einen zusammengesetzten Vornamen zu bilden und also noch einen Namen auszusuchen, der ihnen gefalle. Der zweite Name, den sie aus dem Hut zogen, war Pierre … Erst auf der Geburtsstation vertauschte mein Urgroßvater die Reihenfolge der Namen, weil er das lustiger fand.

Ich persönlich bevorzugte Pierre-Jean als Vornamen. Denn meinem Großvater zufolge mochte ich Unordnung gerne. Und er hatte niemandem, der ihm befahl, mal ordentlich aufzuräumen. Ihm konnte man nicht sagen: „Räum dein Zimmer auf, und wenn du schon dabei bist, ist es eine günstige Gelegenheit, um deine Vornamen in die richtige Reihenfolge zu bringen." Auf alle Fälle verlangte nie jemand von Opa Pierre-Jean, etwas aufzuräumen, egal, was es war.

Wie sein Vater scherzte Pierre-Jean gerne. Er lächelte immer, aber manchmal schaute er ins Ungewisse. In diesen Augenblicken schien er mit den Augen traurig und mit dem Mund glücklich zu sein. Er lächelte aus Höflichkeit, aber seine Augen dachten an etwas anderes. Und anschließend heftete sich sein Blick auf etwas oder jemanden, und dann war er wieder mit dem Mund und den Augen glücklich. Als ob er einen guten Witz vorbereitete oder sich an eine lustige Geschichte erinnerte, die er vergessen hatte.

Er war ein wenig wie mein Vater, ein wenig wie meine Brüder ... Er war alles, was mir von meiner Familie blieb. Er hat mich nie verlassen und sorgte dafür, dass die Jahre meiner Kindheit, in Humor und Liebe gehüllt, dahinflossen.

Ich schlage die Augen nieder und fürchte, vor meinen Freunden lächerlich zu erscheinen. Aber ihr Wohlwollen bestärkt mich augenblicklich. Sie erheben ihre Gläser, und wir stoßen an. Auf nichts. Wir stoßen einfach nur an. Lisa steht auf, bedient den alten Mann, legt die zweite Platte des *White Album* auf und kommt zu uns zurück. Als aus den Lautsprechern *I'm so tired* tönt, beschließen wir, dass sie recht haben und dass es Zeit ist, aufzubrechen.

Im Zeitlupentempo verlasse ich das Café. An der zweiten Kreuzung werde ich fast angefahren. Als ich endlich zu Hause ankomme, sinke ich auf mein Sofa. Ich bin ausgepumpt. Ich schlafe auf der Stelle ein.

Kapitel
5

7.30 Uhr, mein Wecker klingelt.

7.31 Uhr, die Tür zum hinteren Zimmer ist einen Spalt weit geöffnet. Mein linker Fuß lässt eine Parkettdiele knarren. Ich halte einige Sekunden inne und wage nicht, mich zu nähern. Sekunden vergehen, vielleicht Minuten. Der Lärm von der Straße ist das einzige Hintergrundgeräusch, das sich mit dem Knarren einer weiteren Diele unter meinem rechten Fuß vermischt. Ich öffne die Tür weit und bleibe regungslos stehen. Die Käfige sind leer. Alle. Ich trete heran, öffne einen nach dem anderen, Reihe für Reihe. Alle meine Schals, die ich im Laufe der Monate dort abgelegt hatte, sind verschwunden. Kaffeespuren deuten darauf hin, dass der letzte, den ich hineingelegt hatte, noch da ist. Ich schließe die Tür doppelt ab und werfe den Schlüssel oben auf einen Schrank.

Vielleicht habe ich ja geträumt und klammere mich an meine Gewohnheiten: Ich rasiere mich, wasche mich, frühstücke und gehe los, um die Metro zu nehmen. Eingezwängt zwischen den Fahrgästen, lasse ich den Film des Vorabends noch einmal vor mir ablaufen und frage mich, ob ich mich nicht zu sehr entblößt habe. Ich versuche, die Bilder, die in meinem Kopf herumschwirren, zu sortieren, um zu verstehen, ob mich das Sprechen erleichterte oder, im Gegenteil, mich unter dem Gewicht der Erinnerungen erstickte. Es war das erste Mal seit seinem Tod vor fünfzehn Jahren, dass ich über

Pierre-Jean sprach. Zum ersten Mal sprach ich mit meinen Freunden darüber. Ich bin es nicht gewohnt, über mich zu sprechen. Ich weiß nicht, wie man das tut. Ich weiß nicht, mit der Flut an Gefühlen umzugehen, die damit einhergehen. Ich weiß nicht, ob ich in der Lage bin, von ihm zu sprechen, ohne an meiner Narbe zu kratzen. Ich weiß nicht, ob ich einen Rückzieher machen kann. Kurz gesagt, das alles ängstigt mich.

Ich bin fast überrascht, im Büro alles unverändert zu gestern Abend vorzufinden. Ich habe Bilder heraufbeschworen, vor denen ich flüchtete. Ich habe eine Anstrengung unternommen, die ich für unmöglich hielt, und doch ist die Welt unverändert. Ich finde meine schutzspendenden Zahlen vor und lasse mich von ihrem Rhythmus, der mir so behagt, davontragen.

Der Tag geht dahin, und ich vergesse Pierre-Jean.

Der Tag geht dahin, und ich vergesse mich.

Der Tag geht dahin.

Aber das Vergessen ist nur vorübergehend. Die Zahlen haben ihre mächtige Wirkung nur, solange man sich über sie beugt. Kaum sitze ich in der Metro, wird mir klar, dass sich die Welt vielleicht doch endgültig verändert hat. Die Erinnerungen strömen auf mich ein. Es reichte, meinen Blick zu heben und einen alten Mann auf einem Klappsitz anzusehen, der ein Buch las, um ihn durch das Bild meines Großvaters zu ersetzen, der die Seiten von *Zenos Gewissen* umblätterte. Bei meiner Haltestelle angekommen, ist der alte Mann nicht mehr da, ohne dass ich sagen könnte, wann er ausstiegen ist oder ob er überhaupt je da war. Wie dem auch sei, mache ich jetzt meinen wöchentlichen Abstecher zu meiner Buchhandlung. Dieses Buch, das sich im Schattenreich meiner Erinnerung verloren hatte, erscheint mir auf einen Schlag unverzichtbar.

Die Tür quietscht und schleift am Boden. Holzregale mit Bänden aus allen Epochen. Romane, Essais, Lyrik. Es ist eine meiner Angewohnheiten, dass ich versuche, von den Umschlägen der Bücher auf ihre Verleger zu schließen. Ein kurzer Gruß: Die Buchhändlerin ist über ihren Schreibtisch gebeugt, und ich sehe ihr Gesicht kaum. Dieses eine Mal steht es unentschieden zwischen uns.

Der Herzausreißer steht auf der Scheibe des Schaufensters. Hier geht es ruhig zu. Man blättert, man sucht aus, man kauft. Regale aus Holz vom Parkett bis zur Decke. Ein Tisch in der Mitte. Nicht viel Platz, aber genug, um den Eindruck zu haben, mitten unter Autoren umherzuspazieren. Und es gibt hier eine goldene Leiter. Nicht wirklich aus Gold. Ich stelle mir vor, dass es Kupfer oder ein ähnliches Metall ist. Ich bin Buchhalter und in Sachen Materialien vollständig ungebildet. In meiner Branche ist das ein völlig überflüssiges Wissen, das mir erlaubt, Gold da zu sehen, wo ich Lust darauf habe. Diese Leiter ist also aus Gold und vermittelt den Eindruck, sich im Inneren eines Piratenschiffs zu befinden, das mit Büchern gepflastert ist. Diese Leiter ist wie ein Kultobjekt für die Kunden. Wenn sie ein Buch auf dem obersten Regalbrett erreichen wollen, schauen sie die Buchhändlerin an, ohne zu wagen, die Frage zu stellen. Die Antwort ist immer gleich: „Ja, natürlich, dafür ist sie ja gemacht."

Manchmal diskutieren wir auch, aber das ist kein Muss. Diesem Ort verdanke ich, Boris Vian entdeckt zu haben. Ich begann mit dem Werk, das der Buchhandlung ihren Namen gab. Ich las es in einer Nacht, und als ich verstand, dass es sich um den ersten Band einer Trilogie handelte, stürzte ich gleich am nächsten Tag zu *Herzausreißer*. Eigentlich war es der letzte Text des Autors, der seine Trilogie unvollendet gelassen hat (33,33% des ursprünglichen Projekts, hatte ich ausgerechnet und versprach mir, nie wieder Buchhaltung und Literatur zu vermengen). Die Folgebände dachte ich mir selbst aus. Aber das war weniger gut. Boris Vian hat nach seinem Tod sehr nachgelassen.

Zenos Gewissen ist vorrätig. Neu. Ganz neu. Zu neu. Ich kenne es nur gelesen, mit geknickten Ecken, vergilbt, und bin fast enttäuscht.

Ich hole mein Geld heraus, bezahle und gehe wieder. Wir haben kaum zwei oder drei Sätze gewechselt. Einmal ist keinmal. Heute gibt es keine Meinungsäußerung zu meinen letzten Lektüren, keine Empfehlung. Was ich hier auch mag, ist, dass man Rücksicht auf meine Stimmung nimmt, alle vorgefertigten Phrasen sowie meteorologischen Betrachtungen vermeidet. Meine Buchhandlung ist eine Anti-Bäckerei.

Ich drücke das Buch an mich und schütze es vor dem Wind, als könne er es beschädigen. Ich weiß noch nicht, ob ich es lesen werde. Ich wollte es besitzen, das ist alles.

Aber ich widerstehe nicht und stürze mich schließlich in die Lektüre, nachdem ich mir eine Zigarette angezündet habe, was ich bei mir zu Hause selten mache. Ich möchte diese Atmosphäre um mich haben ... Ich dachte, ich würde nur eine oder zwei Seiten lesen, mich ein wenig umschauen ... Und dann fließen die ersten zehn Seiten dahin, ohne dass ich es bemerke. Die Vorstellung, dass ich die gleichen Zeilen wie mein Großvater lese, fasziniert mich. Ich höre, wie er sich in meinem Rücken räuspert und murmelt: „Ah, du erinnerst dich an das Buch?“ Ja, ich erinnere mich daran. Daran und an vieles andere. Und im Augenblick muss das alles raus, weil ich ersticke. Um ehrlich zu sein, hatte ich nicht bemerkt, dass ich ersticke. Ein verschütteter Kaffee, eine Diskussion mit Freunden, ein Foto, das ich aus der Brieftasche hervorholte, und schon öffnen sich die Ventile und lassen einen Erinnerungsstrom heraus, den ich nicht mehr kontrollieren kann.

Ich erinnere mich an deinen Gesichtsausdruck, als du mir davon erzähltest in der kleinen Wohnung, in der wir nach dem Krieg gelandet waren.

Ich erinnere mich auch, dass ich mich fragte, ob du es wirklich gelesen hattest oder die Sätze, die du mir vorlast, herauspicktest einfach. Die, die dir gelegen kamen.

Ich erinnere mich an die Armlehne des Sessels, auf dem deine Ausgabe lag. Und die vielen Male, die ich vorbeiging, während du schliefst, und bei denen ich sie vom Boden aufhob, geräuschlos, um dich nicht zu wecken.

Ich erinnere mich an dein Schnarchen, wenn du dir einen kleinen Mittagsschlaf gönntest. Und an die Zigaretten, die ich löschte, weil ich gehört hatte, dass Häuser deswegen brennen konnten.

Ich erinnere mich an deine Augen voller Müdigkeit, wenn du dich räkeltest und sagtest: „Ich glaube, ich bin eingenickt."

Ich erinnere mich, dass du mir nach diesen Mittagsschläfchen vorschlugst, ins Café zu gehen, weil Freunde das Wichtigste im Leben seien und dass man sie dort, im Café, finde.

Ich erinnere mich, dass du wenig Freunde hattest.

Ich erinnere mich, dass du mich schwören ließest, nichts zu vergessen, aber alldem auch nicht zu viel Wichtigkeit beizumessen.

Ich erinnere mich, dass ich diesen Satz nicht verstanden hatte.

Ich erinnere mich, dass ich dieses Versprechen vergessen hatte.

Ich folge einem dieser Ratschläge und lege das Buch auf dem Couchtisch ab, um meine Freunde zu treffen. Der Mülleimer ist immer noch da. Noch voller, noch überquellender mit Abfällen aller Art. Immer mehr Flaschen, die sich am Boden sammeln. Manche Mieter vertragen ganz schöne Mengen. Plastiksäcke stapeln sich im Flur. Ich könnte einen oder zwei mitnehmen, aber ich wüsste nicht, wohin damit. Man kann einen 30-Liter-Sack, der zum Platzen gefüllt ist, schwerlich wie einen Zigarettenstummel einfach wegwerfen.

Der Hund läuft über den Gehweg und zieht seine Leine hinter sich her. Ein Stück weiter entfernt am Boden hockt und massiert sich den Knöchel: die Dame. Ich komme näher, und sie weicht trotz ihrer Position zurück. Reflexartig rücke ich meinen Schal zurecht, wie jedes Mal, wenn ich mit jemandem ein paar Worte wechsle. Auch wenn ich gelernt habe, ihn richtig anzulegen und die Schlinge so zu machen, dass er den unteren Teil meines Gesichtes ganz verdeckt, so hat mich die Angst, meine Entstellung teilweise zu enthüllen, nie verlassen. Ich reiche ihr die Hand, um ihr aufzuhelfen. Sie erklärt mir, dass ihr Hund um sie herumgelaufen, die Leine um ihre Beine gewickelt habe und sie gestürzt sei. Sie hat Schmerzen, aber sie ist um ihren Hund besorgt. Wo ist er? Ich zeige ihr die Richtung an, in die er gelaufen ist, und frage sie, ob ich ihr helfen soll, ihn wiederzufinden. Sie lehnt höflich ab und vermeidet sorgfältig, mich anzuschauen. Für sie bin ich ein Schatten. Der Schatten des Typs, dem sie jeden Abend begegnet. Der Schatten, den sie zum ersten Mal aus der Nähe gesehen hat. Sie nimmt es mir übel, dass ich in ihre Welt getreten bin, meine Finsternis verlassen, echte Gestalt angenommen und sie berührt habe. Sie muss sich nun fragen, ob sie von nun an verpflichtet ist, mich zu grüßen, mich anzusehen.

Ich wende mich um und suche den Boden ab, als ob der Hund sich zwischen dem Laub, das auf den Gehsteig gefallen ist, inmitten des Papiers und des Rests der städtischen Flora verstecken könnte: Metrotickets, Lotterienieten, Zigarettenkippen aller Längen, manche zertreten, andere noch schön rund mit Spuren von Lippenstift, Hundeausscheidungen und direkt darüber der Hund. Na bitte, da ist er ja. Ich drehe mich um: niemand. Wo ist sie? Langsam beuge ich mich vor und versuche, die Leine zu ergreifen. Das Tier scheint nichts zu bemerken. Es ist zu beschäftigt. Es ist noch nicht fertig und offensichtlich sehr konzentriert. Ich kenne diesen Hund nicht. Ich hege keinerlei Zuneigung zu Hunden. Ich gehöre nicht zu der Sorte Mensch, die ihnen einen Fußtritt gibt, aber auch nicht zu denen, die in der Metro den

Wauwau einer alten Dame streicheln: „Ist der süß!" – Es ist einfach ein Hund: Er ist behaart, hat große, unkontrollierbare Zähne und einen Geruch, den ich lieber nicht in der Nase gehabt hätte. Im Übrigen hege ich auch keinerlei Zuneigung zu seiner Besitzerin. Nichtsdestotrotz stehe ich mit der Leine in der Hand da, ohne zu wissen, wie ich mich in dieser Situation richtig verhalten soll. Ich warte, bis er fertig ist, ehe ich erwäge, mich auf die Suche nach der Dame zu machen. Soll ich einfach darauf zu warten, dass sie uns entgegenkommt, oder – das ist die verlockendste Option – die Flucht ergreifen? Aber da kommt sie, um mich zu befreien, mir zu danken und so schnell wie möglich kehrtzumachen.

Ich komme als Letzter ins Café. Thomas und Sam sitzen schon an meinem Tisch. Lisa bedient den Alten, der mir wie ein neuer Stammgast vorkommt. Er ist in Begleitung eines anderen Alten gekommen, den ich noch nie zuvor hier gesehen habe. Zwei graue und stille Gesichter, die sich scheinbar nichts zu sagen haben. Wie Fahrgäste in der Metro, allein unter anderen grauen und stillen Gesichtern, warten sie und schauen ins Ungewisse.

Wir sprechen von allem und nichts. Vor allem von nichts, das beherrschen wir am besten. Und als wäre ich eine Musikbox, die zu lange geklemmt hat und nun gerade repariert ist, fordern mich meine Freunde auf, ihnen wieder von Pierre-Jean zu erzählen. Lisa füllt die Gläser, ich stammle ein paar Worte wegen meines Schals, ehe ich meinen Monolog fortsetze.

Ich wusste, dass ich nicht wie die anderen bin. Manche Leute werden sagen, dass jeder Mensch anders ist oder zumindest, dass jeder dieses Gefühl hat, anders zu sein. Was mich anbelangt, so war meine Lage ziemlich offensichtlich.

„Die Geschichte hinterlässt Spuren", sagte mein Großvater oft zu mir. Und diese Spuren kann man überall sehen: in den Kirchen und Schlössern, in den Büchern, im Boden. Und in meinem Gesicht.

Ich erinnere mich nicht an mein echtes Gesicht. Jenes, das mir gehörte, ehe die Geschichte darüber hinwegging. Damals, als mir mein Großvater seine Theorie erklärte, verstand ich, wie sehr Geschichte und *Geschichten* etwas Unterschiedliches meinten.

Geschichten, die man Kindern zum Einschlafen erzählt, hinterlassen nicht solche Spuren. Die echte, die große Geschichte kann viel bedrückender und grausamer sein. Sie ist nicht für Kinder gemacht, weshalb man sie verschönert, sie mit Legenden schmückt. Die Griechen kämpfen darin gegen die Götter, und die Ritter treten gegen Drachen an.

Mein Gesicht war mir gestohlen worden, und ich musste erst erwachsen werden, um das verstehen zu können.

„Aber das ist nicht gerecht!“, rief ich.

„Geschichte ist nicht gerecht. Das ist so, und man kann nichts dagegen tun.“

Er schaute mich lächelnd an und sagte mir, dass ich viel mehr sei als ein kleiner Junge: Ich sei ein lebender Beweis, der den Historikern ermögliche, nicht zu vergessen.

Vergessen. Das passierte mir nicht. Jedes Mal, wenn ich die Straße entlangging, war da ein Schaufenster, um mich daran zu erinnern. Aber das war nicht das Schlimmste.

Der Blick der Anderen. Aller anderen. Erwachsener und Kinder. Vor allem der Kinder. Die Erwachsenen waren überrascht. Ich sah in ihren Augen, dass etwas nicht stimmte, aber sie senkten schnell den Kopf oder schauten in eine andere Richtung, unbeteiligt, wie jemand, der nichts bemerkt hat. Den Kindern hingegen gelang es nicht, den Blick abzuwenden. Angesichts einer Anomalie starren, forschen, fragen sie. Sie untersuchten wie hypnotisiert jedes Detail, jedes Fleckchen. Und ich war anormal. Der Schal erlaubte mir, diesen Umstand zu verbergen. Er wirft andere Fragen auf, aber es ist leichter, mit Fragen als mit dem Anderssein zu leben.

Heute noch frage ich mich, wie ich aussehen würde, wäre die Geschichte nicht über mich hinweggetrampelt.

Heute Abend spielt keine Musik, und die Stille wird vom Husten des zweiten Alten kaum unterbrochen. Eben bemerke ich, dass die beiden ihre Stühle in meine Richtung gedreht haben. Lisa signalisiert mir, ich solle fortfahren.

Jedoch machte mich das als Kind nicht besonders traurig. Ich verstand es nicht. Warum ich? Ich pfiff darauf, ein lebender Beweis für die Historiker zu sein. Außerdem hatte ich noch nie einen getroffen. Ich stellte mir Historiker als betagte Menschen vor, die selbst zu der Epoche gehören, die sie erforschen. Männer in grauen Kitteln, Brillen mit dicken Gläsern und mit langen, weißen, schütteren Haaren. Und ein paar Schuppen auf den Schulterpolstern, um das Bild in seinen Einzelheiten zu vervollständigen.

Lange Zeit wartete ich darauf, dass sie mir einen Besuch abstatteten. Wenn sie an meine Tür klopften, würde ich ihnen sofort entgegenstürzen. Aber die Begegnung fand nie statt. „Geduld", sagte Pierre-Jean zu mir. Aber ich hatte genug vom Warten.

Ich glaubte, dass mein Gesicht wieder normal werden würde, wenn die Historiker es denn einmal gesehen hatten. Ich sprach mit meinem Großvater nicht darüber, aber für mich war es klar. Meine Rolle war offensichtlich, eine Information zu übermitteln. Es war wie ein Auftrag, auf den ich stolz war, den ich aber gerne eingetauscht hätte gegen einen beliebigen aus den Leben der anderen Schüler. Ich hätte mich einfach gerne nicht mehr nach meinem echten Gesicht gefragt.

Ich wartete jahrelang, ohne dass sich etwas tat. Als ich endlich einen Historiker traf, hatte ich schon lange begriffen, dass er meine Geschichte nicht mitnehmen, sondern dass er sie auf meinem Gesicht belassen würde. Da war ich übrigens kein Kind mehr, und ich hatte schon keine Lust mehr, von mir zu erzählen.

Schweigend stoßen wir an und rauchen eine Zigarette. Die beiden Alten drehen ihre Stühle um und trinken aus. Der Abend und Sam dehnen sich, und endlich lassen wir Lisa den Laden schließen.

Kapitel 6

Samstags arbeite ich nicht, samstags zähle ich nicht, samstags nehme ich mir Zeit. Samstags treffen wir uns am Nachmittag, fast erstaunt, uns bei Tageslicht zu sehen. Wir lesen gemeinsam Zeitung, vergleichen die Leitartikel, registrieren die verschiedenen Blickwinkel, aus denen ein und dieselbe Nachricht behandelt wird. Thomas bringt Croissants mit, immer. Samstag ist ein besonderer Tag im Café. Die Stammgäste sind nicht dieselben. Es gibt die unter der Woche und die am Samstag. Unnötig zu erwähnen, dass wir sie als Eindringlinge betrachten. Aber heute ohne mich.

Ich verbringe den Tag lesend. Ich kann ein Lächeln nicht unterdrücken, als ich bei der Passage mit Zenos Heiratsantrag ankomme: Verliebt in die älteste der drei Töchter seines Mentors, befindet er sich im Empfangszimmer der Familie. Nachdem er mehr als lange gezaudert hat, stürzt er sich endlich ins kalte Wasser und macht ihr einen Heiratsantrag … den sie kategorisch zurückweist. Aber Zeno ist kein Mann, der sich entmutigen lässt, und macht der jüngeren Schwester, als er ihr begegnet, ebenfalls einen Antrag. Sie ist zwar zweite Wahl, aber es fehlt ihr zugegebenermaßen nicht an Vorzügen. Erneute Ablehnung, aber wieder lässt sich Zeno nicht aus der Fassung bringen. Er entschließt sich, seine letzte Karte auszuspielen und sich auf die letzte Tochter zu stürzen, die darauf nur gewartet hat. Drei

Heiratsanträge an einem Tag für ein alles in allem positives Ergebnis: Endlich ist er verlobt. Zwar kann er nicht umhin, im Gesicht seiner zukünftigen Gattin die Undankbarkeit zu erkennen, aber es gelingt ihm ohne allzu große Schwierigkeiten, sich selbst davon zu überzeugen, dass er wirklich in sie verliebt ist. Ich vergleiche mich mit Zeno. Lisa könnte die schönsten Schwestern der Welt haben, ich würde nicht einmal einen verstohlenen Blick in ihre Richtung werfen. Und dies ist nicht nur eine Frage des Liebesideals. Sagen wir, dass diese altmodische Romantik ein Luxus ist, den ich mir leisten kann. Wenn ich nichts von Lisa erwarte, gibt es die anderen Frauen gar nicht.

Ich gehe nur kurz nach draußen, um die neusten Wetternachrichten von meiner Bäckerin einzuholen. Aber es ist zu viel los, und sie begnügte sich mit einem: „Dürfte es bei Ihnen noch etwas sein?“ Besser als nichts, aber nicht völlig zufriedenstellend. Samstags sind zu viele Leute auf der Straße, zu viele Leute in der Buchhandlung. Und bei Einbruch der Nacht zu viele Leute bei Lisa. Samstag ist für Gelegenheitsgäste reserviert: Sie schauen vorbei, unterhalten sich lautstark und wechseln nach den ersten geleerten Gläsern die Location. Weder Thomas noch Sam noch ich setzen nach Sonnenuntergang auch nur einen Fuß ins Café. Wir haben es einmal versucht, und es war eine Katastrophe. Junge Leute saßen an unserem Tisch. Sam und ich mussten Thomas zurückhalten, der kurz davor war, sie darum zu bitten, auf der Stelle abzuhauen. Wir bestellten Bier, das wir auf unbequemen Plätzen an einer Ecke des Tresens leerten. Wir konnten kaum zwei oder drei Sätze mit Lisa wechseln, die zu sehr damit beschäftigt war, verschiedene Runden zu bedienen. Seitdem bleibt jeder am Samstag bei sich zu Hause. Thomas schreibt, Sam hört Musik, und ich lese.

Was die Sonntage angeht, so habe ich sie noch nie wirklich gemocht. Ich habe sie auch noch nie verabscheut. Aber sie führen mir meine Einsamkeit vor Augen. Die Sonntage sind für die Berufstätigen und die Familien gemacht. Ich bin berufstätig, aber ich habe keine Familie. Ich habe mich selbst aus dieser Gesellschaft ausgeschlossen. Ich gehöre nicht zu einem Clan. Aber seien Sie wegen meines Beitrags zur Nation unbesorgt. Er ist unter dem Schal wohl verwahrt. Ich habe keine Familie, und genau genommen ist das nicht frei gewählt. Dazu habe ich Bücher, Zeitungen, Zeitschriften gelesen. Ich habe Sendungen gehört, in denen man Leuten wie mir erklärt, dass man sich anstrengen, seine Andersartigkeit annehmen muss und vor allem keine Angst davor haben darf. Sogar im Gegenteil, man muss eine Stärke daraus machen. Ich stelle mir lebhaft vor, wie ich eine junge Frau treffe, mir den Schal herunterreiße und ihr mein Gesicht so hinhalte, als ob ich einen Muskel spielen ließe. Und ohne wirklich so weit zu gehen, könnte ich vernünftigerweise so tun, als sei das nicht so schlimm? Könnte ich es hinnehmen, dass man mir nicht in die Augen schaut? Dass der schlichte Anblick meines Gesichts wie eine Verbrennung wirkt? Ich bin kein Junge mehr, und ich habe mich nie daran gewöhnt. Wie soll ich glauben, dass es jemand anderem gelingen wird? Wieso soll ich Lust darauf haben, wem auch immer diesen Anblick zuzumuten? Deshalb verbringe ich meine Sonntage als Junggeselle. Ich gehe nicht auf den Plätzen spazieren, schubse nicht meine Kinder auf öffentlichen Schaukeln an, rudere sie nicht in Booten durch den Bois de Boulogne, kaufe ihnen kein Eis, nehme sie nicht zur Besichtigung der Mona Lisa, der Nike von Samothrake oder der Venus von Milo mit. Ich bringe ihnen nicht bei, Fußball, Karten oder Monopoly zu spielen. Ich nehme sie nicht ins Kino mit und lasse sie auch nicht die Platten entdecken, die in mir auch beim hundertsten Anhören positive Schwingungen auslösen. Ich blicke auch nicht in ihre Augen, weder um zu sehen, was sie fühlen, wenn ich diskret *Dear Prudence* auflege, noch um ihre Aufregung bei *Twist and Shout* zu spüren. Aber ich versauere auch nicht. Genauso wenig werde ich lügen. Manche Sonntage sind hart und von Alkohol-Prozenten durchtränkt, die das Verdienst haben, meine Sicht auf die Wirklichkeit zu verändern. Aber diese Sonntage sind selten. Und ich bin noch nie zusammengeklappt. Ich habe immer darauf geachtet, eine gewisse Würde zu bewahren. Ich meide die zu belebten Orte, wie ich es auch den Rest der Woche halte. Stattdessen nutze ich die nassen und richtig kalten Tage. Die Augenblicke, in denen die Leute nicht verweilen und sich auf der Straße wie in einer Röhre befinden, worin sie einem Ziel entgegenschlittern, das sie eilig erreichen wollen. Die Augenblicke, in denen die Straße verlassen ist. So verlassen sie in Paris sein kann. Ich hätte meine Koffer packen können, mich aufs Land zurückziehen, als Eremit tief im Wald leben, Trapper, Holzfäller, Schäfer oder was weiß ich werden können. Aber ich liebe Paris, ich liebe dieses Leben, das mir diese Stadt hätte bieten können und das ich in seltenen Augenblicken mit den Fingerspitzen berühren kann.

Der Geruch auf meinem Treppenabsatz ist fürchterlich. Die Art von Gestank, der Sie durch einen Überlebensinstinkt dazu zwingt, sich ein parfümiertes Taschentuch ins Gesicht zu drücken. Ich begnüge mich damit, meinen Schal hochzuziehen, aber meine Nase lässt sich nicht täuschen.

Ich mache mich an den Abstieg. Den Abstieg in eine Geruchshölle. Jede Stufe ist eine neue Erfahrung. Da ein Hauch von Fisch, hier eine schmutzige Windel, ein wenig verdorbenes Fleisch, vielleicht Innereien, eine Andeutung von Essig, ein Spritzer verfaultes Obst. Hübsches Bouquet. Ich könnte die Abfälle des Hauses im Einzelnen beschreiben, ohne mir die Mühe zu machen, auf den Lichtschalter zu drücken.

Eins, zwei, drei … Über den Daumen gepeilt ungefähr zehn blaue Säcke, würde ich sagen, stehen vor der Haustür, drei davon aufgerissen. Was den Deckel des Mülleimers angeht, so schließt er nicht mehr. Er steht quasi senkrecht und gibt ihm die Anmutung einer Installation zeitgenössischer Kunst, die die moderne Konsumgesellschaft verurteilt. Man könnte eine Hinweistafel anbringen, auf der ein schwülstiger Text erklären würde, dass der Müll Spuren hinterlässt, die man nicht ewig verbergen kann. Wir schreiten voran und werfen weg, was uns den Weg versperrt. Wir rangieren aus, was wir als unnütz erachten, alles, was uns stört. Wir meinen, gründlich aufzuräumen, aber am Ende schichten wir nur um, entfernen die Dinge aus unserer Nähe.

Da ich mich vorbeugen muss, um den Knauf zu erreichen, gelingt es mir knapp, die Tür öffnen. Endlich gelange ich auf die Straße. Der saubere Gehweg löst in mir den Vergleich mit einem brandneuen Operationstisch einer Luxusklinik aus. Ich nutze den Augenblick und atme tief ein.

Gerade als ich gehen will, packt mich das Gewissen. Offensichtlich hat die Concierge nicht vorgesehen, zu neuem Leben zu erwachen.

Ich halte die Luft an und öffne erneut die Tür. Ein halber Schritt reicht mir, um den ersten Sack in meiner Reichweite zu erwischen. Glücksgriff, er ist gut verschlossen. Wieder auf der Straße, achte ich darauf, dass mein Mantel das blaue Plastik nicht berührt. Ich suche mit den Augen nach einer Stelle, wohin ich meinen Müllbeutel werfen kann. Schritte in die eine Richtung. Schritte in die andere Richtung. Schritte in meine Richtung. Nichts, was einem Müllcontainer ähnlich sieht. Alle Mülleimer in der Straße sind zum Bersten voll. Und kein Sack davor. Wenn's weiter nichts ist: Ich öffne die Tür und lege den Sack sorgfältig an seinen Platz zurück. Schließlich zählt ja die Absicht.

Als ich im Café ankomme, sitzt Lisa auf einem Hocker vor der Bar. Ein Glas Sprudel, eine Zigarette, die im Aschenbecher vor sich hin glimmt. Ein müder Blick, aber ein breites

Lächeln. „Das ist die Zeit, in der ich Luft schnappe", sagt sie entschuldigend.

„Zwischen den Gästen am Nachmittag und denen am Abend bleiben mir ein paar Viertelstunden, in denen ich die Musik hören kann, die ich will, trinken kann, was ich will, und – Gipfel des Luxus – mir aussuchen kann, auf welcher Seite des Tresens ich sitze. Stell dir vor, gerade eben saß ich genau hier, als ein Gast hereinkam."

„Ein Stammgast?"

„Nein, noch nie gesehen ..."

„Und was machte er?"

„Nichts. Er kommt herein und fragt mich: ‚Niemand da?' Ich lasse einen Moment still vergehen, ehe ich ihm antworte: ‚Sieht nicht so aus.'

„Und was machte er dann?"

„Nichts. Na ja, doch: Er öffnete die Tür und ging wieder."

„Und das ist alles? Du hast nichts getan, um ihn aufzuhalten?"

„Nein. Das ist auch ein Luxus: Gästen nicht hinterherrennen zu müssen. Kaffee?"

„Kaffee."

Sie trinkt ihr Glas aus und umrundet den Tresen. Sie hat immer noch nicht an ihrer Zigarette gezogen. Vergessen. *Rubber Soul* läuft in der Endlosschleife. Nicht mein Lieblingsalbum. Übrigens von vielen Leuten nicht. Was nicht seine Qualität infrage stellt. Sagen wir, ich habe nie auch nur irgendwen sagen hören, dass *Rubber Soul* sein Kultalbum sei, nicht einmal sein bevorzugtes Beatles-Album.

„Woran denkst du?", fragt mich Lisa.

„An nichts Besonderes ..."

„An die Musik?"

„Ja."

„Genial, was? Ist dir klar, dass die Platte vor mehr als zwanzig Jahren herauskam?"

„1965."

„Ich war dreizehn."

Ich rechne schnell Lisas Alter aus, das für mich immer ein Rätsel war … Sie ist 35. Ich bin zwölf Jahre älter. Aber Lisa hindert mich daran, mich noch mehr in Berechnungen zu verlieren.

„Das ist ein Album, das wirklich unterbewertet ist. Für mich ist es eines der besten. Und eines von denen, die ich ohne Zögern auf eine einsame Insel mitnehmen würde. Man kann *Sergeant Pepper* und das *White Album* nicht verstehen ohne *Rubber Soul*. Meinst du nicht auch?“

„Doch, ich dachte gerade genau dasselbe.“

Das ist nur eine kleine Lüge, da ich ja ihren Gedankengang teile. Und ich bin umso mehr dazu bereit, mich ihrer Meinung anzuschließen, da die Aussicht, mich an ihrer Seite auf eine einsame Insel zu begeben, mich nicht gleichgültig lässt. Und dieses Lächeln … Nur allein für dieses Lächeln wäre ich dazu bereit, *Rubber Soul* auf eine einsame Insel mitzunehmen.

Lisa stellt meinen Kaffee auf den Tresen und schaut mich an. Ich mag die Art, wie sie mich anschaut. Mir in die Augen schaut. Ohne auszuweichen, ohne einen Punkt zwischen meinen Augen und der Stirn zu suchen. Sie sieht meinen Schal nicht oder hält sich jedenfalls nicht daran auf. Sie lächelt. Denkt sie an die Beatles, oder ist sie mir auf die einsame Insel gefolgt? Ich wähle die zweite Hypothese. Das ist mein persönlicher Luxus.

Ich schneide meinen Zuckerwürfel in zwei Teile, dann in zwei weitere. Es ist komplizierter, als man glaubt, den Zucker in einem Café zu dosieren: Weniger ist nicht genug, mehr ist zu viel. Kleine Zuckerkristalle fallen auf den Tresen. Sie wischt sie mit einer Handbewegung weg, holt sich ein Viertel, das sie sich in den Mund steckt und das einen Krümel auf ihrer Lippe hinterlässt.

Das Quietschen der Tür holt mich aus meiner Träumerei. Sam und Thomas kommen zusammen herein.

„Stören wir?“, fragt Thomas.

„Wir sprachen von den Beatles …"

„Wie originell. Und außerdem wäre es ein wenig überstürzt, das Konversationsthema in zehn Jahren mehr als einmal zu wechseln."

Thomas hört viel klassische Musik, hat aber sehr wohl gespürt, dass wir nicht die besten Gesprächspartner für dieses Thema sind. Er versuchte mehrfach, uns einige Platten mitzubringen, aber beschloss schließlich, dass er uns bekehren wird, wenn wir reif dafür sind. Von Zeit zu Zeit lässt er uns an einer seltenen Aufnahme teilhaben, die er entdeckt hat und zu Hause andächtig hört, mit geschlossenen Augen auf dem Sofa ausgestreckt. Aber er lehnt es ab, uns weitere Platten mitzubringen, nachdem wir es gewagt haben, uns mitten im *Te Deum* zu unterhalten.

Was Sam angeht, so ist er ein wahrer Musikenthusiast, auch wenn er sich nicht sehr wohl dabei fühlt, darüber zu sprechen. Wenn man ihn fragt, was er hört, begnügt er sich mit einem „alles ein wenig", was nichts heißen will.

Heute macht Sam den Eindruck, als wolle er nicht wirklich gefragt werden, was er höre. Er ist besorgt. Kaum sitzt er, zieht er aus seiner Jackentasche einen Umschlag.

„Das habe ich heute bekommen."

„Was ist das?"

Er reicht Thomas den Umschlag. Er ist handbeschrieben mit einer feinen, fast kindlichen Schrift. Mit einem Runzeln der Augenbrauen fragt er Sam, ob er den Brief lesen darf. Zustimmendes Nicken.

Mein Kleiner,

es ist lange her, dass du weggegangen bist, und, man muss es ehrlich sagen, du fehlst uns sehr. Dein Vater und ich waren nicht wirklich beunruhigt. Du bist jetzt groß, und wir wissen das. Aber trotzdem, lieber Himmel! Warum hast du uns nicht ein paar kurze Zeilen zum Abschied hinterlassen? Wir hatten den Eindruck, du wolltest dich heimlich davonmachen. Aber wir drei hatten doch eine gute Zeit. Das Wichtigste ist dennoch, dass es dir gut geht und dass du Arbeit und Freunde gefunden hast. Wir sind sehr stolz auf dich.

Was uns anbelangt, so geht es uns bestens, und dein Vater hat sogar eine Gehaltserhöhung bekommen. Deshalb erlaube ich mir, dir ein wenig Geld zu schicken. Ärgere dich nicht darüber. Wir behandeln dich nicht wie einen Almosenempfänger, aber jeder hat am Anfang seines Berufslebens ein wenig Hilfe nötig. Pass gut auf dich auf und sei vor den Gefahren der großen Städte auf der Hut. Ich hoffe, du arbeitest nicht irgendetwas und achtest darauf, ein wenig Geld zur Seite zu legen. Isst du nach deinem Geschmack? Du weißt, dass das sehr wichtig für eine gute Gesundheit ist. Aber ich will dich damit nicht weiter belästigen.

Deinem Vater geht es recht gut. Seine Arbeit begeistert ihn immer noch nicht, aber er hat begonnen, Sport zu treiben. Eine große Neuheit! Ich weiß nicht genau, was er macht, aber er nimmt ab, und das ist das Wichtigste. Der Arzt hatte ihm gesagt, dass es nicht vernünftig sei, sich in seinem Alter gehen zu lassen. Ich glaube, er läuft. Jeden Morgen rennt er im Morgengrauen los und kommt schweißnass zurück. Ein echter Champion. Ich persönlich interessiere mich für Schmetterlinge. Wusstest du, dass bestimmte Arten ihre Farbe wechseln, um sich zu tarnen? Das ist außergewöhnlich. Ich entdecke eine neue Welt und neue Perspektiven für meine Zukunft.

Sei umarmt.

Wir tauschen erstaunte Blicke aus und versuchen, Ordnung in das alles zu bringen.

Ich habe eine Vermutung. Eine schreckliche Vermutung. Aber Lisa ist es, die sie ausspricht:

„Aber … hattest du uns nicht gesagt, dass dein Vater tot ist?“

„Doch. Er ist gestorben. 1983."

„Aha."

„Und deine Mutter?"

„Sie ist auch tot."

„Aha."

„Dann ist das ein Zustellungsfehler. Ich sehe keine andere Möglichkeit."

„Das dachte ich auch, aber mein Name steht auf dem Umschlag."

„Vielleicht ist der Umschlag an einen Mann mit gleichem Namen adressiert."

„Wenn jemand mit dem gleichen Namen in meinem Haus wohnte, meint ihr nicht, dass ich das gemerkt hätte?"

„Aber diese Geschichte ist absolut verrückt!"

„Mag sein. Aber es freut mich, Nachrichten von meinen Eltern zu erhalten."

Es stimmt. Er macht nicht den Eindruck, unglücklich zu sein. Aufgewühlt, aber nicht unglücklich. Wir verbringen den Rest des Abends damit, Vermutungen anzustellen und zu raten, wer ihm schreiben könnte. Wir fassen ins Auge, uns rund um einen Cafétisch zu setzen, die Geister heraufzubeschwören und eine alte Hellseherin nach ihrer Meinung zu befragen, die die Lösung ihrer Kristallkugel entlocken würde.

Beim Nachhausegehen wird mir klar, dass ich fast enttäuscht bin, ihnen heute Abend nicht von Pierre-Jean erzählt zu haben.

Kapitel 7

Heute steht kein Umtrunk zur Verabschiedung an. Kein Ruhestand, keine Weihnachtsfeier, keine Ostereiersuche. Kein Buchprüfer im Nacken, ein ruhiger Montag. Ein Montag, der ruhig hätte sein können. Einige Meter neben meiner Bürotür haben sie einen Wasserspender aufgestellt. „Das stört dich doch nicht, dass wir ihn hier hinstellen?“ Die Maschine ist fast lautlos. Ihre Benutzer sind es nicht. Ihre Benutzer sind aufgekratzt: Eine wahre Oase aus Plastik und Lichtdurchlässigkeit! Ich bin überrascht, dass sie nicht eine kleine Zeremonie mit dem Präsidenten organisiert haben, um ein rotes Band zu durchschneiden. Nichts von alldem. Männer im Kittel kamen, um ihn aufzubauen, erklärten uns, wie man den Wasserbehälter austauschte und gingen pfeifend davon. Es folgte ein Moment der Ruhe. Dann umkreisten Männer und Frauen das Gerät wie Eskimos, die das erste Mal einen Baum sahen. Sie kamen näher, schnupperten, berührten es mit den Fingerspitzen, drückten erst auf den einen, dann auf den anderen Knopf. Nachdem sie sicher waren, dass das Gerät harmlos ist, stürzten sie sich darauf und ließen für den Rest des Tages nicht mehr von ihm ab. Noch nie hatten meine Kollegen so viel Durst wie heute. Man könnte glauben, sie hätten das Wochenende über nicht den kleinsten Schluck getrunken, nur um heute einen der weißen Becher benutzen zu können, den sie sorgfältig zerdrücken, ehe sie ihn in den Korb werfen.

Wenn ich wollte, könnte ich vom heutigen Tag an ein Tagebuch über den Tratsch auf meiner Etage schreiben. Darauf habe ich aber keine Lust. Ihn zu hören lässt mich schon genug leiden. Die Fortschritte der Kleinen, das Grillen am Wochenende, die Motorprobleme des neuen Autos, die Tennisturniere ... Die anzüglichen Bemerkungen über die Praktikantin aus dem ersten Stock und die Empfangsdame im Parterre spare ich mir. Beförderungswünsche, vorsätzlicher Verrat, persönlicher Ehrgeiz. Ein Sowieso, der den Bericht, den er für heute Vormittag versprochen hatte, nicht abgegeben hat. Eine Sowieso, die auf dem *i* immer Kreise macht. Und man erträgt sie nicht mehr, diese Kreise auf dem i. Es ist ja nicht schwer, einen Punkt aufs i zu machen. Jemand sollte es ihr sagen. Aber wer? Der Dings grüßt nicht mehr, und man hofft, dass er nichts Ernstes hat, aber trotzdem könnte er sich zusammenreißen, wir haben ja alle unsere Probleme. Wenn man bei der kleinsten Sorge schon nicht mehr grüße, müsse man sich nicht wundern, wenn der Laden schlecht läuft. Ach ja, der Laden läuft schlecht? Nicht wirklich, aber schau nur, was bei der Konkurrenz los war.

Ich erfahre, dass die Konkurrenz dichtgemacht hat, weil sie sich dort nicht mehr gegrüßt haben.

Und dann vergessen sie es. Sie vergessen, dass mein Büro direkt hinter dem Wasserspender ist. Sie vergessen, dass die kümmerlich dünne Trennwand mich alles mithören lässt. Sie vergessen, dass sie mich nicht sehen, ich sie jedoch hören kann. Sie vergessen, dass ich wirklich lebe, auch wenn ich nie an einem Umtrunk zur Verabschiedung teilnehme und ich nie mit ihnen herumstehe. Sie schätzen es nicht, dass ich beim Umtrunk zur Verabschiedung nicht dabei war. Sie schätzen es nicht, dass ich nie mit ihnen herumstehe. Sie werfen mir vor, dass ich zurückgezogen lebe.

Sie fragen sich, was ich am Abend bei mir zu Hause mache. Ob ich eine Familie habe, Kinder, eine Frau, Freunde. Sie fragen sich, ob mich jemand schon ohne meinen Schal gesehen habe. Sie fragen sich, was darunter ist, ob ich einen Unfall hatte, ob ich ein Kinn habe. Ich höre nicht mehr hin. Ich höre nicht mehr zu. Ich höre nicht mehr. Ich zähle, ich zähle nach und gegebenenfalls zähle ich erneut.

Ich bin Buchhalter.

Meine halbe Stunde Metrofahrt reicht, mich auf andere Gedanken zu bringen. Nach und nach vergesse ich den Lärm der zerdrückten Becher, gewiegt von der Langeweile und dem Rhythmus der Züge, die sich kreuzen, anhalten und wieder anfahren, während man mich sehr liebenswürdig bittet, auf die Taschendiebe zu achten, die möglicherweise an dieser Station unterwegs sind.

Die Bäckerin stellt fest, dass der Himmel bis auf einige vorübergehende Aufheiterungen bedeckt ist. Dann führt sie weiter aus, dass man das Wetter angesichts des nahenden Winters ausnützen sollte. Die Dame mit dem Hund grüßt mich nicht, sieht mich nicht.

Heute Abend sind die beiden Alten mit einer jüngeren Frau um die zwanzig gekommen. Sie könnte die Tochter eines der beiden sein, aber ich wüsste nicht, von wem. Sie ist schick angezogen: Ihre Rundungen kommen in einem kleinen Kostüm gut zur Geltung, in dem sie wie in einer Wurstpelle steckt. Sie bestellt einen Kräutertee ohne Zucker, ganz wichtig, ohne Zucker, weil sie aufpasst. Sie erläutert nicht näher, worauf sie aufpasst, aber die beiden Alten scheinen es zu wissen. Lisa will auch nicht mehr von ihr wissen, sie ist Profi. Sie hat ein gutes Händchen für Kunden, die aufpassen und sie mit einem kurzen, wissenden Blick ansehen. Sie bringt ihnen einen Kräutertee und zwei Gläser mit einer gelben Flüssigkeit, ehe sie sich zu uns gesellt.

Thomas verlangt, dass ich meine Geschichte fortsetze. „Wenn der Wein gekeltert ist, muss man ihn trinken.“ Ich tue nicht so, als würde ich das nicht verstehen. Es sieht ganz so aus, als ob ich mit Erzählen an der Reihe bin und dass dies nicht verhandelbar ist. Ich ziehe mir den neuen Anzug des Typen an, der sich seiner Kindheit zuwendet. Neu oder alt, da zögere ich, so sehr habe ich den Eindruck, bei jeder Erwähnung einen Satz in die Vergangenheit zu machen. Ich erkenne meine Stimme kaum wieder und bin überrascht, Worte zu gebrauchen, die ich sonst nie verwende, Worte meiner Kindheit, die mit vergessenen Gefühlen verbunden sind. Mein Bein fängt wieder an zu zucken. Mein Körper folgt wirklich Ritualen, die ich nicht kontrollieren kann.

Gewisse Leute sagten, mein Großvater sei verrückt. Sie sagten ihm das lächelnd ins Gesicht oder schauten dabei in den Himmel, sobald er ihnen den Rücken zugedreht hatte. Ich persönlich glaube, dass er weltfremd war. Das war das Wort, das die Zeitungshändlerin zu mir gesagt hatte. Ich mochte den Ausdruck „weltfremd“. Ich wusste nicht genau, was er bedeuten sollte, aber ich wusste, was das Wort „verrückt“ bedeutete.

Was stimmt, ist, dass er eine ausufernde Fantasie hatte und diese gelegentlich das wahre Leben überflügelte. „Das Leben ist zu kurz, um sich mit allem abzufinden, was schiefläuft. Man sollte Träume nicht aufschieben. Träume sind für etwas gut. Und sie sind umsonst.“

„Weltfremder Träumer“, ich glaube, so sah die Zeitungshändlerin meinen Großvater. Er brachte sie mit den Geschichten, die er ihr erzählte, zum Lachen. Diese waren so ähnlich wie jene, die ich mir anhören durfte. Das war nicht die Weltgeschichte, die Spuren auf Kindergesichtern hinterlässt, sondern Geschichten, die Frauen, die Zeitungen und Zigaretten verkaufen, zum Lachen bringen.

Ich verstand die Geschichten nicht immer. Wenn ich mit ihm unterwegs war, bemerkte ich sehr wohl, dass die Leute ihn mochten und dass er eine Menge Sachen erzählte, die für Heiterkeitsausbrüche sorgten. Aber ich wusste noch nicht, dass nicht alles wahr war. Er war wie ein Schauspieler auf Tournee. Seine Bühne war die Straße, und seine Zuschauer waren die Leute, die ihm dort begegneten.

Bei uns zu Hause gab es hinten in der Wohnung einen ganz kleinen Raum. Dort stopften wir allen Krimskrams hinein, den er aufsammelte, um ihn eines Tages wieder zusammenzuschrauben. Dort gab es Räder ohne Fahrradrahmen, Holzbretter mit hervorstehenden, rostigen Nägeln, Lampenschirme, Puppenköpfe oder -gliedmaßen, Schubladen, Bruchstücke von kleinen Teilen oder großen Sachen. In der Art von Ali Babas Höhle, mit der die vierzig Räuber nichts anzufangen wussten.

In diesem Raum befand sich auch ein altes Spülbecken. Ich wusste nicht, ob es schon immer da war oder ob mein Großvater es von der Straße mitgebracht hatte. Jedenfalls erzählte er mir eines Tages, dass er es nicht weggeben könne, weil es als Aquarium für einen großen Fisch diene.

Ich habe diesen Fisch nie gesehen. Es war ein Fisch, den man nur nachts sah, ein scheues Tier, das nur an die Oberfläche kam, wenn es sich sicher fühlte. Freilich war auch Wasser in diesem alten Becken. Aus der Perspektive meiner Größe von einem Meter, den ich damals maß, erschien es mir sehr tief. Aber ich denke, dass mir diese ganze Geschichte lächerlich vorkommen würde, wenn ich das Becken heute noch einmal sähe.

Von Zeit zu Zeit löschten wir abends alle Lichter und schlichen uns lautlos in die Kammer. Wir achteten darauf, nirgendwo anzustoßen, um das Tier nicht vorzuwarnen. Opa Pierre-Jean hob mich dann hoch, und wir hielten nach ihm Ausschau. Ich schwor mehr als einmal, dass ich es gesehen hätte, aber je größer ich wurde, desto seltener sah ich es.

Ich befragte meinen Großvater oft, um zu verstehen, wie der Fisch lebte, wovon er sich ernährte. „Das ist ein Fisch, der nicht isst“, antwortete er mir. „Das ist ein Fisch, der wartet.“

Die Alten warten auch. Die junge Frau schaut sie zustimmend an, aber sie scheinen enttäuscht zu sein, als ihnen klar wird, dass ich meine Erzählung beendet habe. Lisa erhebt sich, um neue Musik aufzulegen und um die Gäste zu fragen, ob sie noch etwas wünschen. Sie wollen nichts mehr. Nur bezahlen und gehen. Wir folgen ihnen für ein paar Schritte, während wir uns versprechen, in unseren Spülbecken nachzusehen, ob sich dort große Fische eingenistet hätten. Um zu warten.

Kapitel 8

Sieben Uhr morgens. Ich verfluche meinen Wecker. Nicht wegen der Uhrzeit, sondern weil er mich aus einem Traum reißt, in dem ich es mir gerne für Ewigkeiten bequem gemacht hätte. Lisa kam darin vor. Das reichte für mein Glück. Auf gewisse Weise war dies unsere erste gemeinsame Nacht.

Beim Kaffeekochen versuche ich, die Bruchstücke zusammenzufügen, die Bilder zu erwischen, die zerfasern. Ich weiß, dass mir nicht viel Zeit bleibt. Bald wird von dem Traum nichts mehr übrig sein, nur noch ein Gefühl.

Ich erinnere mich, dass wir allein waren, sie und ich. Wir waren Kinder und versteckten uns unter einem Tisch, dessen Tischdecke herunterhing, was uns dem Blick der anderen entzog. Wir hörten das Klirren des Bestecks, anstoßende Gläser und Wortfetzen. Es war eine Hochzeit oder eine Feier in dieser Art. Wir sprachen nicht. Unsichtbar wie der Fisch im Becken warteten wir. Ich wusste nicht, was ich sagen sollte, aber wir fühlten uns wohl. Wir umarmten uns. Ich träume oft, dass ich umarmt werde. Aber es ist das erste Mal, dass die Arme Lisa gehören.

Ein Arbeitstag vergeht mit Zählen, ohne nachzudenken, kaum gestört durch den Wasserspender, der meine Kollegen weiterhin erregt. Ich zähle, um sie nicht mehr zu hören.

Ich zähle, um mich nicht von schimärenhaften Erinnerungen mitreißen zu lassen. Ich zähle in Erwartung des Sonnenuntergangs. Ich zähle, weil es mein Beruf ist. Um meinen Schwung auszunutzen, zähle ich am Ende des Arbeitstages die Metrostationen: sechzehn. Ich zähle die Passagiere in meinem Waggon: zweiunddreißig. Ich zähle die Baguettes, die senkrecht hinter der Bäckerin stehen: vierzehn. Ich zähle die Damen mit Hund: eine. Ich zähle die überraschenden Ereignisse seit heute Morgen: keines. Mein Traum war deutlich besser als dieser Tag. Wie mir mein Großvater wiederholt sagte: Die Wirklichkeit ist ein wenig überschätzt.

Beim Geräusch der Tür, die sich öffnet, dreht Lisa sich um. Die Tür quietscht, wenn es kalt ist, wenn es regnet oder wenn es zu heiß ist, also eigentlich immer. Die Bilder bestürmen meine Erinnerung. Ich hatte Angst davor, dass sie mir entkommen könnten, und jetzt sehe ich sie am Ende des Tages wieder vor mir auftauchen. Es fällt mir schwer, ruhig zu bleiben. Ich spüre, wie mein Herz gegen mein Hemd schlägt und dessen Knöpfe leicht erzittern lässt. Ihr Lächeln macht es nicht besser. Und wenn wir unter einem Tisch verschwänden? Aber es gibt kein Tischtuch, keine Feier, weder Hochzeit noch Kommunion, keine anstoßenden Gläser, kein klirrendes Besteck, keine Wortfetzen. Es gibt nichts. Nur meinen Traum. Wir sind keine Kinder mehr. *Forbidden Planet*.

Lisa schaut mich noch immer an, überrascht, mich hier zu sehen. Gleichwohl bin ich da, wie jeden Abend. Woche für Woche, immer. Hier bin ich zu Hause. Das ist unser gemeinsames Heim. Lisa und ich sind so etwas wie ein Paar … mit Sam und Thomas. Ein seltsames Paar aus vier Personen. Ein Paar, das sich selbstverständlich nicht berührt. Ein Paar ohne Arme, die mich umschließen. *Forbidden Planet*.

In diesem Viererpaar hat Lisa einen besonderen Platz. Sie ist in der Mitte, sie ist meine Mitte. Sicherlich die Schweigsamste von uns, sicherlich die Strahlendste.

Sicherlich die, deren Arme mir am meisten fehlen. Deshalb begnüge ich mich damit, sie anzuschauen und von ihr zu träumen. Ich sehe, wie sie sich mit einer Hand eine Haarsträhne aus dem Gesicht streicht, und träume davon, wie meine Hand ihren Hals liebkost. Ich sehe ihre Hände, wie sie den Tresen leicht berühren, und ich träume, dass ich es bin, auf dem sie ruhen. *Forbidden Planet.*

Die Scheingäste gehören nicht zu diesem Paar. Scheingäste, das sind die anderen. Die, die etwas zu sich nehmen, zahlen und gehen. Die Stillen, die Plauderhaften, die Passanten. Wir haben nichts gegen sie, im Gegenteil, sie lassen das Geschäft laufen und die Kasse klingeln. Manche sind sogar ziemlich nett. Die meisten sind höflich. Manche tragen im Winter Mützen und im Sommer Sonnenbrillen. Manche sind immer gleich angezogen, egal zu welcher Jahreszeit. Es sind viele Männer, einige Paare, teils legal, teils illegal. Frauen, die alleine kommen, sind selten. Im Allgemeinen sind sie gut gekleidet, in Kostüm und hohen Absätzen. Manchmal Studenten, oft Rentner. Wenn es regnet, kommen manche in Panik herein und brauchen dann eine Stunde, um das Preiswerteste auf der Karte zu wählen und das Ende des Schauers abzuwarten. Sie werfen unruhige Blicke nach draußen, als ob das Wasser in das Café eindringen und sie forttragen werde. Wie Tiere in der Falle schütteln sie sich und scheinen erstaunt, sich hier wiederzufinden. Sie hätten in ein Bekleidungsgeschäft gehen und dort ein T-Shirt kaufen können, aber sie sind in einem Café und bestellen einen Kaffee. Die Kinder nehmen einen Saft oder einen Lutscher. Den Lutscher nicht so oft, weil der beschäftigt, aber klebt. Dann muss man fragen, wo die Toiletten sind, um die kleinen Hände zu waschen. Die Toiletten sind hinten links. Die Toiletten sind immer hinten links. Wenn sie das nicht sind, dann sind sie gegenüber. Aber sicherheitshalber fragt man. Vielleicht aus Angst, sich zu verlaufen. Oder der Wirt könnte sich wundern, wohin man unerlaubt geht, und eine Waffe hinter dem Tresen hervorholen. Niemand will sterben, weil er nicht gefragt hat, wo die Toiletten sind. Deshalb fragt man und wartet auf die Antwort: hinten links.

Sam stößt zu uns und hält einen neuen Umschlag in der Hand. Mit fragendem Blick schaue ich ihn an. „Von meiner Mutter“, antwortet er halb lächelnd.

„Sind es gute Nachrichten?“

„Das lasse ich euch beurteilen.“

Mein Kleiner,

ich habe mich sehr über deine Neuigkeiten gefreut. Du bist gesund, und das beruhigt uns, deinen Vater und mich, sehr. Hier in der besten aller möglichen Welten geht alles bestens, wie Diderot oder Voltaire sagten (es sei denn, es war Montaigne?). Wie auch immer: Uns geht es gut. Dein Vater hat angefangen, Tennis zu spielen oder Golf, ich weiß es nicht mehr. Ich weiß, dass es mal ein Reichen-Sport war und dass es ihm Freude macht. Er wollte, dass ich ihn begleite, aber ich traue mich nicht wirklich, meine Pflanzen den Tag über unbeaufsichtigt zu lassen. Weißt du, die Nachbarn sind sehr gemein, und ich glaube, dass sie auf ihren Tod aus sind. Es ist ziemlich schwer, das auszuhalten, und deshalb passe ich besser auf.

Erinnerst du dich noch an den kleinen Corentin? Den Sohn der Friseuse? Stell dir vor, er hat seine erste Kommunion empfangen. Es war ein sehr schönes Fest (ich habe die Fotos gesehen). Er bekam eine Menge Geschenke: ein Fußballdress, einen kleinen Computer und einen Rasenmäher, über den sich sein Vater sehr gefreut hat. Die Feier war sehr fromm, und sie waren zufrieden damit. Der Friseuse geht es auch sehr gut, aber nicht so gut wie der Shamponeuse, die einen sehr netten jungen Mann gefunden hat. Sei versichert, ich werde dir nicht die Neuigkeiten aus dem ganzen Viertel erzählen.

Ich interessiere mich nicht mehr für Schmetterlinge. Sie sind nicht sehr sympathisch. Weißt du, ein Tier, das man mit einer Nadel feststeckt, ist nicht viel mehr als Nippes. Ich ziehe die Papageien vor. Vielleicht kaufe ich einen, wenn dein Vater es mir erlaubt ... Deswegen bin ich ganz aufgeregt! Das wäre fast wie ein Traum, der wahr wird: Du kennst meine Leidenschaft für Tiere, die sprechen.

Sei umarmt.

P.S. Mit der Arbeit habe ich aufgehört. Es war zu hart, und dein Vater sagte mir, dass er genug für uns beide verdiene.

Betretenes Schweigen. Wie nach dem vorigen Brief ist es Lisa, die es wagt, eine Frage zu stellen.

„Du hast ihr geantwortet?"

„Ach was, nein. Wie hätte ich denn können, da steht ja kein Absender drauf."

„Und du findest das nicht etwas seltsam?"

„Doch, aber das macht nichts. Es scheint ihnen gut zu gehen. Das ist das Wichtigste."

Alle weiteren Fragen, die eventuell gestellt werden könnten, wischt er mit einer Handbewegung weg. Für ihn ist die Sache abgeschlossen. Das ist sein geheimer Garten. Ein Garten, der teilweise geheim ist, da er ihn ja mit uns teilt. Aber es ist ein Garten, in dem wir die Beete nicht betreten dürfen.

Schließlich trifft Thomas ein. Er hat schon seine Zigarette gezückt, und der Verschluss des Zippos tanzt in seiner Hand. Er macht einen aufgeregten Eindruck.

„Champagner, Lisa!"

„Wie bitte?"

„Ich sagte: Champagner ..."

Wir vier verharren in erstauntem Schweigen. Thomas zieht an einer Zigarette, die er nur schwerlich zwischen seinen Lippen halten kann, weil er lächeln muss. Lisa beugt sich unter den Tresen, geht ein paar Schritte zurück, öffnet einen Schrank, dann noch einen, verschwindet im Vorratsraum und kommt sichtlich erleichtert mit einer Flasche in der Hand zurück. Die Tür geht auf, ein Scheingast tritt ein, bestellt einen Kaffee, den er am Tresen trinkt. Trinkt und verschwindet. Das war ein Scheingast in Höchstgeschwindigkeit, der mit Koffein betrieben wird. Eine der geläufigsten Arten.

Lisa öffnet die Flasche, Thomas drückt seine Zigarette aus, die zweite seit seiner Ankunft, nimmt die Flasche aus Lisas Händen entgegen und füllt die Kelche einen nach dem anderen, wobei er aufpasst, dass es nicht zu sehr schäumt. Die Gläser klirren wie in meinem Traum. Lacher wie in meinem Traum. Lisas Blick kreuzt meinen, allerdings nicht wie in meinem Traum.

„Wir stoßen an … auf meinen Roman!"

„Deinen Roman? Das ist es! Hast du ihn fertig geschrieben?

„Heute Morgen. Geschrieben, gelesen und noch einmal gelesen."

„Glückwunsch! Und jetzt … Wann wird uns die Ehre zuteil, ihn zu lesen?"

„Das weiß ich noch nicht … Ich zögere noch. Er ist ziemlich persönlich."

„Persönlich? Aber du wirst ihn doch nicht niemanden lesen lassen, oder?"

„Ich weiß es nicht."

„Wirst du ihn nicht an Verleger schicken?"

„Das werde ich noch sehen."

„Aber wenn du nicht versuchst, ihn zu veröffentlichen, wenn du ihn niemanden lesen lässt, wozu war es dann gut, ihn geschrieben zu haben?"

„Ich gebe zu, dass ich mir diese Frage nicht gestellt habe."

„Aber bist du zufrieden damit? Ich meine … Wenn du zögerst, ihn lesen zu lassen, dann deshalb, weil du fürchtest, dass man ihn schlecht fände?"

„Da ist etwas dran. Ich habe immerhin viel Zeit damit verbracht. Ich habe alles gegeben, mich hineingekniet. An manchen Abenden habe ich mich selbst gezwungen, wieder an die Arbeit zurückzukehren. Wisst ihr, wenn man sich auf den Weg macht, weiß man nicht genau, wohin die Reise führen wird. Man denkt in der Metro einfach so an eine Geschichte. Dann denkt man daran, während man seinen Kaffee trinkt, und schließlich den ganzen Tag über. Man sagt sich schließlich, es würde sich vielleicht lohnen, da „etwas zu machen". Also schreibt man zwei Zeilen, dann einen Abschnitt. Nach der ersten Seite sagt man sich: ‚Warum nicht?'"

Während er seine ganze Theorie vor uns ausbreitet, hält es Thomas nicht an seinem Platz. Er steht auf, setzt sich hin, bringt das Glas an seine Lippen, stellt es wieder ab, trinkt einen Schluck, holt eine Zigarette heraus, führt sie zum Mund, hält sein Zippo hin, nimmt es wieder weg, legt seine Zigarette ab, nimmt sie wieder auf, zündet sie an, legt sie im Aschenbecher ab, lässt sich eine Latte Macchiato heraus, trinkt einen Schluck, greift nach der nächsten Zigarette, ehe er sie unvermittelt ablegt. Er ist anderswo. Er ist noch in seinem Roman.

„Um ehrlich zu sein, das ist ein ziemlich seltsames Gefühl. Ich bin gleichzeitig stolz und glücklich, ihn beendet zu haben … Und gleichzeitig frage ich mich, was ich morgen anfangen werde. Und dann weiß ich wieder nicht, ob es überhaupt etwas gibt, worauf ich stolz sein kann. Wisst ihr, ich bin zwar glücklich, am Schluss angekommen zu sein, aber ich weiß nicht genau, ob es qualitativ etwas taugt."

„Ich persönlich würde es gerne lesen", haucht Lisa, „ich werde es nicht beurteilen, ich werde dir gar nichts sagen, wenn du willst."

„Das Problem ist, dass ich nicht weiß, ob es dir gefallen hat, wenn du nichts sagst … Und ich bin nicht sicher, ob ich dazu bereit bin."

„Du bist ja nicht gerade selbstsicher …"

„Wenn man schreibt, ist man sich nie seiner selbst sicher. Ich habe dermaßen gute Bücher gelesen, dass ich glaube, nicht auf deren Höhe zu sein … Aber ich weiß auch, dass es viel Schlechteres gibt. Aber was ist schlimmer, als ein schlechtes Buch zu lesen? Das schlechte Buch eines Freundes zu lesen … Und das möchte ich niemandem zumuten."

Einen Moment lang bleiben wir still und denken über seine Worte nach. Wenn man davon ausgeht, kann man dann das Risiko auf sich nehmen und den Roman lesen? Ich persönlich bin nicht so scharf darauf. Denn ich lege absolut keinen Wert darauf, einem Freund zu sagen, dass sein Buch schlecht ist. Trotz allem kann es auch sehr gut sein. Zwangsläufig gibt es etwas darin, was sich lohnt, es zu bewahren. Etwas, worüber man etwas Positives sagen kann.

„Und wenn du es uns gerade deshalb zu lesen gibst, damit wir dir unsere Meinung sagen können? Das könnte dir helfen, es zu verbessern, eine genauere Vorstellung von seiner Qualität zu bekommen."

„Hm … ich bin kein Schriftsteller, und ich hatte nicht vor, ein perfektes Werk zu schreiben. Ich habe es geschrieben, weil ich gerne schreibe. Und … weil es der einzige Weg ist, mit meinen Kindern zu sprechen."

Er beißt sich auf die Lippen. Er hatte von ihnen schon lange nicht mehr gesprochen. Aber wie jedes Mal, wenn die Unterhaltung persönlich wird, vergisst er, dass seine Kinder nie gelebt haben. Um uns nicht zu zeigen, wie verstört er ist, hängt er schnell an:

„Wenn der Roman so, wie er ist, gefällt, umso besser. Aber ich möchte nichts daran ändern, selbst wenn die Qualität des Textes gewinnen würde. Wie ich euch sagte, ist dieses Buch ein Teil von mir … Und wenn ich ihm Veränderungen von außen zufügte … wäre es nicht mehr das gleiche.

Und außerdem ist jetzt wirklich Schluss damit. Ich will jetzt mit etwas Anderem weitermachen. Vielleicht werde ich es wegwerfen und das nächste schreiben.

„Gut, dann ... lasst uns darauf anstoßen!"

Während wir die Flasche austrinken, kommen die beiden Alten mit der gleichen Frau wie am Vorabend herein, die von einem Paar um die vierzig begleitet wird. Sie grüßen uns und setzen sich rund um den Tisch. Das neue Paar ist zögerlich und sucht mit den Augen Lisas Zustimmung, als ob sie ihrer Erlaubnis bedürften, um sich zu setzen. Nachdem sie deren Bestellung aufgenommen hat, stellt sie wieder die Musik an. Wir hören: „Sous quelle étoile suis-je né?"

„*Love me, please love me*, 1967!", ruft Thomas.

Lisa überprüft den Namen des Albums auf der Hülle der Langspielplatte und zeigt ihm mit dem Daumen nach oben an, dass er recht hat. Nicht schlecht für jemanden, der nur Klassik hört. Aber Michel Polnareff ist auf gewisse Weise Klassik.

Schweigend hören wir das erste Stück an.

Die ältesten Sterne, an die ich mich erinnere, sind jene, die mir mein Großvater gezeigt hat. Manchmal nahm er mich abends mit hinaus aus Paris. Wir fuhren mit dem Auto. Er selbst hatte keines. Aber einer seiner Freunde lieh ihm eines, im Tausch gegen verschiedene Gefälligkeiten.

Wir warteten auf den Einbruch der Nacht, packten eine Tasche mit Brot und Käse und manchmal mit einem Stück Schinken. Wir fuhren los. Ich liebte es, mit meinem Großvater am Steuer die Stadt zu durchqueren. Er war ein ungeübter Fahrer, und jede Kreuzung war ein Abenteuer. Ich saß auf dem Beifahrersitz und musste die Straße von rechts überwachen und ihm Bescheid geben, wenn ein anderes Fahrzeug kam. Er hasste es zu bremsen. Er fand, dass ein Auto zum Fahren und nicht zum Anhalten gemacht sei. Bei jeder Kreuzung wurde er ein wenig langsamer, und wenn der Weg frei war, trat er fest aufs Gas. Wenn ein Auto auftauchte, trat er auch fest aufs Gas, aber mit einer abrupten, unsicheren Bewegung. Sein Gesicht verkrampfte und sein Bart zitterte. Manchmal wurden wir angehupt, oft beschimpft: „Sonntagsfahrer!“ Mein Großvater schaute mich lächelnd an: „Sonntags fahre ich nie … Siehst du, selbst Leute, die das Recht auf ihrer Seite haben, können falsch liegen.“

Endlich ließen wir Paris hinter uns. Die Häuser standen in immer größeren Abständen, und die Lichter der Stadt wurden immer schwächer, bis sie ganz verschwunden waren. An einer Stelle hielt er an, stieg aus, hob den Kopf, stieg dann wieder ein und fuhr uns ein Stück weiter. Er bog auf eine andere, kleinere Straße ein, dann auf einen Weg. Der Motor beruhigte sich, als ob die Stadt und ihre zu zahlreichen Kreuzungen ihn aufgeregt hätten und er sich endlich ein wenig erholen könne.

Pierre-Jean drehte den Zündschlüssel um. Stille. Immer noch mit dem Lächeln auf den Lippen bat er mich, die Augen zu schließen. Er umrundete das Auto und öffnete mir die Tür. Zuvor hatte er eine Decke auf dem Boden ausgebreitet, auf der ich mich ausstrecken sollte. Ich fühlte, wie er sich neben mich legte. Ich hörte, wie ein Streichholz angerissen wurde, und roch den Duft seiner Zigarette. „Geschafft“, sagte er zu mir, „du kannst deine Augen öffnen.“

Es war wie Zauberei. Mit einem Schlag war der Himmel mit Tausenden kleiner Lichter erfüllt.

Als ich das Ende meines Satzes ausklingen lasse, wird mein Blick von der seltsamen Tischgesellschaft angezogen, die sich vorhin hier niedergelassen hat. Sie sitzen jetzt alle fünf aufgereiht mir gegenüber und hören ehrfürchtig zu. Die Frau, die gestern schon da war, bedeutet mir unauffällig, ich solle fortfahren. Erneut fülle ich mein Glas und nehme meine Erzählung wieder auf.

Jedes Mal stellte ich ihm die gleiche Frage:

„Zeigst du mir bitte, wo sie sich befinden?"

Er zog lange an seiner Zigarette und blies den Rauch über unsere Gesichter, so dass das Sternen-Schauspiel kurz verhüllt wurde. Er deutete mit zwei Fingern in Richtung des Himmels. Zwischen diesen Fingern glühte seine Zigarette rot.

„Da, da befindet sich der Bäcker. Ein wenig rechts davon ist der Arzt. Siehst du?"

„Und die Frau des Bäckers, wo ist sie?"

„Bei ihm. Sie sind alle beieinander. Auch ihr Sohn. Antoine. Erinnerst du dich?"

„Ein wenig, glaube ich."

„Ihr habt oft zusammen gespielt. Du mochtest ihn gern."

„Und wo ist Nicolas?"

„Warte ... damit ich ihn finde ... Da, schau: ganz links. Mit seinen Eltern. Auch sie bleiben für immer beisammen."

„Und der dicke Herr, der immer im Bistro war, erinnerst du dich?"

„Der dicke Herr ... Pater Bernard?"

„Ich weiß nicht mehr ... ein dicker Herr mit einem Bart."

„Ja, das war Pater Bernard. Schau, er hat wieder einen Platz an der Bar gefunden ... Mir scheint, er ist noch dicker geworden!"

„Und die zwei, die immer Karten mit ihm gespielt haben?"

„Ja, die sind bei Pater Bernard ... immer noch beim Karten spielen."

„Und die Babys?"

„Das sind all die kleinen Sterne, die nicht so stark funkeln ... Sie werden noch wachsen, aber man muss ihnen Zeit geben."

„Sind da auch Deutsche bei ihnen?"

„Nein, kein einziger."

An dem Abend, als ich ihm diese Frage stellte, die ich sogleich bedauerte, blies mein Großvater den Rauch aus und blieb für einen kurzen Augenblick still. Ich fürchtete, ein Tabuthema angesprochen zu haben, aber er legte den Arm um meinen Hals und drückte mich an sich. Ich hatte den Eindruck, winzig zu sein, wie ich mich so an seinen Körper von einem Meter fünfundachtzig schmiegte.

Er kannte die Namen aller Sternenkonstellationen. Jedes Mal brachte er mir eine neue bei. Manchmal gingen wir sie gemeinsam durch, und ich sollte sie erkennen. Es waren nicht die Namen, die man in Büchern und auf Sternkarten findet. Er meinte, dass die Sterne allen gehören, und angesichts der Tatsache, dass die Chancen gering standen, dass wir eines Tages zu ihnen reisen würden, hätten wir das Recht, ihnen die Namen zu geben, die wir wollten. „Die Griechen haben die Sternennamen ausgesucht", erklärte er mir. „Und da wir beide, du und ich, keinen einzigen Griechen kennen, gibt es keinen Grund, warum wir uns von ihnen nerven lassen sollten!" Da waren der Korkenzieher, der alte Bärtige, der verrückte Radler, die russischen Berge, der kochende Topf, der Fallschirm … Mein Lieblingsstern war das Musée Grévin. Komischer Name für eine Sternenkonstellation. Großvater hatte ihn ausgesucht, weil es ein Sternhaufen war. Eine Ansammlung von Sternen, in der man sehen konnte, was man wollte …

Kapitel 9

Heute war eine fantastische Stimmung in der Metro: Die Leute sangen, klatschten in die Hände, schlossen einander in die Arme und tanzten. Konfetti wirbelte zwischen den Waggons umher, Paare paarten sich, Lahme gingen, Flugbegleiterinnen flogen in den Gängen. Ein Waschbär wischte, ein Diener zischte, ein Geistlicher gierte, ein Abt äffte, ein Tollpatsch watschelte unbedarft hin und her. Die Fliegen flogen rückwärts, die Zeitungen waren grell-bunt gedruckt, die Straßenkehrer leerten die Mülleimer auf dem Boden aus. Die Kontrolleure erstatteten die Fahrscheine, und der Fahrer erlaubte den Passagieren den Ausstieg nur zwischen den Stationen. Beim Hinausgehen tauschten die Fahrgäste ihre Telefonnummern aus und versprachen sich, diese Szene morgen auf der Linie 12 zu wiederholen.

Oder ich träumte.

Oder sie schmollten alle.

Oder sie schmollten nicht und feierten auch nicht. Sondern schauten, dicht aneinandergedrängt, der Zeit wie in einem nichtssagenden Lied dabei zu, wie sie verrann. Weil die Metro doch noch das Schnellste ist, was es gibt. Aber ein Lied meine ich doch gehört zu haben. Ein Lied und eine Gitarre. Wenn ich genau darüber nachdenke, war es nicht wirklich ausgelassen. Es klang eher jämmerlich. Die Stimme war zerkratzt, die Gitarre verstimmt. Die

Verkehrsteilnehmer senkten die Köpfe. Manche suchten nach einer Münze. Ich nicht.

Die Bäckerin hat heute keine Stimme, und deshalb werde ich keinen Anhaltspunkt haben, wie das Wetter ist. Beim Hinausgehen aus dem Laden hätte ich fast die Augen in Richtung Himmel gehoben, sage mir dann aber, dass sie ihr Geheimnis für sich behalten soll. Ohne die Meinung meiner Bäckerin gibt es kein Wetter.

Ich bringe ein Salatblatt mit zu mir nach Hause, das unter meinem Schuh klebt. Ich gehe noch einmal zur Tür hinaus und streife den Fuß an der ersten Stufe ab. An jener, die zur nächsten Etage führt und die ich nicht Gefahr laufe, beim Hinausgehen wieder zu betreten. Ich hätte es auch bei mir in der Wohnung behalten können, aber es passt farblich nicht zum Teppich am Eingang. Und wenn es einem Nachbarn Freude bereiten kann, werden wir uns nicht in die Quere kommen. Vielleicht ist das ein Fall von moderner Großzügigkeit.

Eine Fliege nutzt die offene Wohnungstür, um hereinzukommen, ohne sich die Mühe zu machen, anzuklopfen.

Fliegen haben überhaupt keine Erziehung.

Im Treppenhaus kommt sie in den Genuss von allem, was sie interessieren kann. Welche Hoffnung kann sie haben, bei mir etwas Besseres zu finden? Welche Verlockung hat sie bei mir gewittert? Welchen verrückten Traum kann sie wohl nähren, um den Überfluss auf dem Flur unbesehen aufzugeben? Ich folge ihr, schlage die Tür zu und beobachte sie auf Schritt und Tritt. Sie hängt an der Wand und reibt sich die Vorderbeine. Sie wartet. Fliegen lieben es zu warten. Warten ist eine ihrer Lieblingsbeschäftigungen. Ich beschließe, nicht meinem ersten Reflex zu folgen und sie mit einer Zeitung zu erschlagen, sondern schenke mir ein Glas ein und lasse mich in meinem Sessel nieder.

Die Fliege hat sich nicht gerührt. Sie wartet immer noch. Ich frage mich, ob sie ihre Wahl bereut. Ob sie dem Mülleimer, den Konservendosen und Gemüseschalen nachtrauert. Vielleicht hat sie eine Orgie gefeiert und versucht, ihre Magenschmerzen zu beruhigen, ehe sie noch einmal von vorn anfängt.

Die Fliege löst sich von der Wand, scheinbar ohne jede Verzögerung, dreht ein paar Runden in der Luft, ehe sie sich ein paar Zentimeter weiter setzt. Ich drehe mich leicht und frage sie, warum. Keine Antwort. In diesem Punkt taugen Tiere nicht für Überraschungen. Wofür soll es gut sein, mühsam von seinem ursprünglichen Platz abzuheben, Hunderte Male die Flügel zu schlagen, um dann höchstens einen Meter von seiner Ausgangsposition entfernt wieder zu landen und die exakt gleiche Tätigkeit wiederaufzunehmen: die Vorderbeine aneinander zu reiben? Ich würde gerne verstehen, was sie im Schilde führt, was sie ausheckt, wenn sie darauf wartet, dass meine Aufmerksamkeit nachlässt. Will sie sich einer außergewöhnlichen Beschäftigung widmen, wie Cha-Cha-Cha tanzen oder fünfzig Liegestützen am Stück auf einem Bein machen?

Mit einer Hand greife ich nach *Zenos Gewissen*, während ich mit einem Auge nach der Reaktion des Insekts spähe, wenn es – zu Unrecht – meinen wird, dass ich es nicht mehr beachte. Drei kleine Runden und dann klebt es wieder … nur wenige Zentimeter von seiner ursprünglichen Stelle entfernt. Wen meint sie zum Narren zu halten? Ich bin wachsam und zurückhaltend: Ich habe kaum mit der Augenbraue gezuckt. Das kann sie nicht bemerkt haben. Jedoch scheint sie den Augenblick nicht für geeignet zu halten, um sich ihrer rätselhaften Aktivität zu widmen. Immer noch keine noch so kleine Muskelübung oder der geringste Tanzschritt.

Ich lasse so langsam wie möglich den Arm locker und versuche, natürlich zu wirken, während ich darauf achte, dass keine meiner Bewegungen mich verrät.

Ungefähr zehn Zigaretten später hat die Fliege immer noch nichts Interessantes getan.

Ich gebe auf.

Ich huste. Zuerst sachte, dann stärker, schließlich schüttelt mich ein Hustenanfall. Die Fliege reagiert nicht. Ich könnte alle Zigaretten der Welt rauchen, ohne dass sie etwas anderes tun würde, als von rechts nach links zu fliegen. Allein bei der Idee, nichts anderes zu tun, als sich fanatisch die Vorderbeine zu reiben, ist sie überdreht. Fliegen sind definitiv hyperaktive Herumtreiber.

Wie gestern sieht mich die Dame mit dem Hund nicht. Ihr ist es also gelungen, unsere Begegnung aus ihrer Erinnerung zu löschen, und ich danke ihr dafür. Wenn sie bevorzugt, dass ich unsichtbar bin, dann bevorzuge ich, sie nicht zu kennen.

Ich treffe im Café ein, und alle sind an ihrem Platz. Alle und noch mehr als gewöhnlich. Natürlich sind Lisa, Sam und Thomas da. Aber auch die beiden Alten und die Frau vom ersten Tag, das Paar von gestern Abend und drei andere Gäste, die ich bislang noch nie gesehen habe. Alle sitzen am gleichen Tisch und sind schon bedient worden. Erstaunlicherweise scheint sie meine Ankunft zu erleichtern.

Ich habe kaum Zeit, meine Freunde zu begrüßen, als mich ein neuer Hustenanfall überkommt, der mich meine zoologische Beobachtung bedauern lässt. Die Frau vom ersten Abend, die bislang noch nicht das Wort an mich gerichtet hat, ruft mir entgegen: „Junger Mann, Sie rauchen zu viel, das ist nicht gut. Ihr Großvater wäre darüber nicht glücklich!“ Sam zieht mir einen Stuhl heran und zwingt mich, Platz zu nehmen, während Lisa mir ein Glas Wasser bringt. Ich zögere, antworte der Frau aber schließlich doch.

„Wissen Sie, mein Großvater rauchte viel. Zu viel. Anscheinend raucht man immer zu viel. Er aber rauchte viel zu viel.

Wenn man ihn fragte, wie viele Zigaretten pro Tag er rauchte, wusste er darauf nicht zu antworten. Er deutete ein Lächeln an, sein berühmtes trauriges Lächeln mit den Augen, und antwortete ausweichend: „Weniger als ein Zug" oder „Solange irgendwo Zigaretten übrig bleiben, mache ich mir keine Sorgen" oder auch „Ich rauche, also bin ich". Diese letzte Antwort verstand ich nicht, aber ihm sie gefiel augenscheinlich.

Jedenfalls wusste ich nie, wie viele Zigaretten er im Laufe eines Tages rauchte. Er hatte in allen Ecken der Wohnung Päckchen liegen. Er musste nur, wo immer er sich befand, den Arm ausstrecken, um seinem Laster zu frönen. Überall quollen die Aschenbecher über. Die Wohnung roch nach Zigarettenrauch. Ich mochte diesen Geruch. Für mich war es der Geruch meines Großvaters.

Unter seinem weißen Bart war eine Zigarette. Zwischen seinem Daumen und seinem Zeigefinger – eine Zigarette. Auf der Kante des Spülbeckens – eine Zigarette. Manchmal vergaß er, dass er irgendwo eine abgelegt hatte und zündete sich eine zweite an. Er hatte einen mechanischen Bewegungsablauf: Mit der linken Hand griff er nach dem weichen Päckchen, klopfte leicht darauf und brachte so einen weißen Zylinder zum Vorschein. Den führte er an den Mund. Mit seiner rechten Hand griff er eine Streichholzschachtel, an der er rieb, näherte sie seinem Gesicht, das sich erhellte. Er atmete aus und blies eine Rauchwolke in die Luft. Für mich war das Zauberei. All das mit einer oder fast einer Bewegung. Ein einziger und flüssiger Ablauf.

Seine Augen interessierten sich nicht für das Geschehen. Als ich ihn eines Tages fragte, wie er es anstelle, eine Zigarette anzuzünden, ohne sie überhaupt anzusehen, antwortete er mir: „Wenn du gehst, schaust du nicht auf deine Beine, und wenn du atmest, schaust du nicht auf deine Lungen ..."

Diese Antwort wühlte mich auf. Für einige Sekunden konzentrierte ich mich auf meine Atmung und stellte fest, wie mühsam das Leben wäre, wenn man sich auf jede Bewegung seines Brustkorbes konzentrieren müsste."

„Ja, aber abgesehen davon, dass Rauchen nicht gut ist, werden Sie später überhaupt nicht mehr atmen können. Ihr Großvater war ein schlechtes Vorbild!" Das ist eine von den Neuen, die meine Erzählung unterbricht. Genervt schnauzen sie die anderen an und machen ihr klar, dass sie sofort den Mund halten soll. Daran schließt sich ein Palaver an, das Lisa nutzt, um neuen Kaffee für uns zuzubereiten. Die Übeltäterin murmelt Entschuldigungen, errötet, sagt, dass sie nicht wieder davon anfangen werde. Darauf antworten die beiden Alten, ja, daran täte sie gut, verflixt noch mal, man habe sie nicht hierher mitgenommen, damit sie über Moral doziere, und sie bekomme keine zweite Chance, das solle sie sich gesagt sein lassen. Lisa, Sam, Thomas und ich schauen uns halb erheitert, halb erstaunt an.

Pierre-Jean las ziemlich wenig, aber es gab in unserer Wohnung *Zenos Gewissen* von Italo Svevo und zwei oder drei andere Bücher von Italo Calvino, so dass ich damals dachte, dass alle Italiener Italo hießen. Die fehlende Originalität transalpiner Vornamen störte mich nicht übermäßig, und ich fand es sogar recht praktisch, dass Männer den Namen ihres Landes als Vornamen wählen. Das erlaubte, schnell herauszufinden, woher die Leute kamen. Ich fand die Idee verführerisch, bis auf den Punkt, dass man nicht von mir verlangen sollte, Francis, François oder Français zu heißen.

Das erste Kapitel in *Zenos Gewissen* war der „Leidenschaft" des Autors für Zigaretten gewidmet. Er versuchte ernsthaft, damit aufzuhören, und jede angezündete Zigarette war für ihn die letzte. Jedes dieser letzten Male entsprach einem Ereignis, und der Gewohnheitsraucher hielt in einem Notizbuch den Anlass dafür fest.

Pierre-Jean hatte mir einige Abschnitte daraus vorgelesen, die ich nur zur Hälfte verstand und die ich sogar langweilig fand. Warum rauchte er nach seiner letzten Zigarette weiter? Die Situation schien mir nicht so viele Zeilen, nicht so viele Abschweifungen wert zu sein. Mein Großvater hingegen fand sie sehr lustig, fügte aber an, dass er versuche, es so zu halten, dass jede Zigarette seine erste sei. „Die erste am Morgen“, „die erste nach dem Kaffee“, „die erste beim Hinausgehen auf die Straße“, „die erste nach dem Essen“ … Denn so, erklärte er mir, verspüre er nicht den stechenden Schmerz der Traurigkeit, die mit dem Aufgeben einer Leidenschaft einhergehe, auch wenn sie schädlich sei.

Ich weiß nicht, in welchem Alter mein Großvater angefangen hat, aber er hat am Tag seines Todes damit aufgehört. Auch wenn er niemals auf seine Lungen schauen musste, um sie zum Arbeiten zu bringen, so musste er nun, an dem Tag, als sie begannen, Ärger zu machen, ein bestimmtes Bild ganz genau ansehen.

Ich merke genau, wie ich die Stimmung gedrückt habe. Ich habe mich selbst bedrückt. Ich habe den Eindruck, dass meine Freunde mir das Ende eines Fadens gezeigt haben, an dem ich zurzeit unaufhörlich ziehen muss und der alles zu Tage fördert, ohne dass ich wirklich vorhersehen kann, was. Ich wollte das nicht. Ich habe noch nie von mir gesprochen, und ich spüre, dass ich am Rand eines Abgrundes stehe. Ich habe keine Gebrauchsanleitung für ein Bekenntnis. Sobald ich mit einer Geschichte begonnen habe, ist es so, als gehöre sie mir nicht mehr. Und obwohl ich mich für gewöhnlich über meine Vergangenheit ausschweige, ermutigt mich die kleine Gruppe, die sich hinten im Raum bildet, mich jeden Tag mehr zu offenbaren. Als ob ich einen Vortrag mit einem Text hielte, den ein anderer geschrieben hat. Aber mir wird unweigerlich bewusst, dass ich es bin, von dem ich spreche. Ich und mein Großvater. Ich muss aufhören, ehe mich meine Stimme im Stich lässt. Wie jeden Abend auf dem Heimweg, seit ich das Foto aus meinem Geldbeutel gezogen habe, fühle ich in mir eine Welle von Traurigkeit aufsteigen. Ich weiß nur zu gut, wohin das alles führen wird. Ich werde mich nicht lange damit begnügen können, um den heißen Brei herumzureden. Ich bin mir nicht sicher, ob ich da hingehen möchte, wohin mich meine Worte tragen. Noch ist Zeit, aufzuhören und eine neue Runde Karten zu beginnen. Wenn es heute Abend keine Neuankömmlinge gäbe, würde ich das vielleicht tun. Ein gutes Blatt auf der Hand. König und Dame. Herz ist Trumpf.

Kapitel 10

Der Mülleimer ist verschwunden. Er ist unter den Plastiksäcken verschwunden. Ich zähle sie nicht mehr. Ich weiß nicht einmal, ob ich weit genug zählen kann, um sie alle abzuzählen. Das müssen hier mindestens zehntausend sein. Oder unendlich viele.

Eines Tages hörte ich in der Metro, wie ein Kind einem seiner Kameraden erklärte, dass es weiter als unendlich zählen könne. Ich nannte es einen Lügner. Weil es darauf beharrte, verlangte ich von ihm, es zu beweisen. Das Kind machte sich sofort daran, aber ich stieg drei oder vier Stationen später aus. Es war erst bei achtzig, was für den Anfang ganz gut ist. Das war vor etwas mehr als einem Jahr. Sollte es ausdauernd sein, wird es gegenwärtig in den Zehntausenden sein. Seine Eltern werden es anflehen, damit aufzuhören. Vielleicht habe ich ihr Leben verdorben.

Beim Verlassen meines Hauses sehe ich die Dame, die ihrem Hund hinterherrennt. Sie ruft laut, er solle zurückkommen, aber er gehorcht nicht. Er hat eine Straßenlaterne und an deren Fuß einen kreisrunden Spritzer ausgemacht, der die Treue der anderen Hunde im Viertel bezeugt. Ich muss zugeben, das ist ein schöner Laternenpfahl. Und der Spritzer ist wirklich beeindruckend. Wäre ich ein Hund, würde ich es nicht versäumen, ihm meine Aufwartung zu machen. Das ist es, was ich der Dame, die mich immer noch nicht anschaut, gern erklären würde. Sie hält sich einige Meter entfernt und versucht, die Hände auf die Knie gestützt, wieder zu Atem zu kommen. Der Hund schaut sie an. Er hat gewonnen. Der Arme zweifelt nicht daran, dass in weniger als einer Viertelstunde einige Artgenossen mit ihrem Urin den Duft des seinen überdeckt haben werden. Wenn man sich die Mühe macht, darüber nachzudenken, dann ist die Selbstlosigkeit und Naivität dieser Tiere ziemlich schön.

Regentropfen, die zu fallen beginnen, zwingen mich, meinen Schritt zu beschleunigen und meine uro-zoologischen Betrachtungen auf später zu verschieben. Ich grüße kurz die Dame, die mich nicht beachtet.

Sam sitzt mit einem Glas in der Hand an der Bar. Trotz der Kälte trägt er ein kurzärmeliges Hemd. Thomas hält sich leicht im Hintergrund. Seine Augen glänzen. Er hat begonnen, eine Geschichte zu erzählen, die offensichtlich ankommt. Er ist nicht der König der „komischen Geschichten", aber er hat ein Talent, harmlose Ereignisse zu überhöhen, um daraus außergewöhnliche Erzählungen zu machen. Lisa sitzt ihm gegenüber und lacht. Sie lacht. Ich sehe, wie sie lacht, und ich liebe dieses Lachen. Ich sehe sie lachen, und ich würde teuer dafür bezahlen, sie zum Lachen auf eine einsame Insel mitnehmen zu dürfen und dabei *Rubber Soul* zu hören. Ich liebe dieses Lachen, und ich würde meine Seele dafür verkaufen, es hervorrufen zu können. Es gibt vulgäres Lachen, säuerliches Lachen, weltmännisches, dreckiges, explosives, dröhnendes, künstliches, schüchternes, nervöses, irres … und es gibt Lisas Lachen. Ich habe auch schon von einem kristallklaren Lachen sprechen hören, aber das passt nicht wirklich. Es ist etwas ziemlich Anderes, etwas Natürliches, Vertrauenerweckendes, Glückliches, Herzliches. Schwer zu erklären, aber ich liebe es. Das ist alles.

Es ist mir nie gelungen, sie so zum Lachen zu bringen.

Die Gemüter beruhigen sich, und ich nutze die Gelegenheit, um Sam zu fragen, ob er wieder einen Brief erhalten hat. Er senkt den Kopf, als sei er schuldig. Er lässt die Hand in seine Tasche gleiten und zieht einen Umschlag heraus. Der gleiche Umschlag, die gleiche Schrift wie letztes Mal. Er legt ihn auf den Tresen.

Mein Kleiner,

ich durfte mir einen Papagei kaufen. Es war fantastisch … am Anfang. Aber ich glaube, er funktioniert nicht gut: Er wiederholt immerzu das Gleiche, und dazu versteht man nicht wirklich, was er sagt. Dein Vater sagt, das sei normal … Von wegen! Ich glaube vielmehr, dass er nicht tief in die Tasche greifen wollte. Weißt du, er war etwas knausrig. Na ja, zumindest vergnügt er sich mit seinem Reichensport: Sagte ich dir schon, dass er sich aufs Billiard verlegt hat?

Den Nachbarn geht es gut. Ein wenig zu gut. Heute Nacht haben sie eine meiner Pflanzen umgebracht. Diese Saukerle! Ich sehe die Pflanze vor mir, gestern noch so stolz, so aufrecht in ihrem Topf, wie sie sich mit ihren kleinen, feinen Blättchen für das Wasser bedankte, mit dem ich sie begoss. Man muss dazu sagen, dass ich mich richtig in Unkosten gestürzt habe: Ich gab ihr scharlachrotes Wasser (das ist wie Wasser, aber scharlachrot, also besser). Ich bin mir sicher, dass das unseren Pflanzenfreunden guttut. Jedenfalls fand ich sie heute Morgen tot auf, in ihrem Topf verkümmert. Ich kann dir sagen, ich habe Qualen gelitten, aber derart … Eine unschuldige Pflanze, kannst du dir das vorstellen? Natürlich – du kennst deine Mutter – habe ich das nicht auf mir sitzen lassen und bin direkt zur Polizei marschiert. Sie wollten nichts davon wissen! Sie setzen sich nicht wegen einer Pflanze in Bewegung. Was brauchen sie noch, um Himmels willen! Sie werden warten, bis einer meiner Bäume stirbt!!! Ich bin empört.

Und wie geht es dir in Paris? Stört dich die Luftverschmutzung nicht zu sehr? Ich habe im Fernsehen gehört, dass eine Stunde in Paris zu atmen ist wie ein Päckchen Zigaretten zu rauchen. Ich bitte dich, versuche, etwas weniger zu atmen. Das würde mich beruhigen. Dein Vater wäre auch etwas ruhiger.

Sei umarmt.

Wir stoßen auf die Luftverschmutzung an, und, versammelt um unsere Zigaretten, beginnen wir wieder zu lachen.

Die Gruppe hinten im Raum ist beachtlich gewachsen und besteht heute Abend aus rund fünfzehn Personen aller Altersstufen. Sie nehmen drei Tische ein und werden langsam ungeduldig, während sie Getränke bestellen und nach der Uhrzeit fragen, zu der es beginnt. Lisa zwinkert mir zu, während sie deren Bestellung aufnimmt. Das ist gut fürs Geschäft, aber es fällt mir trotzdem schwer, mich daran zu gewöhnen. Trotzdem zittert mein Bein immer weniger, und meine Stimme wackelt fast nicht mehr.

Mein Großvater sprach selten von meiner Großmutter. Vielleicht weil sie mir fehlte, vielleicht weil sie ihm fehlte. Eines Tages jedoch hatte ich ihn gefragt, wie sie sich begegnet waren.

„Ich war für ein Wochenende in Paris. Es war das erste Mal. Kurz nach dem Ersten Weltkrieg, dem Großen Krieg. Ich befand mich auf einem Boulevard, einem Großen Boulevard. Alles war groß zu dieser Zeit: die Kriege und die Boulevards. Ich erinnere mich nicht mehr genau, welcher es war. Weil das wirklich Wichtige war, dass ich auf dem Rücken eines Elefanten saß. Seien wir ehrlich: Es war ein ganz kleiner Elefant, den ich am Ufer der Seine gefunden hatte, wahrscheinlich ausgesetzt von einem Schiff, das den Strom direkt von Afrika kommend heraufgefahren war.

Da ich erschöpft war von einem langen Tag als einsamer Tourist und mich meine Füße in alle Himmelsrichtungen der Hauptstadt geführt hatten, beschloss ich sogleich, auf das Tier aufzusteigen. Ich kam auf den Großen Boulevards an, als das Tier auf einen Reißnagel trat.

Der Arme hatte einen verletzten Fuß. Es war unmöglich weiterzugehen. Die Passanten schauten mich erstaunt an, manche beschwerten sich, weil ich den Gehsteig blockierte. Ich stieg aus dem Sattel, um zu sehen, ob ich durch den Rüssel pusten könnte, um Alphonse – so hieß er – wieder aufzublasen. Aber als ich den Fuß auf den Boden setzte, trat ich meinerseits auf den Reißnagel und verlor augenblicklich an Luft. Ich verlor zwei Zentimeter, dann drei. Mein Körper schrumpfte und nahm Formen an, die in keinem Anatomiehandbuch zu finden sind.

Einige der Schaulustigen applaudierten, andere rannten schreiend davon. Einem Ballon gleich, der Luft verliert, hatte ich Schwierigkeiten, auf dem Boden zu bleiben: Ich kämpfte, um nicht im Zick-Zack davonzufliegen. Zum Glück näherte sich mir eine junge Frau, die mit der einen Hand mein Bein festhielt, mit der anderen in ihrer Tasche stöberte. Sie zog einen Flicken heraus, den sie direkt auf das Loch drückten, das der Reißnagel hinterlassen hatte. Mein Körper beruhigte sich, aber bei mir war wirklich die Luft raus. Wir mussten eine Lösung finden: Ich konnte nicht wie ein aufgeschlitztes Federbett nach Hause gehen. Ich schaute die junge Frau mit flehenden Augen an. Sie legte ihre Lippen auf meine und pustete, pustete, pustete, bis ich wieder meine ursprüngliche Form hatte.

Da sie nicht davon überzeugt war, dass der Flicken von bester Qualität war, blieb sie den Rest des Abends lieber bei mir. Nachdem wir uns für den nächsten Morgen verabredet hatten, gingen wir für die Nacht auseinander … Aber es war besser, kein Risiko einzugehen. Als der Moment gekommen war, um nach Hause aufzubrechen, begleitete sie mich an den Bahnhof. Sie stieg mit mir in den Zug, weil sie fürchtete, die Vibrationen würden den Flicken lockern ... Sie verließ mich nie wieder ... Der Flicken ging nie ab ... Aber jedes Mal, wenn ich ein wenig kaputt war, kam sie und pustete, pustete, pustete, bis ich wieder in Form war."

Ich überlegte einen Augenblick, ehe ich ihn fragte, was er mit dem Elefanten gemacht habe. Ich hätte auch gern einen gehabt. Selbst einen kleinen. Selbst wenn er Alphonse hieße. Mit einem Elefanten in die Schule gehen, das wäre schon große Klasse gewesen! Ich wollte wissen, warum er Alphonse hieß und was er gemacht hätte, wenn er den Flicken nicht gehabt hätte. Ob er dann an einem Parkgitter hängen geblieben wäre wie ein Luftballon vom Jahrmarkt.

Es dauert einige Sekunden, bis man sich hinten im Saal klar wird, dass ich nichts hinzufügen werde.

„Heute Abend erzählt er einfach irgendetwas."

„Glauben Sie, dass er alles erfindet?"

„Was, den Großvater?"

„Ja, diese Geschichte mit dem Elefanten, das ist doch komplett abgedreht. Wir haben noch nie einen Elefanten in Paris gesehen."

„Doch, in Vincennes."

„Vincennes, das zählt nicht! Das ist ein Zoo. Und außerdem ist das nicht in Paris."

„Meiner Meinung nach übertreibt er."

„Vielleicht, aber wenigstens gab es heute Abend keine Aufforderung zum Tabakmissbrauch."

Mit diesen Überlegungen zerstreut sich die kleine Gruppe, schnell gefolgt von Sam und Thomas. Ich gehe Lisa ein wenig zur Hand und stelle die Stühle auf den Tisch, damit sie durchwischen kann. Als ich aufbreche, um in die Nacht hinauszugehen, fragt sie mich:

„Glaubst du, dass er das erfunden hat?"

Ich muss lachen.

„Nein, alles ist wahr, er hat's mir versprochen."

Sie schaut mich ernster an. Zärtlichkeit liegt in ihrem Blick.

„Und dir, geht's dir gut? Du weißt, du bist zu nichts verpflichtet. Du bist uns nichts schuldig."

„Ich weiß schon. Ich bin mir nicht sicher, ob es mir gelingt, euch zu erzählen, was sich unter meinem Schal verbirgt. Ich bin es mehr gewohnt zu fliehen."

„Und Pierre-Jean floh auch?"

„Er hatte seine eigene Narbe, und er sollte sich um mich kümmern. Er hatte keine Wahl. Er hatte keinen Schal, aber er wandte die Regeln seiner eigenen Realität an, wenn ihm die Wirklichkeit nicht passte. Er erfand nichts, er hat die Dinge einfach ein wenig so angeordnet, dass sie für ihn erträglich waren."

„Und du hast es ähnlich gemacht?"

„Nein, ich habe mich zu einem perfekt geregelten Leben gezwungen. Von morgens bis abends lasse ich keinen Platz für irgendetwas Unvorhergesehenes. Ich gehe wie ein Roboter durchs Leben. Ich habe zu früh zu viel verloren. Und es hat gedauert, bis ich verstanden hatte, dass ich euch gefunden habe. An dem Abend kürzlich habe ich durch euch verstanden, dass wir zu einer Art Familie geworden sind, ohne dass ich es bemerkt habe. Ich hänge an dir, Sam, Thomas, an diesem Café. Nun bekommt dieser Rahmen Risse. Ich muss mir immerzu vorstellen, was Pierre-Jean sehen würde, wenn er heute mit der Metro fahren würde. Ich frage mich, ob er das Wort an diese Dame richten würde, der ich jeden Abend begegne, wenn sie ihren Hund ausführt. Oder mit welchen Augen er auf diese Ansammlung von Abfällen im Erdgeschoss meines Wohnhauses blicken würde. Wenn er in der Lage war, einen Elefanten in Paris zu sehen, zweifle ich nicht daran, dass er die Flure meines Büros zu etwas Außerordentlichem gemacht hätte. Diese Vorstellung gefällt mir sehr gut. So wunderlich es auch erscheinen mag, aber mein Kopf beginnt, wie seiner zu funktionieren. Ich habe meinen Schal gegen einen Schleier getauscht, der die Wirklichkeit verwandelt."

„Du möchtest sagen, dass du ihr eine Pause zugestehst?"

„Wem?"

„Der Wirklichkeit."

„Sagen wir, dass ich sie umgestalte, um zu sehen, wie die Augen meines Großvaters sie wahrgenommen hätte. Das ist das einzige Mittel, um mich dem stellen zu können, was sich unter meinem Schal verbirgt. Weißt du, ich glaube, er hat all diese Geschichten erfunden, um uns zu beschützen. Wenn ich mich meiner Vergangenheit zuwenden will, werde ich mich vor der Wirklichkeit schützen müssen. Wenn es sein muss, dass ich einen Elefanten sehe, der Luft verliert, dann wird es mir gelingen, einen zu finden."

„Das Leben ist zu kurz, um hässlich zu sein, ist es das?"

„Ja. Die Wirklichkeit ist ein bürgerlicher Begriff. Den werde ich überwinden müssen, wenn ich wieder zu meinem Großvater Verbindung aufnehmen will."

„Es lebe die Revolution, Kamerad."

Kapitel 11

Heute spielt sich ein Drama ab. Niemand versteht, warum der Wasserspender nicht mehr funktioniert. Man sucht Schuldige, und man wird nicht davon ablassen.

Heute Morgen lief er, am Mittag lief er, um 14 Uhr lief er nicht mehr. Was hat sich in der Mittagspause zugetragen? Wer ist hiergeblieben, wer hat das Büro verlassen, kamen Leute vom Außendienst vorbei? Befragungen, Verdächtigungen. Listen werden geschrieben, ein Name muss her. Es werden Tatmotive gesucht und Alibis angezweifelt. Ein Techniker soll vorbeikommen. Er hat es versprochen. Er hat es vor einer Stunde versprochen. Die Leute haben Durst, sie haben einen trockenen Hals. Sie fangen an, panisch zu werden. Vielleicht sollten wir uns organisieren, in den kleinen Supermarkt unten im Gebäude gehen und ein paar Vorräte anlegen, für den Fall, dass der Techniker nicht kommt. Sie fragen sich, ob die Firma ihnen die Kosten erstattet und was man auf die Spesenabrechnung schreiben sollte.

Der Techniker versprach vor fünfzig Minuten, dass er in einer Stunde da sein würde. Es sind noch zehn Minuten, und er ist nicht da. Meine Kollegen beginnen, sich um das Gerät herum zu versammeln.

Der Techniker versprach vor fünfundfünfzig Minuten, dass er in einer Stunde da sein würde. Es sind noch fünf

Minuten, und er ist nicht da. Meine Kollegen treten auf der Stelle und starren auf ihre Uhren.

Der Techniker versprach vor sechsundfünfzig Minuten, dass er in einer Stunde da sein würde. Es sind noch vier Minuten, und er ist nicht da. Die Falten auf den sorgenvollen Stirnen der Kollegen werden tiefer. Und wenn er nicht käme?

Der Techniker versprach vor siebenundfünfzig Minuten, dass er in einer Stunde da sein würde. Es sind noch drei Minuten, und er ist nicht da. Meine Kollegen belauern den Aufzug, der unbeweglich im Erdgeschoss steht. Ein Fingernagel ist abgekaut, jemand schluckt.

Der Techniker versprach vor achtundfünfzig Minuten, dass er in einer Stunde da sein würde. Es sind noch zwei Minuten, und er ist nicht da. Ein Schweißtropfen rinnt eine Achselhöhle entlang, Zähne klappern. In einer Schublade wird ein weiches Karamellbonbon hart.

Der Techniker versprach vor neunundfünfzig Minuten, dass er in einer Stunde da sein würde. Es ist noch eine Minute, und er ist nicht da. Der Zeiger der großen Uhr auf dem Flur lässt sich Zeit. Mehrere Augenpaare beobachten ihn, hoffen, wandern von der Uhr zum Aufzug und vom Aufzug zur Uhr. Die Tür öffnet sich, die Unterkiefer fallen herunter, Daumen werden gedrückt. Es ist der Kurier. Zu früh gefreut. Eine Frau wird ohnmächtig, die Anspannung ist auf dem Höhepunkt.

Der Techniker versprach vor einer Stunde, dass er in einer Stunde da sein würde. Er ist nicht da. Ein Streitgespräch entbrennt zwischen denen, die finden, wenn er in den nächsten sechzig Sekunden käme, wäre er noch pünktlich, und jenen, die denken, er wäre schon zu spät. Harte Worte werden ausgeteilt, von denen einige sicherlich bedauert werden.

Der Techniker versprach vor einer Stunde und einer Minute, dass er in einer Stunde da sein würde. Er hat eine Minute Verspätung. Das Streitgespräch ist beendet.

Der Techniker versprach vor einer Stunde und fünf Minuten, dass er in einer Stunde da sein würde. Er ist fünf Minuten zu spät. Panik bricht aus. Eine Frau versucht, das Fenster zu öffnen, um sich ins Leere zu stürzen. Sie kann ihrem Tod durch Verdursten nicht entgegensehen. Auf meiner bewusstlosen Kollegin wird herumgetrampelt. Das Telefon läutet, aber niemand nimmt ab. Das Telefon läutet, aber niemand nimmt ab. Das Telefon läutet, aber niemand nimmt ab, bis eine Stimme sich meldet: Und wenn das der Techniker ist? Eine andere schreit, dass der Techniker tot sei. Du verstehst einfach nicht, der Techniker ist tot, und wir werden alle vor Durst sterben, so wie wir hier stehen!

Der Techniker versprach vor einer Stunde und fünfzehn Minuten, dass er in einer Stunde da sein würde. Die Aufzugtür öffnet sich, und er entschuldigt sich für seine kleine Verspätung. Ein chaotischer Anblick bietet sich ihm. Er steigt über am Boden liegende Körper, installiert die Wasserkartusche und pfeift dabei *Wer ist denn der da?* von Pierre Vassiliu.

Auf der Etage kehrt wieder Ruhe ein. Plastikbecher werden geleert, zerdrückt und weggeworfen. Die Filzschreiber sind aufgereiht, die Stifte gespitzt, die Ohnmächtigen wieder wach und die Fenster geschlossen. Das Leben und der Klatsch nehmen wieder ihren Lauf. Meine Zahlen haben sich nicht bewegt und warten brav darauf, dass ich ihnen die Aufmerksamkeit zuteilwerden lasse, die sie verdienen. Ich bin Buchhalter.

Bei meiner Rückkehr nach Hause bin ich von der Menge an Plastiksäcken, die den Durchgang blockieren, ergriffen. In der Hoffnung, in meinem Wohnzimmer die Fliege vorzufinden, schlage ich meine Wohnungstür zu. Aber sie ist nicht da. Sie wird wohl zu den Ihren ins Land der Fliegen eine Etage tiefer zurückgekehrt sein. Nachdem ich mich mit *Zenos Gewissen* in meinen Sessel habe fallen lassen, widerstehe ich nur wenige Minuten und schlafe schließlich ein.

Ungewöhnliche Laute holen mich aus dem traumlosen Schlummer. Weiche Schläge und eine Art ferner Gesang. Ein Kinderlied, das ich nicht kenne. Ich drehe in meiner Wohnung eine Runde und öffne dann die Eingangstür.

Ich gehe die wenigen Stufen, die mich vom Erdgeschoss trennen, hinunter. Ein kleines Mädchen hüpft auf den Müllsäcken. Ganz in Rosa gekleidet, ähnelt sie einer Art Fee oder Prinzessin aus den Zeitschriften. Eine Barbie im Abfall. Müll-Barbie. Sie summt und hüpft auf und ab. Hüpft wieder und springt von einem Sack zum anderen. Summt und hüpft. Immer wieder. Hypnotisierend. Bei jedem Sprung taucht sie einen Meter tief in die Säcke ein und federt wieder so noch ab, dass sie die elektrische Glühbirne an der Decke berührt. Ganz sachte, in Zeitlupe. Sie schaut mich an und lächelt. Und springt wieder ab. Sie bittet mich nur, beim Hinausgehen noch einmal auf den Lichtschalter zu drücken. Alles ist normal. Kinder passen sich an. Ich hoffe, dass nichts Gefährliches in den Säcken ist. Glasscherben, ein verrosteter Konservendosendeckel … Aber einem Mädchen, das ein wenig Poesie in eine vermüllte Umgebung bringt, kann nichts Schlimmes zustoßen. Ich habe beinahe Lust, mich ihr anzuschließen. Für einige Augenblicke hüpfen und lächeln. Oder ein paar Seifenblasen machen, ihr *Himmel und Hölle* vorschlagen, eine Wippe aufbauen oder eine Rutsche durch den Müll errichten.

Die Kälte kriecht mir ins Gehirn. Ich weiß nicht mehr, ob ich geträumt habe. War da wirklich ein kleines Mädchen? Ich zögere umzukehren, um nachzusehen. Und dieses Lied … Ich mag sie, diese Melodie. Ich habe sie noch nie gehört, aber sie will mir nicht mehr aus dem Kopf. Gar nichts Besonderes. Eine ganz einfache Abfolge. Einige Töne, kein Text. Nur eine Weise, die vorbeiweht. Eine kleine Melodie, die zwischen den Abfällen hindurchklingt und die ich mitnehme. Morgen früh werde ich mich sicherlich nicht mehr daran erinnern. Manchmal hätte ich gerne ein Tonbandgerät, einfach um diese kleinen Melodien einzufangen, die man vergisst und die einem fehlen. Aber dafür sind sie nicht da. Sie sind für kleine Mädchen, die im Treppenhaus auf Müllsäcken auf- und abspringen. Sie sind dafür da, das Ohr an der Ecke eines Platzes, einer Schulpforte oder unter einem Fenster zu streifen. Man muss sie ziehen lassen. Sie gehören uns nicht.

Als ich bei Lisa eintrete, pfeife ich leise vor mich hin. Ich bin der Erste.

„Salut. Was ist das?"

„Was meinst du?"

„Was du da pfeifst."

„Ach so. Keine Ahnung. Habe ich bei mir unten im Haus gehört."

„Das Radio deines Nachbarn."

„Nein ... ein kleines Mädchen, das in den Mülltonnen tanzte."

„Äh ..."

„Oder ich habe es geträumt."

„Wie Paul."

„Paul?"

„McCartney. Kennst du die Geschichte nicht?"

„Eine Geschichte mit einem Mädchen mitten im Abfall? *Lucy in the stairs with garbage*?"

„Nein ... *Yesterday*. Paul erwacht eines Tages und hat eine Melodie im Kopf. Er fragt nach rechts und links: „Wer singt hier dieses Lied?" Niemand kann ihm darauf antworten. Einige Tage vergehen, und die Melodie geht ihm nicht aus dem Kopf. Und immer noch kann niemand ihm helfen, sie ausfindig zu machen ... Also gewöhnt er sich an den Gedanken, dass er sie geträumt hat."

„Er hat *Yesterday* im Schlaf komponiert?"

„Ja."

„Meine Melodie ... die habe ich nur einem kleinen Mädchen gestohlen. Und übrigens ist sie mir jetzt entfallen."

Wir werden vom Lärm eines Menschenauflaufs vor der Tür unterbrochen. Ein Bus entlässt gerade seine Fahrgäste. Grüppchen bilden sich, Vornamen werden gerufen. Es wird durchgezählt, um sicherzustellen, dass niemand fehlt. Das Café befindet sich nicht in einem Touristenviertel, und die Straßenbreite verträgt keine Menschenströme. Aber sie scheinen zu wissen, wohin sie wollen, und betreten im Gänsemarsch das Café. Sie nehmen Platz, so gut sie können, fragen nach weiteren Stühlen und ob die Jüngeren auf dem Boden sitzen dürfen. Sie fragen, ob der hintere Tisch wirklich für sie reserviert ist und ob sie die Karte haben können. Auf sie folgen einige Minuten später Sam und Thomas, die Lisa kaum Zeit lassen, die neuen Gäste zu bedienen, zwischen denen die beiden Alten einen gewissen Ehrenplatz einnehmen.

Wir beginnen den Abend ohne Musik, ein wenig verdutzt von der ungewohnten Menge, die ungeduldig mit den Füßen scharrt. Schließlich gesellt sich Lisa zu uns. Sie nimmt einen großen Schluck, zündet sich eine Zigarette an und schaut mich an.

Mein Großvater war Vertreter. Er arbeitete für eine Nähmaschinenfirma. Wahrscheinlich kannte er deshalb Paris so gut. Wohin wir auch gingen, grüßten uns die Leute. Manche nannten ihn sogar beim Namen. Manchmal begleitete ich ihn. Es schien so, als ob mich die alten Damen gerne sähen. Ein Kind, das stimmt immer weich, das ist gut fürs Geschäft. Aber das war nicht der Grund, weshalb er mich bat, mitzukommen. Zu dieser Zeit war donnerstags keine Schule. Pierre-Jean mochte mich nicht gerne alleine lassen und zog es vor, mich an seiner Seite zu wissen.

Die Menge ist verstummt. Ein paar Stühle scharren über den Boden und ungefähr fünfzig Gesichter schauen mich nun aufmerksam an. Auf ein „Man versteht nicht gut, was er mit dem Schal vor dem Mund sagt“ folgt eine heftige Ohrfeige für den, der es wagte, das Wort zu ergreifen.

Ich durchstreifte die Stadt und kam von einem Viertel ins nächste, von einer Straße zur anderen, von einem Haus ins andere. Er hatte seine Stammkunden. Frauen in Schürzen, die auf der Türschwelle nach ihm Ausschau hielten und ihn heranwinkten, damit er sie nicht vergäße. Er drehte sich mit einem Augenzwinkern zu mir. Wir gingen hinein, man stellte uns etwas zu trinken hin. Ein Glas Saft für mich, einen Kaffee für ihn. Und dann sprachen wir ... besser gesagt, die Frauen sprachen.

Mein Großvater hörte höflich zu, gab manchmal einen Scherz zum Besten oder stellte eine Frage, um zu zeigen, dass er sich für die Unterhaltung interessiere. Das konnte Stunden dauern. Ich erinnere mich an einen Tag, an dem wir während der ganzen Arbeitszeit nur zwei Kundinnen besuchten. Die erste hieß Simone oder ...

„Wie ich!“, rief eine alte Dame, die zwischen einem Tisch und einem jungen Mann eingezwängt war, dessen Anwesenheit ich nicht bemerkt hatte.

„Pssst!“

„Entschuldigung.“

Ich sagte, dass die erste Simone oder Sidonie hieß.

„Ach so, ja dann nicht.“

„Psssssst!“

„Entschuldigung.“

Ob Simone oder Sidonie, weiß ich nicht mehr. Sie war eine Frau, die ihren Ehemann im Krieg verloren hatte. Kaum hatte sie uns bemerkt, kam sie uns entgegen. Kaum waren wir in ihrem Haus, stürzte sie sich in die Küche, um Plätzchen aus dem Ofen zu holen. Ich weiß nicht mehr genau, welche Sorte es war, aber ihr Geschmack geht mir heute noch nach, vierzig Jahre später. Ich zwang mich, eines davon herunterzuschlucken, Pierre-Jean ebenso. Ich sah an seinem

Blick, dass er meinen Eindruck hinsichtlich Simones oder Sidonies Backkünste teilte.

Anschließend servierte sie uns einen lauwarmen, ungesüßten Tee, weil man echten Tee selbstverständlich ohne Zucker trinke. Dass man echten Tee vor allem heiß trinke, wagte ich ihr nicht zu sagen. Ich trank die bräunliche Flüssigkeit nur deshalb, um den scheußlichen Geschmack der Kekse hinunterzuspülen. Und sie sprach und sprach und sprach … über alles. Über ihren im Krieg heldenhaft verstorbenen Mann. Im Erstem Weltkrieg selbstverständlich, dem Großen Krieg. Da sie das interessierte Gesicht meines Großvaters sah, holte sie ein altes Fotoalbum heraus, in dem sie jedes Bild, eines nach dem anderen, mit einer Bemerkung versah. Im Grunde waren die Fotos eher Postkarten. Einige Aufnahmen von ihrem Mann als Ganzaufnahme und eine, die bei einer Feierlichkeit aufgenommen worden war, wahrscheinlich bei ihrer Hochzeit. Der besagte Ehemann trug einen dunklen Anzug, lächelte verkrampft und hatte einen kleinen, schiefen Bart, der auf einer Seite länger war als auf der anderen. Der Rest war ausschließlich eine Folge von Postkarten, zugeschickt von einer Familie, die kennenzulernen ich keine große Lust hatte, aber von der ich aus der Erinnerung einen Stammbaum zeichnen könnte. Ein zweiter Keks, eine zweite Tasse lauwarmen Tee, eine soundsovielte Anmerkung zu einer Postkarte, die Tante Eugenie geschickt hatte … Der Vormittag ging auf diese Weise vorüber, und ich fragte mich, wann mein Großvater seine Muster auspacken würde.

Während der ganzen Zeit mied Simone oder Sidonie mein Gesicht. Wenn sie mit mir sprach, schaute sie woanders hin. Sie machte ein konzentriertes Gesicht, aber ich bemerkte sehr wohl die Verlegenheit, die sie wegen meiner entstellten Züge hatte.

„Ah, dafür ist der Schal, meinen Sie nicht auch?“

„Pssssst!“

„Entschuldigung.“

Beim Verlassen des Hauses schaute mich mein Großvater lächelnd an: „Sie ist nett, nicht wahr? Weißt du, es muss schwer sein, immer allein zu sein … Die Arme hatte kein Glück im Leben …“ Dem wusste ich nichts hinzuzufügen und antwortete mit einem Lächeln.

Auf einer Bank aßen wir ein Sandwich. Wir schauten den vorübergehenden Leuten nach und hörten den Lärm der Autos. Wir sprachen wenig und nutzten das Gewirr der Geräusche, um uns in Unterhaltungen zu vertiefen, die wir nur bruchstückhaft erfassten. Das war ein Spiel, das mir mein Großvater erklärt hatte. Überall und jedem zuhören. Die einen Satzteile an die anderen fügen … und daraus eine neue Geschichte bilden. Eine Künstlergruppe hatte so etwas gemacht, sagte er mir, das sich „Köstliche Leichen“ nannte. Abgesehen davon begnügten wir uns damit, die Ohren zu spitzen und die Geschichten auf uns zukommen zu lassen. Das Schwierigste war, sich nicht nur auf eine einzige Unterhaltung zu konzentrieren, was leicht passierte, wenn die Leute zu lange neben uns stehen blieben. Ideal war ein Durchgangsort wie die Boulevards, an denen Müßiggänger schlenderten und dabei plauderten.

Wenn wir dann unsere Sandwiches verspeist hatten, erzählten wir uns die Geschichten, die wir gehört hatten. Erst der eine, dann der andere.

„Ich verstehe dieses Leichen-Spiel nicht.“

„Pssst!“

„Oh, Entschuldigung. Ich versuche, es zu verstehen, das ist alles.“

„Ja, aber es nervt, wenn jeder versucht, es lautstark zu verstehen!“

Wie jedes Mal waren unsere Geschichten völlig verschieden. Für gewöhnlich war ich es, der anfing: „Es geht um eine Frau, die mit ihrem kranken Hund im Theater war, aber weil der Zug Verspätung hatte, ist sie zum Friseur gegangen. ‚Wie findest du meine neue Frisur?‘, fragt sie ihre Freundin. Diese aber ist ein Mann, der seine Kommentare zu den Sportergebnissen abgibt. Er denkt, dass im gestrigen Spiel eine Mannschaft um den Sieg betrogen wurde. Jedenfalls sind die Kommunisten nicht bereit, Berlin zu verlassen, oder aber sie müssen die Fahrräder auswechseln und nicht ihre ganze Zeit im Café verbringen.“

Mit einem Augenzwinkern fing mein Großvater von Neuem an: „Nein, nein, es ging um zwei Männer, die ins Kino gingen, um einen Film anzusehen, der von einem Hund handelte, der seinen Zug wegen der Ankunft der Kommunisten in Berlin verpasst hatte. Der Hund saß ruhig im Zug und las die Sportkommentare: Zwei alte Damen machten ein Radrennen und hielten an, um nach jedem Kilometer in einem Bistro ein Glas Ricard zu trinken. Die Geschwindigkeit des Zuges in Verbindung mit der des Fahrrades versetzte ihre Frisuren in einen katastrophalen Zustand … Wen wundert es, dass man sie um den Sieg betrogen hat!“

„Ich habe nichts verstanden!“
„Simone, Schluss jetzt!“

Am Nachmittag setzten wir die Runde meines Großvaters fort. Seit Beginn des Arbeitstages hatten wir nur eine Kundin besucht, und dabei ging es doch immerhin darum, etwas Geld zu verdienen. Wir setzten den gleichen Weg fort, um nur einige Häuser weiter von dem anzukommen, das wir vor zwei oder drei Stunden betreten hatten. Der Geschmack des Kekses lag mir plötzlich wieder auf der Zunge.

Mein Großvater warf einen Blick auf seine Armbanduhr, strich sich über den Bart, hustete den letzten Zug seiner Zigarette aus und entschloss sich zu klingeln. Die Tür öffnete sich, und wir gingen in den vierten Stock hinauf. Noch nie hatte ich so stark gewachste Stufen gesehen. Wenn der rote

Treppenteppich nicht darauf gelegen hätte, wäre es unmöglich gewesen, auch nur drei Stufen hinaufzugehen. Außerdem konnte ich nicht anders, als ganz außen auf der Teppichkante zu laufen, um aus Spaß auszurutschen. Mein Großvater warf mir einen Blick zu, der vorwurfsvoll sein sollte, in dem ich aber nur den Wunsch erkannte, es selbst auszuprobieren.

Als wir schließlich die vierte Etage erreichten, hielt uns eine Frau in einem schwarz-weißen Kleid die Tür auf. Es handelte sich um eine Bedienstete, wie man sie aus Büchern kennt. Eine gut sitzende Schürze, ein verkniffenes Lächeln und graue Haare, die zum Knoten gebunden waren. Sie wirkte streng und hatte einen fragenden Blick: Waren wir würdig, bei ihrer Herrschaft einzutreten? Sie bat mich, meine Schuhe auf der Matte gut abzustreifen, und achtete unauffällig darauf, dass mein Großvater desgleichen tat (was natürlich nicht der Fall war).

Als wir die Wohnung betreten hatten, ging sie uns in einem Flur voraus und öffnete uns eine zweite Tür zu einem großen Salon.

Überall waren Bücher. Die Regale waren im wahrsten Sinne des Wortes zum Bersten gefüllt. Bücher, kleine Statuen, Nippes und große Gemälde, auf denen … ich weiß nicht was genau dargestellt war. Damals muss ich geglaubt haben, dass es sich um moderne Malerei handle. Man sagt gelegentlich, dass Kinder moderne oder zeitgenössische Kunst besser verstehen als die meisten Erwachsenen. Was mich angeht, muss ich zugeben, dass dies nicht stimmt. Nicht, dass ich es nicht als ästhetisch empfunden hätte … aber es war mir unmöglich zu erahnen, um was es sich handelte. Eines Tages hatte mir mein Großvater in einer Zeitung eine Gravur gezeigt. Ich hatte sie einen Augenblick lang aufmerksam betrachtet. Angesichts seines Schweigens und weil ich mich verpflichtet fühlte, etwas zu sagen, rief ich: „Jedenfalls finde ich nicht, dass diese Früchte Lust darauf machen, sie zu essen!“ Worauf er mir lachend geantwortet hatte:

„Das ist doch eine Frau, die hier dargestellt ist! Und du hast noch genug Zeit, ehe du davon kostest!"

Eine kleine Dame thronte in einem riesigen Sessel. Man sah sie kaum, so eng schien sie zwischen Kissen und der Rückenlehne eingezwängt. Sie passte sich perfekt in ihre Umgebung ein. Ihre Füße berührten nicht den Boden und ihre kleinen, zarten Hände hielten sich an den Armlehnen fest, als ob sie Angst hätte, für immer im Inneren des Sessels zu verschwinden. Sie winkte uns zu sich herüber und begrüßte uns mit einer zarten Stimme von erstaunlicher Klarheit. Ein so schönes Organ in einem so kleinen Körper zu hören, verblüffte mich. Mein Großvater stellte sie mir als eine der berühmtesten Schauspielerinnen der Hauptstadt vor, was sie erröten ließ. „Ich war Schauspielerin im komischen Fach, aber es ist recht lange her, dass ich eine Bühne betreten habe", entschuldigte sie sich.

Wir verbrachten den Nachmittag damit, von einer Menge Dinge zu sprechen, von denen ich nur die Hälfte verstand. Vor allem die Dame sprach. Sie erzählte uns aus ihrem Leben, von den Künstlern, die sie getroffen, und von den Stücken, in denen sie gespielt hatte. Sie erzählte uns die Geschichte zu jedem ihrer Gemälde und ließ uns durch ihre Bedienstete seltene Bücher vorlegen, deren Umschläge drohten, in Stücke zu zerfallen. Einige der Bücher hatten eine Widmung von den Autoren selbst. Es war überraschend, deren gekritzelte Handschriften zu sehen, die sich von den klaren Linien des Inhalts abhoben. Ich bedauere es heute, mich nicht mehr an den Namen dieser Dame zu erinnern. Vielleicht handelte es sich wirklich um eine Berühmtheit …

Jedenfalls blieben mir die Plätzchen, die sie uns anbot, in weitaus besserer Erinnerung als jene von Simone oder Sidonie. Wir verließen die Wohnung gegen 17 Uhr. Wir hatten drei Stunden dort verbracht. Bilanz des Tages: drei verkaufte Nadeln. Nicht einmal der Gegenwert der Sandwiches vom Mittag.

So war mein Großvater. Ich weiß nicht, wie er diese Anstellung ergattert hatte, aber er hatte nicht das Gemüt eines Geschäftsmannes. Noch weniger in dem Sinne, wie man es heute versteht. Er war nicht der Typ, der Zielvereinbarungen erfüllte, Kunden zum Kauf drängte, Verkäufe erzwang … Die Wörter „Profit“ und „Rentabilität“ gehörten nicht zu seinem Wortschatz. Und alle umschwärmten ihn. Auf der Straße rief man nach ihm, drückte ihm die Hand, fragte ihn nach seinen Neuigkeiten. Er nahm sich Zeit, plauderte, trank ein Glas, wenn man ihm eines anbot, und kümmerte sich danach um mich.

Wie auch schon gestern Abend helfe ich Lisa, das Café aufzuräumen. Ich sammle die Gläser ein und wische mit einem Schwamm die Tische ab, ehe ich die Stühle umgekehrt daraufstelle. Als alles aufgeräumt ist, fragt sie mich:

„Dein Großvater scheint witzig gewesen zu sein.“

„Ja, sehr. Na ja, nicht immer. Sagen wir, dass er den Schein zu wahren wusste.“

„Ja, das kann ich mir vorstellen. Ich wollte nicht sagen …“

„Nein, nein, keine Sorge … Aber ich erinnere mich an einen Abend … Ich weiß nicht mehr, in welcher Klasse ich war, aber ich war noch keine zehn Jahre alt. Gerade war ich von der Schule nach Hause gekommen, als Pierre-Jean mich bat, Brot zu kaufen. Einfach so, plötzlich, ganz dringend. Ich hatte noch nicht einmal meinen Ranzen abgezogen. Wir hatten kein Brot mehr und mussten schnell welches auftreiben. Dann hielt er mir sein altes ledernes Portemonnaie hin, ohne mich anzusehen. Es war nicht das erste Mal, dass ich ganz alleine in die Bäckerei ging, aber diese Eile erstaunte mich.

Bei meiner Rückkehr saß er auf seinem Stuhl vor dem Küchentisch. Ich sah ihn von der Seite. Seine Augen schwammen in Tränen. Er hatte nicht gehört, dass ich zurückgekommen war. Ich wusste nicht, was tun. Ich dachte nicht, dass er weinen könne. Ich glaubte noch, nur Kinder weinten. Ich hatte Angst und fühlte mich unwohl.

Als er mich bemerkte, versuchte er zu lächeln, aber ich sah sehr wohl, dass es ein komisches Lächeln nur mit dem Mund war und dass seine Augen ganz rot waren. Da nahm ich mir ein Herz und fragte ihn, ob er weine. Er tat erstaunt, ehe er mir erklärte, nein, er weine nicht, und er habe übrigens auch keinen Grund zum Weinen. Das sei nur sein Gesicht, das nicht wasserdicht sei. Er könne nichts dafür, und das sei nicht schlimm. Das sei so eine Sache, die von Zeit zu Zeit passiere, mit dem ganzen Wasser im Körper. Er erklärte mir, er habe sich gebückt, um den Kaffeelöffel aufzuheben, der auf das Linoleum gefallen sei. Und wegen dieses verfluchten Gesetzes der kommunizierenden Röhren hätten sich seine Augen mit Wasser gefüllt und seien übergelaufen. Bei seiner Erklärung entspannte sich sein Gesicht, und sein Lächeln passte jetzt zu seinem Blick, während er eine letzte Träne vergoss."

Kapitel 12

Heute Morgen ist schönes Wetter. Ich hätte fast Lust, mir diese Nachricht in der Bäckerei bestätigen zu lassen.

Das ideale Wetter, um mir Zeit zu lassen oder mir am Canal Saint-Martin einen Luftwechsel zu gönnen. Aber nun genug der heißen Luft, ich lasse den Müßiggang hinter mir und entschließe mich, zur Arbeit zu gehen, um mich nicht als Sklave des Wetters zu fühlen. Und vor allem, weil Arbeit Gesundheit bedeutet und weil ich ein Pfeiler des Unternehmens bin und ohne mich et cetera …

Ausgerüstet mit einem Eispickel, besteige ich den Müllberg, der meine Haustür versperrt. Langsam, nach so mancher Anstrengung, gelange ich zum Gipfel. Ich bin erstaunt: Er berührt die Decke. Einzige Lösung: durchqueren. Der Aufstieg ist beendet, jetzt beginnt die Höhlenforschung. Der Geruch lässt ein wenig Abrundung vermissen. Ich versuche, einen Sack beiseite zu schieben, aber ein anderer nimmt sofort dessen Platz ein. Wie ein riesiges dreidimensionales Puzzle, dessen Teile beweglich sind. Wenn es mir gelingt, mich zwischen zwei Säcken hindurchzuschlängeln und dies mehrfach zu wiederholen, werde ich sicherlich die Tür erreichen. Ich tauche beide Hände in die Masse, dann die Arme bis zu den Ellbogen. Ich treffe nicht auf Grund, was mich nicht übermäßig erstaunt. Ich hole tief Luft und stecke den Kopf hinein. Es ist dunkel und heiß. Der Rest meines Körpers gleitet ebenfalls hinein. Ich bin wie ein Wurm. Ich winde und schlängele mich und komme zentimeterweise voran. Das Gewicht auf meinem Rücken gibt Aufschluss über die Müllmenge, die sich hier befinden muss. Mit der linken Hand räume ich einen weiteren Sack aus dem Weg, mit der rechten Hand suche ich mein Feuerzeug. Hier scheint eine Art kleine Grotte zu sein. Außer es handelt sich um die Tür. Eine wenig glaubwürdige Annahme, an die ich mich einfach klammern muss. Der Zündstein knirscht, und das Licht umgibt mich sogleich. Gérard, mein Nachban aus dem dritten Stock, ist da. Ich bemerke ihn in einem Raum, der kaum mehr als einen Kubikmeter bemisst. Er sitzt unbequem und ist offenkundig verzweifelt. Mit einem Stück Brot wischt er eine alte Sardinendose aus. „Frühstückspause“, flüstert er mir zu. Eine Katze zu seinen Füßen schnurrt.

Hier zu bleiben wäre mein Untergang. Ich möchte nicht der nächste Gérard sein.

Also mache ich mich wieder auf den Weg, lasse mich zwischen zwei Säcken hindurchgleiten, drücke einen dritten weg. Zehn Minuten vergehen, ohne dass ich wirklich den Eindruck habe, vorangekommen zu sein, als meine Hand auf etwas Festes stößt. Ich taste, berühre, nestle. Die Tür! Ich suche blind nach dem Griff und mache ihn schließlich etwa einen Meter unter mir ausfindig. Ich drehe ihn, aber nichts passiert. Weder Klinke noch Knauf können mich aus der Affäre ziehen.

Als ich mich wieder halbwegs in die Vertikale aufgerichtet habe, lehne ich mich an den Türstock, spanne meine Muskeln an und ziehe mit einem großen Ruck an dem Griff, während ich das Gewicht der Säcke, die auf mir lasten, einfach ignoriere. Die Tür bewegt sich wenige Zentimeter und lässt kümmerliche, aber rettende Lichtstrahlen von draußen herein. Ein Zeichen, dass das Leben auf der Erde nicht ausgelöscht ist und dass Gérard nicht mein letzter Kamerad sein wird. Ich wiederhole den Vorgang vier- oder fünfmal und schlüpfe dann durch den Spalt.

Ich halte den Atem an, ehe ich mich erneut nach drinnen beuge, weil ich wegen meines Nachbarn beunruhigt bin.

„Geht es Ihnen gut?"

„Bis auf ein paar Stöße, die gerade ungelegen kamen, geht es mir gut!"

„Ich habe den Ausgang gefunden …"

„Ich weiß genau, wo der Ausgang ist."

„Aha. Und Sie wollen nicht hinaus?"

„Nein, ich arbeite an einer Kartierung dieses Ortes."

„Wie bitte?"

„Ich arbeite daran, einen Geländeplan anzufertigen mit dem Ziel, Maßnahmen zu ergreifen, die sich perfekt an die Gegebenheiten angepasst sind."

„Aha."

Im Büro herrscht Hektik. Es hat den Anschein, dass die Konkurrenz ein Produkt herausbringt, das uns platt machen wird. Dies sind die Worte des Vertriebschefs. Er rennt von einem Ende des Flurs zum anderen, hält gelegentlich an, um sich einen Becher Wasser einzuschenken, den er austrinkt und dann zerdrückt, ehe er auf den Mülleimer zielt. „Platt machen, die werden uns platt machen, wir werden platt gemacht, platt-ge-macht. Wenn wir nichts unternehmen, werden wir platt gemacht." Ein Vertriebskollege kommt näher und fragt ihn, was nicht stimme. Er stellt ihm die Lage dar. Der Vertriebsmann erblasst und ist der Ansicht, dass man in der Tat platt gemacht werde. Eine Sekretärin ist beunruhigt, kommt heran, erblasst ebenfalls, ruft bei ihrer Freundin im zweiten Stock an und spricht das Wort „platt machen" in den Hörer. Sie verspürt dabei einen gewissen Stolz und wiederholt es deshalb, indem sie jede Silbe säuberlich abtrennt, wie sie es beim Vertriebschef gehört hat. In diesem Augenblick kommt der Verkaufsdirektor hinzu, erblasst, ruft den Generaldirektor herbei, der seinerseits erblasst. Und als der Generaldirektor erblasst, zeugt es von sehr schlechtem Ton, seine Farbe zu behalten. Innerhalb weniger Sekunden beschließt also die gesamte dritte Etage zu erblassen. Auf die Schnelle wird eine Sitzung einberufen. Man versucht, den Präsidenten zu erreichen, der natürlich nicht antwortet. Klar, wenn es darum geht, auf Cocktailpartys in Begleitung seiner Geliebten umherzustolzieren, kann man auf ihn zählen, aber sobald es ein Problem gibt, ist niemand mehr da! Die Sitzung zieht sich hin, ohne dass irgendeine Lösung gefunden wird, als der Präsident endlich geruht, die Versammlung mit seiner Anwesenheit zu beehren. Der Generaldirektor legt ihm die Situation dar. Der Präsident verharrt still. Der Verkaufsdirektor eröffnet ihm den tragischen Charakter der jüngsten Ereignisse. Der Präsident überlegt. Das Schweigen lastet auf den Schultern des Vertriebschefs, der schließlich völlig platt auf dem Boden zusammenbricht. Dann schlägt der Präsident vor, die Ruhe zu bewahren und in den nächsten Tagen eine Lösung zu finden, was eine Woge der allgemeinen Erleichterung auslöst. Welch ein Mann, also wirklich, welch ein Mann!

Heute Abend ist meine Bäckerin verärgert. Ich bin jedoch der Letzte in einer langen Schlange. Man könnte meinen, dass sich die Leute verabredet haben, um noch schnell vor mir anzustehen, um mich für ein Vergehen bezahlen zu lassen, von dem ich keine Ahnung habe. Oder einfach, um mich zu ärgern.

Sie brummt, raunzt, packt Croissants und Schokocroissants ein, gibt Münzgeld zurück, bemüht sich nicht, zu lächeln und antwortet am Telefon: „Ja, wir haben morgen geöffnet. Ja, wir reservieren einen Geburtstagskuchen für Sie. Nein, für sechzehn Personen braucht man mindestens zwei Kuchen. Nein, nur einer reicht nicht. Nein, nicht bei dieser Größe. Nein, wir haben keinen Ofen für einen solchen Kuchen. Macht nichts, und wenn Sie keinen anderen finden, melden Sie sich wieder bei uns, und wir werden sehen, was wir tun können."

Sie schaut mich mit einem verkniffenen Lächeln an. „Heute läuft alles verkehrt!"

Ich erwidere ihren Blick:

„Ja, und übrigens habe ich hier gerade mein Brot verkauft."

„Wie bitte?"

„Dürfte es noch etwas sein?"

„Aber wovon sprechen Sie, Monsieur?"

„Alles läuft verkehrt ..."

Erneut ein verkniffenes Lächeln.

Als ich mein Wohnhaus betreten will, weist mich ein handgeschriebenes Schild darauf hin, dass die Tür vorübergehend wegen Bauarbeiten gesperrt ist. Ich versuche, sie aufzudrücken. Sie ist verrammelt. Wie diese Cops in den amerikanischen Filmen, die mit ihren Schultern die Türen einschlagen, ehe sie, brüllend und mit einem Revolver in der Hand, in die Höhle des Feindes eindringen, versuche ich es auf die harte Tour. Bei der überwältigenden Mehrheit der amerikanischen Filmproduktion funktioniert das sehr gut. Im echten Leben tut das sehr weh. Es zerrt Muskeln, von deren Existenz man noch nicht wusste, und es funktioniert nicht.

Mein Jackett bleibt am Türgriff hängen und reißt ein paar Zentimeter ein. Eine mehr als ehrenvolle Bilanz, wenn man bedenkt, dass ich mir sehr gut die Schulter hätte ausrenken können. Mehr noch, wenn man sich vorstellt, dass ich das Fundament des Hauses hätte verrücken können, dass sich ein Riss hätte bilden können. Überall hätten Risse auftreten und die Mauer aufreißen können, um schließlich den vollständigen Einsturz des Gebäudes auszulösen, der Tonnen von Putz, Schutt, Müll und Mieter mit sich gerissen hätte. Die wären mir auf den Kopf gefallen und hätten gewartet, dass die Versicherung einen Prozess gegen mich anstrengt, um mich für schuldig zu erklären und mich persönlich die Kosten des Schadensfalls zahlen zu lassen. Nicht zu sprechen vom Blick meiner Nachbarn, die mir niemals verzeihen könnten, dass ich ihre Möbel, ihre Teller und all ihre Erinnerungen zerstört hätte, durch die sie mit ihrer Vergangenheit verbunden sind, die nun für immer verloren ist.

Ich klopfe meinen Ärmel ab, um mir Haltung zu geben, und beschließe, später wiederzukommen in der Hoffnung, ein Reinigungsteam stehe dann schon Gewehr bei Fuß, bewaffnet mit Desinfektionsmittel, Containern und Schreddern für den Müll.

Obwohl es früh ist, sind Sam, Thomas und Lisa schon da. Ein junges Paar hat hinten im Raum Platz an einem Tisch genommen. Vor ihnen stehen zwei Gläser Wein. Sie flüstern, als ob sie fürchteten, dass man ihre Unterhaltung mit anhöre. Seine Hände liegen rechts und links von seinem Glas, einige Zentimeter von denen der jungen Frau entfernt. Man könnte meinen, sie wagten nicht, sich zu berühren, als ob sie es nicht dürften. Das Poster *Forbidden Planet* als Warnung hinter ihnen. Ihre Blicke jedoch sprechen Bände: Sie haben Lust, sich zu berühren, sich zu küssen. Sie sind um die zwanzig, vielleicht ein wenig älter. Ich war auch einmal um die zwanzig, und ich hatte niemals die Gelegenheit, meine Hände nur wenige Zentimeter neben die einer jungen Frau zu legen. Niemals hat mich eine Frau angeschaut, wie sie ihn anschaut. Ich habe Lust, mich vor ihnen aufzubauen. Ich möchte ihre Hände fassen, sie zu einer Umarmung zusammenzuführen und ihnen zuzurufen, dass sie Glück haben, dass das Leben kurz ist. Sie sollen keine Zeit vergeuden, einander zu umkreisen. Zumindest werde ich ihnen sagen, dass sie die Zeit jetzt genießen sollen und dass dies wahrscheinlich die besten Augenblicke ihres Lebens sind: Bald werden sie keine Lust mehr haben, sich zu berühren, oder es wird eine Gewohnheit geworden sein, eine Art Verpflichtung. Sie wird ihm vorwerfen, sie nicht mehr zu berühren, sie nicht mehr zu begehren. Er wird denken, sie schaut mich nicht mehr an wie heute Abend. Weil man Blicke nicht befehlen kann. Weil Gesten vergänglich sind. Weil man keine Angst mehr hat, das Glück zu verlieren, wenn man sich einmal daran gewöhnt hat.

Ich muss die beiden wohl ein wenig zu lange regungslos angeschaut haben, da mich Thomas mit einem Räuspern ermahnt. Ich gehe zu meinen Freunden und setze mich auf den Stuhl, den sie für mich reserviert haben.

„Gibt es Neuigkeiten von deiner Mutter, Sam?"

„Hm … ja."

„Und? Wie geht es ihr?"

„Beurteilt das selbst."

Mit einer matten Bewegung lässt er einen Umschlag auf den Tisch gleiten. Gleiche Schrift, aber die Tintenfarbe ist anders: Rot. Das ist erstaunlich und weniger leserlich.

Mein Kleiner,

ich habe den Papagei getötet. Der war Schrott! Ein Nichtsnutz, ein Faulpelz allererster Güte, der seinen Tag damit zubrachte, seine Körner zu fressen und damit dem Steuerzahler auf der Tasche zu liegen. Außerdem hatte er überhaupt keinen Geschmack. Ich habe ihn mit Sauce probiert … Hast du eine Ahnung: zu zäh. Papageien sind zu nichts gut, oder man muss richtig Geld dafür hinlegen, was weiß ich.

Was die Nachbarn angeht – an denen habe ich mich gerächt, da kannst du sicher sein. Das Vergehen an der Pflanze blieb nicht ungesühnt. Als dein Vater gestern Abend eingeschlafen war (ich wollte ihn nicht einweihen, das hätte ihn erschreckt), schlich ich mich aus dem Haus. Ich nahm den Schraubenschlüssel aus dem Werkzeugkasten deines Vaters und schlitzte die vier Reifen ihres dreckigen Verbrecherautos auf. Das war nicht ohne, aber ich hab's gemacht. Ich bin stolz auf mich. Jetzt haben sie für ihr Verbrechen bezahlt! Aber ich glaube, dass der Krieg erklärt ist: Heute Morgen bemerkte ich beim Aufwachen, dass meine beiden schönsten Pflanzen in der Nacht abgeschnitten worden sind. Ein echtes Gemetzel. Ich bin froh, dass du es nicht gesehen hast. Du bist noch zu jung dafür.

Es ist umso ungerechter, weil ich meine beiden niedlichen Pflänzchen verwöhnt hatte. Gestern hatte ich bemerkt, dass ihre Blätter dazu neigten, sich aufzurollen. Du weißt, wie stolz Pflanzen sind: Ein Tag in diesem traurigen Zustand, und sie bringen sich um. „Eine Pflanze ist schön oder sie ist gar nicht", wie die Lebensweisheit sagt. Jedenfalls steckte ich das große elektrische Verlängerungskabel im Wohnzimmer ein (weißt du, das, das dein Vater gekauft hat und auf das er so stolz war, weil es das längste im Laden war und weil es sich automatisch aufrollen kann und und und …). Nun gut, ich rollte es aus und schloss das Bügeleisen an, um meinen Pflanzen ein wenig Würde zurückzugeben. Wenn du sie nur gesehen hättest … Sie qualmten vor Freude!

Alles in allem war es für nichts. Egal, mir bleiben ja noch einige grüne Stellen hier. Und wie geht es dir? Baust du immer noch Gemüse an? Sei vorsichtig mit den spanischen Erdbeeren: Sie fallen leicht auf die Straße und reißen alles mit sich.

Sei umarmt.

Kaum ist er mit Vorlesen fertig, öffnet sich die Tür weit. Eine junge Japanerin, die einen geschlossenen Regenschirm über ihrem Kopf festhält, signalisiert einer Gruppe, ihr zu folgen. Unter den Gesichtern sind einige, die schon am Vorabend zu sehen waren. Geräuschvoll nehmen sie Platz. Die Ältesten haben vorausschauend kleine Klappstühle mitgebracht, auf denen sie unverzüglich Platz nehmen. Das junge Paar wird ersucht, die zarten Triebe seiner Zärtlichkeit anderswo zu pflegen. Eine Dame mit einem Yorkshire

Terrier auf dem Arm kommt zu uns herüber. Sie fragt, ob uns das nicht störe, ob wir nichts gegen Tiere hätten, ob sie ihn bei sich behalten dürfe und ob er nicht süß sei, ihr kleiner Liebling.

„Nein, nein, ja, nein", antwortet ihr Lisa, während sie die ersten Tische bedient.

Die Dame schließt die Augen, überlegt, bewegt die Lippen, um sich die Reihenfolge ihrer Fragen ins Gedächtnis zu rufen. Sie lächelt, runzelt die Stirn und setzt sich wieder auf ihren Platz.

Wie ich schon sagte, brachte mein Großvater von seinen langen Streifzügen durch Paris eine Menge Dinge mit … Dinge und Tiere. Er hatte ein gewisses Geschick dafür, den „hoffnungslosen" Fällen zu begegnen. Das waren seine Worte, um sich zu rechtfertigen, wenn er nach Hause kam. „Mach dir das mal klar, ein so kleines, schutzloses Tier … Wenn ich nicht da gewesen wäre, wäre es noch in dieser Stunde gestorben!"

„Hat es schon angefangen?"
„Gibt es nicht drei Gongschläge oder so etwas?"
„Wir sind nicht im Theater!"
„Seien Sie endlich still. Sonst verstehen wir nichts!"

Meistens gelang es ihm, sie zu retten und der Pariser „Natur" zurückzugeben. Und zwar einem begrünten Platz in unserem Viertel. Wenn das Tier zu groß war, brachten wir es am Wochenende in den Park von Vincennes. Wir nutzten die Gelegenheit und gingen im Schatten der Bäume und des Schlosses spazieren.

Ich erinnere mich an den Tag, als er ein ganzes Nest mit kleinen Vögelchen mitbrachte. Es war auf den Gehweg gefallen, und er hatte es aufgehoben. Er setzte sich auf eine Bank und wartete einen halben Tag lang in der Hoffnung, dass die Mutter zu ihrem Nest zurückkehrte. Einen halben

Tag, ohne Kunden zu besuchen, wohl gemerkt ... Die Mutter der Vögelchen kam nicht zurück. Er entschloss sich deshalb, sein Jackett auszuziehen und das Nest darin einzubetten.

Als er zur Wohnungstür hereinkam, sprach er so leise, dass seine Stimme von dem höllischen Gepiepse überdeckt wurde. „Sie sind hungrig", flüsterte er mir ins Ohr. Angesichts meines erstaunten Blicks erklärte er mir die Situation, während er seine Fracht behutsam auf dem Tisch ablegte. Es waren insgesamt vier Vögel, einer magerer als der andere. Sie reckten ihre Hälse, öffneten ihre Schnäbel und stießen dabei kleine schrille Schreie aus.

„Ich hole ihnen Brot", sagte ich zu ihm.

„Das gerade nicht! Sie sind zu klein. Sie könnten daran ersticken."

„Aber was geben wir ihnen dann? Milch etwa?"

„Würmer!"

Ich wünsche Ihnen viel Vergnügen dabei, Würmer in Paris zu finden ... Er ließ das Nest auf dem Tisch zurück, und wir gingen zu zweit los. Wir suchten mehrere Märkte ab, auf denen man alles fand, nur keine Würmer. Die Nacht brach herein, und die armen Tiere würden vor Entkräftung eingehen. In diesem Moment hatte mein Großvater die logischste Idee der Welt: Wir würden freilebende Würmer finden. Wo? Dort, wo die Würmer lebten ... auf einem begrünten Platz. Wir kehrten nach Hause zurück und aßen am Boden sitzend zu Abend, weil wir unsere Gäste nicht ausquartieren wollten. Als die Nacht tiefschwarz war, brachen wir auf, um wildlebende Würmer zu suchen.

Es wird nach Mitternacht gewesen sein, als wir uns vor dem Zaun des Platzes befanden, der unserer Wohnung am nächsten lag. Um diese Uhrzeit war er abgesperrt, aber wir warteten vorsichtshalber minutenlang. Mein Großvater kletterte als Erster auf das Gitter. Als er oben saß, reichte er mir die Hand und gab mir den Tipp, mit den Spitzen besonders vorsichtig zu sein. Es fühlte sich an, als seien wir zwei

Gentlemen-Gangster. Arsène Lupin auf der Suche nach Nahrung für Tiere kurz vor dem Dahinscheiden. Das Blut pochte in meinen Schläfen, und meine Beine zitterten derart, dass ich glaubte, niemals die andere Seite erreichen zu können.

„Das ist kein gutes Beispiel für Kinder …"
„Pst!"

Pierre-Jean, der für gewöhnlich so ruhig war, zog heftig an seiner Zigarette. Wir mussten den richtigen Ort finden. Nach ein paar Schritten kamen wir bei einem viereckigen Rasenstück an, das vor den Blicken von der Straße geschützt war. Er holte aus seiner Tasche eine Gabel heraus und zwinkerte mir zu. „Besser als eine Schaufel, um mitten in der Stadt zu graben", sagte er zu mir. Im ersten Moment war ich von seiner Findigkeit überwältigt. Mit dem zeitlichen Abstand von heute bin ich ein wenig skeptischer.

Wir buddelten mit vollem Einsatz in der Erde … ohne Ergebnis. Wir wendeten uns also einer besseren „Ecke" unter den Büschen zu. Wieder gaben wir alles. Diesmal machten wir einen guten Fang. Einige Minuten genügten, um drei winzige Würmer zu finden, die Pierre-Jean in einer kleinen, luftdicht verschlossenen Tüte verstaute. Neue Ecke, gleiches Ergebnis, und wir konnten nach Hause.

Auf dem Rückweg versetzte mich die Idee, der Polizei zu begegnen, in Aufruhr. Vielleicht hatten sie uns beobachtet. Oder vielleicht würden sie uns durchsuchen und die Würmer finden, die wir gestohlen hatten. Mir wurde klar, dass man vielleicht eine Sondergenehmigung brauchte, um Würmer mitzunehmen. Sie gehörten sicherlich der Kommune, dem Platzwächter oder ich weiß nicht wem. Mein Großvater beruhigte mich, indem er sagte, im schlimmsten Fall erklären wir, dass wir sie im Rinnstein gefunden haben. Er hatte auf alles eine Antwort und vor nichts Angst. Auch deshalb bewunderte ich ihn so sehr.

„Ja, gut und schön, aber welches Erziehungsmodell …"

„Oh, ich finde das sehr gut, es diente doch dazu, Tiere zu retten."

„Hat es schon angefangen?"

„Ruhe, man hört nichts mehr!"

Zurück zu Hause mussten wir die unangenehme Entdeckung machen, dass eines der Vögelchen nicht überlebt hatte. Es war ganz zerdrückt, niedergetrampelt von seinen Brüdern und Schwestern, die sich dessen nicht bewusst zu sein schienen, solchen Hunger hatten sie. Ein zerdrückter Vogel ist zu nichts gut, und er hat auch nicht mehr die gleiche Ausstrahlung.

Wir hatten keine Zeit mehr zu verlieren und konzentrierten uns auf die Überlebenden. Pierre-Jean nahm die Plastiktüte, fingerte einen ersten Wurm heraus, den er über die Vögel hielt. Sie begannen, noch lauter zu piepsen und wurden fast hysterisch. Sie balgten sich darum, rissen ihn an sich, durchtrennten ihn und zwickten dabei meinen Großvater in den Finger.

Wir schauten ihnen zu. Fasziniert und stolz, ihnen das Leben gerettet zu haben. Wir legten uns schlafen. Als wir am nächsten Morgen nach ihnen schauten, fanden wir sie leblos am Boden ihres Nestes liegen. „Wir konnten nicht mehr tun", erklärte Pierre-Jean, „Sie brauchten ihre Mutter. Vielleicht war der Wurm zu groß oder zu klein. Vielleicht waren diese Vögelchen etwas zu wählerisch mit ihrem Essen, und sie haben den Wurm einfach nur zerdrückt, ohne den Nährwert zu schätzen."

In der folgenden Nacht kehrten wir auf den Platz zurück, um sie zu beerdigen. „Die Würmer werden sie fressen." Die Natur verstehe, wer will.

Der Raum leert sich, und ausnahmsweise folge ich der Bewegung hinaus. Ich grüße mit einem Kopfnicken und lehne die Geldstücke, die man mir reicht, ab. Die Beziehung, die sich langsam zu der Menschenmenge entwickelt, ist erstaunlich. Ich kann mir immer noch kein genaues Bild machen. Ich weiß nicht, inwieweit es mir hilft, auf der Bühne zu stehen, um mich jedes Mal mehr zu öffnen, um auf den Kern der Geschichte zuzusteuern. Die Anwesenheit all dieser unbekannten Menschen erlaubt es mir, mich von dem, was ich erzähle, zu lösen. Durch sie wird meine Geschichte *eine* Geschichte. Vielleicht war es das, was ich brauchte, um voranzukommen. Ich bin nur noch ein Mund, eine Art Verbindung mit einer anderen Zeit, die preisgibt, was sie auf dem Herzen hat. Meine Geschichte gehört ihnen und vermischt sich mit ihren eigenen Erinnerungen. Jeder wird damit tun, was er will. Jeder hat seinen eigenen Pierre-Jean, der Widerhall in meinem findet. Vielleicht bin ich für diese Leute nur ein schlichter Zeitvertreib, ein Vehikel, um sie zusammenzubringen, um an die Tradition der Geschichte am Kaminfeuer anzuknüpfen. Sollte dies letztlich so sein, ist es nicht schlimm. Durch sie konnte ich mit meiner Erzählung fortfahren. Durch sie werden Lisa, Sam und Thomas ihren Freund kennengelernt haben. Und Pierre-Jean wird seine Geschichte erzählt haben.

Auf jeder Etage des Treppenhauses gibt es Fenster, allesamt schmutzig und staubig. Wir schauen sie nicht mehr an. Wir sehen sie gar nicht mehr, und schließlich vergisst man, dass es sie gibt. Als ich heute Abend das Haus betreten will, schaue ich sie mir jedoch genau an. Irgendetwas ist ungewöhnlich. Die Fenster der vier letzten Etagen sind erleuchtet. Die der ersten sind es nicht. Ich denke zuerst, dass die Glühbirne wohl durchgebrannt ist. So etwas passiert, und das beunruhigt mich nicht. Aber als ich richtig hinsehe, bemerke ich eine dunkle Masse.

Da die Schulter von meinem letzten Versuch noch schmerzt, drücke ich fest, aber ohne zu rucken, gegen die große Holztür. Dadurch geraten drei Plastiksäcke ins Rutschen. Eine schöne Überraschung erwartet mich. Jemand hatte die schlaue Idee, mitten durch den Müll einen Tunnel zu graben. Man wähnt sich in einer Mine: Balken stützen die Grabung, so dass man gebückt hindurchgehen kann, ohne den Erstickungstod zu fürchten. Echte Pionierarbeit. Die Balken sind mit kräftigen Seilen aneinander befestigt. Auf allen Vieren komme ich zur Treppe. Die Säcke schlucken jedes Licht, so dass ich nahezu tastend die ersten Stufen emporsteige. Mehr schlecht als recht erreiche ich den ersten Stock und verstehe nun, was ich von der Straße aus bemerkt habe: Der Unrat reicht schon bis zu den Stufen, die zur nächsten Etage führen, und verdeckt das Fenster vollständig. Man wird etwas unternehmen müssen. Aber ich gebe zu, dass mir die Tunnellösung gut gefällt. Nichtsdestoweniger bleibt das Problem mit dem Geruch. Er gibt dem Gebäude einen gewissen exotischen Touch.

Ich frage mich, wann für die Concierge Ersatz gefunden sein wird. Und wie lange wird es dauern, bis hier wieder Ordnung hergestellt ist? Wird sie sich auch um den Müll kümmern müssen aus der Zeit vor ihrer Ankunft, oder wird sie nur den nach ihrem Amtsantritt verwalten? Vielleicht sollte man das Rathaus in Kenntnis setzen … oder die Armee? Oder ein Minenräumkommando: Man kann ja nie wissen. Da muss es ja Gase geben, die dieser Fäulnis entweichen. Man kann auch die Tierschützer auf den Fall ansetzen und sagen, dass dort unten ein Hund eingeklemmt ist. Als letzten Ausweg kann man Feuer legen und die Feuerwehr rufen. Und ihnen als Dankeschön einen Kalender abkaufen.

Ich bedauere es, keine Freunde zu haben, die ich einladen könnte, denn das hier würde sie beeindrucken. Es sei denn, ich frage Lisa, Sam und Thomas, ob sie auf ein Glas kommen wollen. Das würde ein wenig mit unseren Gewohnheiten brechen, könnte aber ein Gutes haben.

Schließlich sind sie es, die angestoßen haben, mich meiner Vergangenheit zuzuwenden, die mir Fragen gestellt haben. Für sie habe ich Pierre-Jeans Foto herausgeholt. Mit jedem Schritt, mit dem die Erinnerungen zurückkommen, verstehe ich besser, was er sagen wollte, als er mir das Versprechen abnahm, ich solle nichts vergessen, ohne alldem zu viel Bedeutung beizumessen. Er hat nie vergessen, woher wir kamen, und er hat nie gewusst, wohin wir gehen. Er richtete es so ein, dass der Weg, auf dem er mich begleitete, so glücklich wie möglich war. Dafür musste er die Wirklichkeit ein wenig abwandeln …

Kapitel 13

Die Sonne ging eine gute Viertelstunde zu spät auf. Nach einer höflichen Entschuldigung beschloss sie, so zu tun, als ob nichts wäre, und veranlasste die Arbeiter, den großen Zeiger ihrer Uhr weiterzudrehen.

Der Personalchef hat heute ein riesiges Fernsehgerät angeschleppt. Er hat davon gehört, dass für die Wiederbelebung des Mannschaftsgeistes nichts so gut sei wie das gemeinsame Anschauen eines Fußballspiels. „*Team Spirit*“, fühlt er sich verpflichtet, anzumerken, ehe er erklärt, dass Fußball alle Menschen, gleich welcher sozialen oder beruflichen Herkunft, mit der gleichen Dynamik an Freude, Stress und Gefühlen verbinde: Der Präsident könne in die Arme der Marketingdirektorin springen, die Chefsekretärin in die des Buchha … Nachdem er im Satz angehalten und mir einen ängstlichen Blick zugeworfen hat, fragt er, ob ihm jemand beim Aufstellen des Geräts behilflich sein könne. Achtzehn Arme heben sich. Das ist die ganze Service-Abteilung mit meiner Ausnahme. Während eine Debatte über den besten Ort für die Antenne tobt, stellen einige Kollegen Bänke auf, um einen „Tribüneneffekt“ herzustellen. Zwanzig Minuten später sitzen wir gezwungenermaßen vor dem Bildschirm. Die dienstälteste Telefonistin in der zweiten Reihe winkt mir zu. Als ich zu ihr hinübergehe, murmelt sie mir ins Ohr, dass sie gestern Abend da gewesen sei und dass sie meinen Großvater bewundere. Ich weiß nicht, was ich ihr antworten soll, und zwinkere ihr zu, was sie zufriedenzustellen scheint.

Der Personalchef schaltet von einem Kanal in den anderen und fragt schließlich, ob jemand wisse, in welchem das Spiel übertragen werde. Stille, Flüstern. Bis der Verkaufschef sich vorwagt und fragt, um welches Spiel es sich denn handle. Als dem Personalchef klar wird, dass es tatsächlich kein Spiel im Programm gibt und überdies Fußballspiele nur sehr selten vormittags ausgetragen werden, verlegt er sich auf eine Krimiserie, deren Handlung zweifelsohne einen kleinen vereinenden Nenner hat. Nicht zuletzt deswegen, weil alle wissen wollen, wer der Schuldige ist, auch wenn wir zu spät in die Episode eingestiegen sind, um zu wissen, um welches Verbrechen genau es sich handelt. Als die Sendung vorbei ist, kehren alle an ihren Arbeitsplatz zurück und gratulieren sich dazu, diesen Augenblick miterlebt und so den Mannschaftsgeist des Unternehmens gestärkt zu haben. Seitdem gilt als ausgemacht, dass wir heute besser als gestern dafür gewappnet sind, den Kampf gegen die Konkurrenz aufzunehmen, die sich auf etwas gefasst machen sollte.

Das Befinden meiner Bäckerin ist gut, und sie dankt für die Nachfrage. Der Baguettepreis ist gestiegen, weil alles teurer wird, werter Herr. Kürzlich hatte sie die geniale Idee, sogenannte traditionelle Baguettes zum Verkauf anzubieten. Meine Frage, ob ihre normalen Baguettes mit industriellem Teig hergestellt seien, brachte sie auf die Palme und auf den Tresen. Ihr Ehemann eilte ihr zu Hilfe. Wenn er weit vor Sonnenaufgang aufstehe und die ganze Nacht schufte, dann gewiss nicht, um solche Verleumdungen zu hören. Für wen ich mich halte, zum Teufel, für wen? Wenn er nicht an sich halten würde … Wenn er nicht an sich halten würde, beendete er vielleicht seinen Satz. Aber schon ergreifen die Kunden hinter mir Partei für ihn. Das ist eine der goldenen

Regeln in unserer Gesellschaft. Die Bäcker sind geheiligt. Man macht nicht ungestraft Witze über sie. Ich habe meine Lektion gelernt. Unter Schmährufen gehe ich. Also nein, für wen halte ich mich.

Die Dame mit dem Hund ist fest entschlossen, sich nichts mehr gefallen zu lassen. Ich höre, wie sie ihm eine Predigt hält. Böses Baby, böses Baby! Der Laternenmast tönt laut umher. Er weiß, dass die Wahrscheinlichkeit, dem nächsten Spritzer zu entgehen, beträchtlich gestiegen ist. Die Hoffnung ist schön, die Hoffnung ist vergeblich. Das böse Baby zieht an seiner Leine. Die Dame wankt, aber weicht nicht. Die Dame wankt, aber weicht nicht. Die Dame wankt, aber weicht nicht. Aber die Leine entgleitet ihr. Das böse Baby ist frei, es riskiert etwas. Die Predigt bei seiner Rückkehr nach Hause wird streng sein. Es wird den Tisch nicht verlassen dürfen, ehe es nicht sein Schälchen mit Trockenfutter aufgegessen hat. Es wird nicht fernsehen dürfen, auch nicht aufs Sofa im Wohnzimmer steigen. Der Laternenmast redet nicht mehr schlau daher. Er versucht, unauffällig zu sein. Das böse Baby dreht eine Runde in die eine Richtung. In die andere. Schnuppert. Hebt das Bein. Der Laternenmast hält es nicht mehr aus. Der Laternenmast hat genug davon. Der Laternenmast zischt vor Verzweiflung. Der Laternenmast hat nasse Füße und wird sich erkälten.

Ich verschwinde in Richtung Café und beiße dabei in mein viel zu weiches, aber sehr traditionelles Baguette.

Der Raum ist voller Freunde. Sam, Thomas und Lisa.

Es gibt Augenblicke, da regiert die Stille.

Sam lächelt. Er spielt mit seiner Tasse, ohne es zu merken. Er lässt den Kaffeesatz kreisen, bis er ganz die Seiten bedeckt und nichts mehr am Boden der Tasse übrig ist.

Das ist eine seiner Macken. Wie ein Gedankenleser fragt ihn Thomas:

„Wie heißt sie?“

„Wer denn?“

„Die dich so lächeln lässt!“

„Ich lächle?“

„Ja, ein breites, verliebtes Lächeln …“

„Ähm … Es tut mir leid, dich enttäuschen zu müssen, Thomas, aber du musst im Gedankenlesen noch besser werden!“

„Ach ja?“

„Hoffe ich doch. Denn wenn das ein verliebtes Lächeln ist, dann geht nichts mehr!“

„Warum? Dachtest du an die Briefe deiner Mutter?“

„Ganz genau.“

„Siehst du, ich treffe es trotzdem ganz gut. Wie geht es ihr?“

„Sie strotzt vor Energie.“

Mein Kleiner,

ich mache mir Sorgen um deinen Vater. Er treibt sehr viel Sport und wechselt oft die Kleidung, weil er schwitzt. Ergebnis: Ich wasche eine Ladung pro Tag! Und immer so fort. All das vergeudete Wasser, das ist mir nicht egal. Auch ich trage zur Erdverschmutzung im großen Stil bei. Wenn man wenigstens einige Eimer Brauchwasser in Länder schicken könnte, denen es fehlt, würde mich das erleichtern. Aber ich habe mich erkundigt. Das ist nicht möglich. Die Verbände wollen nichts davon. Pech für sie: Ich habe meine Eimer der TV-Spendengala geschickt. Um das Thema mit deinem Vater abzuschließen: Ich möchte dir gerne sagen, dass ich ganz und gar nicht erfreut bin. Denn ich habe ihn dabei erwischt, wie er ein erotisches Buch las: Monsieur Cousin und die Einsamkeit der Riesenschlangen. *Darauf muss man erst mal kommen! Geschrieben von einem gewissen Romain Gary … Ein Amerikaner! Ich habe ihm gesagt, dass ich in unserem Haus keine Schweinereien wünsche (schon gar keine amerikanischen).*

Der Krieg mit den Nachbarn geht weiter. Eigentlich müsste ich sagen, dass es schlimmer wird. Und dein Vater glaubt es mir nicht. Im Grunde denke ich, dass er sich vor einer Verkettung der Gewalt fürchtet. Aber da sind wir längst angekommen, bei der Gewalt. Jetzt ist es zu spät (Wusstest du, dass es so in Indochina angefangen hat?). Du kannst sicher sein, ich achte auf unseren Schutz. Nachts stehe ich gegen zwei Uhr auf, hole mir eine Schaufel aus der Garage und grabe eine Schneise zwischen dem Haus unserer Nachbarn und unserem. Das ist ganz schön anstrengend, und ich habe jede Menge Blasen an den Händen. Zumindest kann man sagen, dass es vorangeht. Wenn dein Vater abends von der Arbeit nach Hause kommt, sehe ich ihn mit dem Feind sprechen. Du kannst es glauben oder nicht, aber er erklärte ihnen, dass ich den Garten im Hinblick auf eine „landschaftliche Neuordnung" umgestalte. Der Duckmäuser! Zum Glück bin ich bereit zu kämpfen. Kurz und gut, ich bin jedenfalls fast fertig: Der Graben ist einen Meter fünfzig tief und zwanzig Meter lang. Morgen rolle ich den Stacheldrahtzaun aus.

Und du, mein Kleiner? In der Zwischenzeit musst du gewachsen sein. Wie alt bist du jetzt? Ich denke, du musst ein erwachsener Mann geworden sein oder etwas Ähnliches ... Ich würde dich sicherlich nicht mehr erkennen! Ich kann es kaum erwarten, dass du uns besuchen kommst. Bei der Gelegenheit werde ich eine leckere Pizza zaubern, eine vom Lieferservice. Ich weiß, wie sehr du die magst. Wenn ich das deinem Vater sage, wird er vor Freude ganz aus dem Häuschen sein.

Gestern hat er einen Hund niedergetreten. Das hat ihm einen Schock versetzt, auch wenn er es nicht zugeben mag. Er lief ganz ruhig durch einen Park, als das Tier ihm den Weg abschnitt. Armes Tier, ich glaube, es hat nichts gespürt. Die Töle hat nur ein langes blondes Haar auf deines Vaters Hose hinterlassen.

Sei umarmt.

„*Monsieur Cousin* von Romain Gary? Das ist kein erotisches Buch, oder?"

„Nein, das ist die Geschichte eines Mannes, der eine Schlange adoptiert. Übrigens ziemlich komisch, der Schmöker …"

Es vergehen einige Sekunden, ehe wir zu lachen beginnen. In Sekundenbruchteilen realisiert man, dass man das Lachen nicht aufhalten kann. Und dann folgt dieser befreiende Augenblick, in dem es ausbricht. Wir vier durchlaufen die gleichen Etappen zur gleichen Zeit.

Lisa lacht.

Sie ist die ideale Gesprächspartnerin. Sie hat diese Art, den Leuten in die Augen zu schauen und sie anzulächeln. Ich denke, deshalb mag sie jeder. Wenn man mit ihr spricht, lässt sie alles ruhen. Sie schaut dich an, antwortet und nimmt dann ihre Beschäftigung wieder auf, so dass man den Eindruck hat, für die Dauer von einigen Sekunden der Mittelpunkt der Erde zu sein. Mehr als ein Gast irrte sich darin.

Da gab es diesen jungen Typen, Führungskraft oder etwas in der Art. Jedenfalls, wenn er nicht Führungskraft war, imitierte er es gut: schwarzer Anzug mit Krawatte, akkurate Frisur, kein Haar stand ab. Schwarze Schuhe, die gerade so sehr glänzten, dass man die Qualität des Leders bewundern konnte. Kleiner Aktenkoffer, weißes Hemd mit leicht abstrakten Motiven, das man gerade noch ins Büro anziehen kann. Er kam gelegentlich abends nach der Arbeit.

Er trank am Tresen. Man fragt sich, warum.

Ich mochte ihn nicht. Man fragt sich, warum.

Er nahm sie in Beschlag. Er brachte sie zum Lachen. Anfänglich kam er an ein oder zwei Abenden, dann wurden es drei oder vier. Schließlich kam er jeden Abend. Jedes Mal blieb er länger. Man hätte glauben können, er habe keine Freunde. Keine Familie.

Ich kannte Lisa gut genug, um zu wissen, dass sie sich bei ihm nicht anders verhielt als bei anderen. Was mich aber nicht davon abbrachte, eifersüchtig zu sein. Eifersüchtig auf die Zeit, die sie ihm widmete. Oder vielmehr auf die Zeit, die er ihr raubte. Mehrmals ließ sie ihn stehen, um zu uns zum Plaudern zu kommen. Jedes Mal war sie natürlich taktvoll genug, damit er daran keinen Anstoß nahm. Er wird wohl gedacht haben, dass wir ihre Familie seien oder dass sie sich verpflichtet fühle, uns Gesellschaft zu leisten. Sie versuchte nicht, sich zu rechtfertigen. Was nicht heißt, dass sie sich in seiner Gegenwart unwohl fühlte, ganz im Gegenteil. Sie mochte ihn gern, das sah man. Aber zwischen mögen und lieben ist ein Unterschied, den er nicht begriff.

Eines Abends schlug er vor, sich mit ihr außerhalb zu treffen. „Sich außerhalb treffen" ist ein Ausdruck, der von Männern und Frauen erfunden wurde, die Lust haben, eine sexuelle Beziehung, ja sogar eine Liebesbeziehung mit einem Kollegen oder einer Kollegin oder irgendeiner anderen Person des anderen Geschlechts zu knüpfen, die sie aus ihrem beruflichen Umfeld kennen, das sie als „innerhalb" betrachten.

Unauffällig näherte ich mich. Um zu hören, was er sagte, und, ich muss es gestehen, damit meine Anwesenheit ihm Unwohlsein bereitete. Er fand mich unerträglich. „Wir könnten abends mal danach ein Glas trinken gehen, blablabla blablabla …" Jemandem, der seine Tage hinter dem Tresen verbringt, vorzuschlagen, ein Glas trinken zu gehen … hätte mich beinahe zum Lachen gebracht. Wenn sie nicht zugesagt hätte. Ich hatte Lust, mich zu übergeben, wegzulaufen oder mich dem Sezieren von jungen Führungskräften zu widmen, um herauszufinden, ob sie innerlich genauso fade sind wie äußerlich. Ich nahm Abstand davon, trank mein Glas aus, grüßte mit Handzeichen und ging nach Hause.

Der nächste Morgen war schrecklich. Das war noch vor der Sache mit dem Wasserspender. Ich hatte keinen Kopf für Zahlen und bearbeitete alle Unterlagen schlampig, die mir zwischen die Finger kamen, so dass ich wusste, dass ich sie noch einmal zur Hand nehmen müsste. Ich brach frühzeitig von der Arbeit auf, rannte in der Metro beim Umsteigen, nahm eine schnelle Dusche und kam außer Atem im Café an. Er war nicht da. Lisa schien ganz normal. Das gleiche Lächeln wie am Vortag, nichts weiter. Am nächsten Tag ebenso, am übernächsten Tag auch. An den folgenden Tagen: keine junge, adrette Führungskraft mehr. Kein schwarzer Anzug mit Krawatte, keine akkurate Frisur, keine schwarzen Schuhe, die gerade so sehr glänzten, dass man die Qualität des Leders bewundern konnte. Kein kleiner Aktenkoffer, kein weißes Hemd mit leicht abstrakten Motiven, das man gerade noch ins Büro anziehen kann.

Ich zögerte, sie danach auszufragen, und redete um den heißen Brei herum. Schließlich ließ ich es heraus:

„Übrigens, es ist schon eine Weile her, dass er sich hat blicken lassen."

„Wer denn?"

„Du weißt schon, der Typ, der oft herkam, der sich an den Tresen setzte ..."

„Ach, David?"

„Vielleicht, ich weiß nicht, wie er mit Vornamen heißt."

„Ja, das ist David. Er kommt nicht mehr, das ist schade. Er war sympathisch."

„Ja, scheint so."

...

„Ist er auf Reisen, im Urlaub? Ist er tot?"

„Nein ... Im Grunde gab es ein Missverständnis."

„So?"

„Als wir eines Abends zusammen ein Glas trinken waren ..."

„Ah ja?"

„Ja, er hatte es mir vorgeschlagen, und ich traute mich nicht, es abzulehnen. Außerdem gefiel mir die Idee gut, denn er war ziemlich klasse."

„Und dann lief es nicht gut?"

„Am Anfang schon, sehr gut, wir sprachen über Gott und der Welt. Aber … dann … wie soll ich sagen? Nun gut, er machte sich falsche Hoffnungen. Er dachte, wir würden uns außerhalb wiedersehen. Er dachte, ich erwarte mehr. Er jedenfalls erwartete mehr."

„Scheiße! Habt ihr deswegen angefangen zu streiten?"

„Nein, nein, gar nicht. Ich habe es ihm erklärt. Er war enttäuscht, aber er wird sich davon erholen."

„ … (Ich war nicht sicher.)"

Von dieser Sorte gab es noch einen anderen Typen. Ebenfalls jung. Um die dreißig, Vertreter für irgendetwas, das mit dem Café zu tun hatte. Er kam einmal alle zwei Wochen vorbei. Wie sein Vorgänger blieb er mit jedem Mal länger. Füllte seinen Bestellzettel aus und plauderte. Plauderte und lächelte. Lächelte und lachte. Lachte und nervte mich. Nervte mich und blieb immer länger. Stützte sich mit seinem Ellbogen und seinem muskulösen Arm am Tresen auf. Ließ sein Lächeln und seinen Blick spielen wie ein Typ, der die Hauptrolle in einer romantischen Komödie hat und dem nichts passieren kann. Sicherlich ein sympathischer Kerl, aber ich konnte es nicht ändern: Er reizte mich mit seinem Lächeln, seinem Lachen, seinem Humor, seiner hübschen Fresse, seiner Selbstsicherheit. Warum gab er sich nicht damit zufrieden, seine Bestellzettel auszufüllen? Das wäre sehr gut gewesen, völlig ausreichend. „Ich schreibe dir drei Packungen reinen Arabica auf, die vierte geht aufs Haus. Doch, doch, ich bestehe darauf. Ich komme in zwei Wochen wieder vorbei. Wir sollten bald eine Lieferung von brasilianischem Kaffee bekommen. Der wird dich begeistern." Soll er doch einfach seine Arbeit als Vertreter machen, und der ganzen Welt wird es gut gehen. Aber nein, davon wollte er offenkundig nichts wissen. Dann gab es kleine Geschenke, Proben. Kostenlose Proben verschenken, das hat Klasse, oder? Nach den Proben ging er zu leicht komischen Motiv-Postkarten über, auf denen er jedes Mal einen kleinen Gruß hinterließ. Sie nahm die Karte zur Hand, drehte sie um und lächelte.

Auch dieses Mal gab es ein Missverständnis. Der Vertreter für Kaffee schlug ihr eines Tages vor, außerhalb einen Kaffee trinken zu gehen. Verrückt, dass es den Männern an Fantasie mangelt, wenn sie sich an Lisa wenden. Ich glaube, sie ist nicht mal hingegangen. Man muss aber auch sagen, dass Thomas, Sam und ich ganze Arbeit leisteten, ihn zu untergraben. Sobald er das Café verlassen hatte, spießten wir sorgfältig jede seiner kleinen Eigenschaften auf, die aus ihm die Karikatur eines Verführers aus einem Fernsehfilm machten, dem ein Drehbuch fehlt.

Gewiss gab es noch andere Männer. Viele andere, die die Gelegenheit während meiner Arbeitszeit nutzten, in der ich über meine Zahlenkolonnen gebeugt war, um vorbeizukommen und mit Lisa zu plaudern. Wenn man ein regelmäßiger Besucher eines Ortes ist, fällt es einem schwer zu akzeptieren, dass es Leute gibt, die die gleiche Gewohnheit haben und die man nicht kennt. Ganz einfach deshalb, weil deren Gewohnheiten nicht unseren entsprechen.

Ehrlich gesagt wissen wir nicht viel über Lisa. Jedenfalls ich persönlich weiß nicht viel über sie. Sie lebt allein. Allein, schön, Single. Ein umwerfendes Lachen und braune Haare, die ihren Hals umspielen. Helle Augen, die dich fixieren und erstarren lassen. Langsame und sinnliche Bewegungen und eine Neigung zu erröten, wenn man ihr schmeichelt. Irgendetwas zwischen einem Kunstwerk und schlichter Naturschönheit. Was tut sie, wenn sie nach Hause kommt? Sie liest oder schaut Filme.

Sie hört die Beatles. Häufig. Sie gehört zu der Sorte von Musikliebhabern, für die es den Krieg zwischen den Beatles und den Rolling Stones wirklich gab. Sie regt sich nicht so leicht auf. Aber sagen Sie zu ihr, Mick Jagger sei schon eine andere Nummer als John Lennon, und Sie werden sehen, wozu sie fähig ist. Ich vermute übrigens, dass diese Führungskraft diese These vertrat. Das würde genau zu ihm passen.

Lisa gehört zu dem Typ Mensch, mit dem man leicht ins Gespräch kommt. Sie stellt niemals bohrende Fragen, und doch gelingt es ihr immer, ihren Gesprächspartner davon zu überzeugen, dass sie sich für ihn interessiert. Sie ist dazu fähig, sich für jeden und alles zu interessieren. Sie hat keine Meinung, sondern Fragen. Ich kann mich nicht daran erinnern, dass es in einem Gespräch mit ihr eine Verlegenheitspause gegeben hätte. Ich kann mich nicht daran erinnern, dass sie in einem Gespräch nicht gelacht hätte. Ich kann mich nicht daran erinnern, dass ich mich an ihrer Seite gelangweilt hätte. Ich habe das Gefühl, dass ich nie genug von ihr bekommen könnte.

Manchmal habe ich auch das Gefühl, dass ich in die weite Ferne aufbrechen sollte. Weit weg von ihr. Aber jedes Mal besinne ich mich eines anderen. Ich weiß, dass sie mir niemals gehören wird. Ich weiß, dass sie niemals ihre Arme um mich legen wird. Ich habe gelernt, damit zu leben, und es hindert mich nicht daran, glücklich zu sein.

Ich werde von einem Greis, der mir auf die Schulter klopft, aus meinen Träumereien gerissen.

„He, junger Mann, kommen Sie in Schwung, wir sind nicht gekommen, um Ihnen beim Träumen zuzusehen."

Der Raum ist voll, sogar sehr voll. Schätzungsweise um die fünfzig Leute. Ich hätte nie gedacht, dass in das Café so viele Leute hineinpassen. Ein paar Hände klatschen vorsichtig, dann weitere, und nach wenigen Sekunden hallt der ganze Raum wider, was man gemeinhin als donnernden Applaus bezeichnet. „Leg los, Kleiner!", ruft die zitternde Stimme eines Buckligen im Trainingsanzug. Sam und Thomas lachen lauthals. Lisa durchquert den Raum mit einem riesigen Tablett voller Teetassen und einigen Gläsern, deren Inhalt ich nicht erkennen kann. Schließlich setze ich mich hin, während der Applaus nachlässt, der einer rücksichtsvollen Stille Platz macht. Mein Bein zittert nicht.

Pierre-Jean wollte, dass ich „kulturell erwache". Für ihn war die Schule sehr wichtig, aber man lernte dort nicht alles. Vor allem dachte er, dass man dort jede Menge unnützes Zeug lernte. Er verabscheute die Mathematik und die zunehmend unsinnigen Aufgaben, die uns gestellt wurden.

Nach seiner Meinung erwarb man Bildung in Büchern und Museen. Die Schule sollte uns lesen, schreiben und rechnen lehren. Aber sonst nichts!

„Das ist wohl wahr!"

„Oh, ist die immer noch nicht fertig? Sie wird uns jedes Mal unterbrechen!"

Ich erinnere mich an das erste Mal, als er mich in den Louvre mitnahm. Ich war nicht älter als zehn Jahre. Wir durchquerten die Säle im Laufschritt. Es ging darum, an einem Nachmittag möglichst viele Bilder zu sehen. Wir hielten vor Mona Lisa, Nike von Samothrake, Venus von Milo an … Und wir hängten die italienische Renaissance, die Skulpturen des 19. Jahrhunderts an … Wir verließen das Gebäude, als die Sonne ihren Lauf hinter den Häusern von Paris beendete.

„Oh, ist das schön …"

„Ich habe dich gewarnt, dieses Mal, das ist beschlossene Sache, mache ich deinen Stock kaputt!"

„Na, ganz ruhig, jetzt beruhigen Sie sich doch. Sie sehen doch, dass sie nicht mehr ganz richtig im Kopf ist."

„Ihr Kopf ist mir schnuppe. Ohne Stock wird sie nicht mehr kommen und uns jeden Abend auf den Wecker gehen!"

„Ruhe!"

„Entschuldigung."

Die Sonne ging unter, und mein Großvater schaute mich sichtlich erschöpft an, während er an seiner Zigarette zog: „Na, hat es dir gefallen?" Ich wusste nicht, was ich antworten sollte. Ich hatte so vieles gesehen. So viele Werke, die man mögen muss. Ich zögerte einen Augenblick und suchte nach einer geistreichen Antwort, nach etwas Originellem … Ich fand nichts anderes als: „Es war sehr interessant."

„Wie bitte?" Mein Großvater verschluckte sich fast am Rauch.

„Ja … sehr interessant. Alle diese … Werke, das hat mir sehr gefallen."

„Aber ‚interessant', das heißt ja gar nichts! Es ist interessant, den Brotpreis zu kennen, wenn man sein Kleingeld zusammensucht. Es ist interessant, wie man einen Achterknoten macht, wenn man Seemann ist und in See stechen muss. Jede Menge Sachen sind interessant … Aber die Kunst ist nicht ‚interessant' … Sie ist weit mehr!"

„Ja … Aber wir haben so viel gesehen. Es ist nicht einfach, darüber etwas zu sagen."

„Was hat dir am besten gefallen? Was hat dich am meisten überrascht?"

„Warum hat die Venus von Milo keine Arme?"

„Hmmm … vielleicht ein Transportproblem. Als man die Statue nach Frankreich brachte, hatte der Möbelpacker zu viel getrunken und ließ sie fallen … Oder es war der Bildhauer, der mit seiner Arbeit nicht zufrieden war und sich sagte, wenn er die Arme wegnimmt, gibt ihr das ein windschnittigeres Aussehen. Oder er dachte, es gebe ihr eine ältere Anmutung und er könne einen guten Preis dadurch erzielen, wenn er sie als Antiquität ausgibt."

„Ist das keine Antiquität?"

„Doch, doch, sicherlich, aber es ist nicht nur das, was ihren Wert ausmacht."

„Was ist es denn?"

„Ich bin kein Spezialist, aber ich denke, der Wert hängt von den Gefühlen ab, die sie bei ihren Betrachtern auslöst. Wie bei der Mona Lisa … Das Gemälde ist ganz klein, und dennoch hat man viel darüber geschrieben."

„Was hat man denn geschrieben?“

„Viele Leute fragen sich, wer die dargestellte Frau ist, woher dieser besondere Blick kommt und dieses unnachahmliche Lächeln.“

„Ein wenig wie das von Amanda Lear im Grunde.“

Ein Mann steht auf und wirft sich auf die Unglückliche, die erneut meine Erzählung unterbrochen hat. Ein anderer Mann greift ein. Schreie: Ein Glas bricht, ein Stuhl kippt, eine Zeitung reißt. Ein Gebiss verliert sich, ein Hund quetscht sich, eine Hüpfprothese verformt sich. Drei alte Männer heben schließlich einen Körper an, den ich nur schlecht erkennen kann, weil er heftig zappelt, und tragen ihn gewaltsam aus dem Café hinaus. Unter Hurra-Rufen und Beifall geben sie sich die Hand, wechseln leise ein paar Worte, setzen sich und deuten mir mit kreisenden Handgelenken an, ich solle an der Stelle, an der ich stehengeblieben war, fortfahren.

Einige Wochen später kehrten wir in den Louvre zurück. Aber dieses Mal durfte ich die ausgestellten Werke erst dann ansehen, wenn mein Großvater vor einem stehen blieb. Dann sagte er mir, ich könne jetzt die Augen öffnen und mir alle Zeit der Welt nehmen.

Ich erinnere mich, sie vor Delacroix' Gemälde *Die Freiheit führt das Volk* wieder geöffnet zu haben. Ich mochte es, weil es riesig war. Nie zuvor hatte ich ein so großes Bild gesehen. Es war auch das erste Mal, dass ich die Brüste einer Frau sah. Ich fragte meinen Großvater, ob das nicht vulgär sei. Er zögerte und erklärte mir, dass Kunst nicht vulgär sei und dass es eine noch junge Gepflogenheit sei, die Brüste zu verbergen. Ich bemerkte wohl, dass er seiner nicht sicher war und dass er sich, um ehrlich zu sein, die Frage noch nie gestellt hatte.

„Siehst du, das ist ein Bild, das von einer Revolution, die sich 1830 in Frankreich ereignete, angeregt wurde. Die Frau in der Mitte, deren … weibliche Attribute du bemerkt hast, das ist die Freiheit.“

„Ist deshalb das Wort *Freiheit* weiblich?“

„Hm … Nein, das ist ein Bild, eine Allegorie …“ (Er zögerte bei dem Wort, weil er wahrscheinlich fürchtete, dass ich ihn bitten würde, es mir zu erklären, wovor ich mich hütete.)

„Und was tut sie da?“

„Sie kommt herbei, um dem Volk zu helfen. Ihm zu helfen, eine schwierige Zeit zu überwinden.“

„Und warum kam sie nicht, als die Deutschen da waren?“

„Das weiß ich nicht.“ (Sein Blick war verwirrt.) „Sie kam schon, aber sie verspätete sich … Sie muss anderswo zu tun gehabt haben … Oder sie wollte den Deutschen nicht ihre Brüste zeigen.“

Kapitel 14

Heute hat ein Kollege gekündigt. Er hatte versprochen, er werde sich nicht alles gefallen lassen, und er hat sich nicht alles gefallen lassen. Er stürmte in das Büro der Direktion, überreichte einen offiziellen Brief und verließ Türen schlagend den Raum. Einige Minuten später kam er zurück, klopfte an der gleichen Tür, steckte seinen Kopf hindurch, entschuldigte sich für die Störung und fragte, ob eine Kopie per Einschreiben mit Empfangsbestätigung nötig sei. Mit der Antwort zufrieden, schloss er sachte die Tür und ging wieder davon. Erneut kam er zurück, öffnete die Tür, ohne zu klopfen, und warf sie mit einer ausladenden Bewegung zu, während er schrie, er lasse sich nicht alles gefallen.

Auf unserer Etage herrschte Verblüffung. Er war hier seit mehr als zwanzig Jahren. „Mehr als zwanzig Jahre, denken Sie mal, die Hälfte seines Lebens“, dem Marketing-Verantwortlichen zufolge. „Das Viertel eines Lebens“, griff der stellvertretende Vertriebschef auf. Aber der Marketing-Verantwortliche sprach von einem Berufsleben, so dass die beiden sich schließlich schnell einigen konnten. Der Wasserspender lief den ganzen Vormittag auf Hochtouren.

Am Nachmittag kommt der Generaldirektor bei mir herein. Er verstehe etwas nicht. Ich schaue ihn an, ohne das geringste Anzeichen von Interesse zu bekunden. Er wiederholt, dass er etwas nicht verstehe. Ich beuge mich wieder über meine Zahlen und warte auf die Frage, die ihm offensichtlich schwer fällt. Er kommt näher und legt eine Mappe auf meinen Schreibtisch. Spesenabrechnungen. Das hätte ich mir denken können. Sie seien diesen Monat explodiert. Er findet, dass sie absolut irre seien und dass die Kollegen aus der Vertriebsabteilung Unsinn veranstalteten und dass ich ihn davon sofort in Kenntnis hätte setzen müssen. Ich notiere die Information auf einem Post-it, das ist immer hilfreich. Er bewegt sich immer noch nicht.

„Nein, Sie scheinen die Situation nicht zu begreifen! Plätze in der Oper auf der Spesenrechnung! Und das ist nur ein Beispiel. Schauen Sie, da, was rechtfertigt außerdem den professionellen Gebrauch eines Zwergpudels? Und hier, Stollenschuhe? Ich bezahle meine Vertriebsleute doch nicht fürs Fußballspielen!"

Ich weise ihn darauf hin, dass viele andere Sportarten den Gebrauch von Stollen erfordern, aber dem scheint er nicht die leiseste Aufmerksamkeit zuzubilligen und zieht es vor hinzuzufügen:

„Ein falscher Bart! In einer Spesenrechnung … Warum nur?"

„Ich denke mir, um sich als Bärtiger zu verkleiden. Holzfäller, Nikolaus …"

„Ein Tutu? Haben wir Tänzerinnen im Büro?"

„Nicht in der Buchhaltung, das kann ich Ihnen versichern, aber ich kenne recht wenig Leute hier."

„Ein Cello. Was soll das heißen?"

„Das ist ein Musikinstrument. Ein wenig wie Geige, nur größer."

„Das Set für den kleinen Meteorologen …"

„Das ist wichtig, um das Wetter vorauszusagen, Herr Direktor."

„Spitz, pass auf. Warum das denn?"

„Keine Ahnung, warum der Spitz aufpassen soll, aber es scheint mir, als handle es sich um ein Gesellschaftsspiel für Kinder."

„Da, schauen Sie, ein Beleg über 2500 Francs für eine einzige Blume!“

„Wenn ich mir die Bemerkung erlauben darf: Es handelt sich hier um eine sehr seltene Blume.“

„Und die Papageien, die Spitzen aus Calais, die Augenklappe für Piraten mit Echtheitszertifikat, die Schatzkarte, das witzige Kaninchen, die Wachs-Statue von Platini, das Cocktail-Piano, Boris Vians gesammelten Werke ...“

„Das ergibt einen Zusammenhang. Das Cocktail-Piano ist eine Erfindung von Vian. Das ist in *Der Schaum der Tage*.“

„Nein, aber machen Sie sich das klar! Sie werden die Firma zum Einsturz bringen!“

„Wer ist denn „sie“?“

„Die Vertriebsleute, bei Gott!“

„Die Vertriebsleute ... Ah, ich verstehe, was Sie sagen wollen. Nein, die können tatsächlich nichts dafür.“

„Wie bitte?“

„Ja, um Ihnen die Wahrheit zu sagen, ich fand diese Spesenrechnungen langsam todlangweilig. Um wachzubleiben, um weiterhin das Fundament zu sein, auf dem das Unternehmen so gerne ruht, sagte ich mir, dass ein mir wenig Fantasie in diesen Akten nicht schlecht bekommen würde. Alles in allem eine Pause zur Erholung.“

„Aber das ist Veruntreuung! Das ist Betrug.“

„Aha. Das wusste ich nicht. Ich bitte vielmals um Entschuldigung. Ich werde die Akte wieder zur Hand nehmen, um alles in Ordnung zu bringen.“

Mit leerem Blick starrt er mich an. Im Inneren seines Schädels scheint eine Erklärung den Pfad der Logik zu suchen. Er verharrt unbeweglich, öffnet den Mund, schließt ihn wieder, geht zu einem leichten Zungenschnalzen über. „Ich will die Akte morgen frühestmöglich auf meinem Schreibtisch haben.“

Er ist seltsam ruhig, als er mir erklärt, dass es das letzte Mal sei, dass er diese Art von Albernheit toleriere, und dass die Berufswelt diese Verhaltensweise kein weiteres Mal verkraften könne. Ich ziehe den Kopf ein, gehe nicht auf seine Wiederholung ein und lasse ihn fortfahren. Ihm zufolge ist das, was ich mache, keine Fantasie. Er holt einen Partyhut aus seiner Anzugtasche, klopft auf ihn, um ihn in Form zu bringen, setzt eine Clownsnase auf und erklärt mir mit näselnder Stimme, „Das ist lustig, das ist Fantasie! Guten Tag, Kinder, wie geht es euch heute?“ Er tut so, als würde er über den Kleiderständer stolpern, der Länge nach hinfallen, bleibt im Vorbeigehen mit dem Anzug an der Türklinke hängen, fragt mich, ob ich den bösen Polizisten gesehen habe, und dann ist er weg.

Ich nehme die Akte wieder zur Hand, die Rechnungen, Kaffee für sechs Francs, die Menüs mit Vorspeise, Hauptgericht, Nachspeise für fünfzig Francs, die Tankbelege, die Mautgebühren, die Übernachtungen … Die gleichen Spesenabrechnungen seit zwanzig Jahren. Ohne jede Vorstellungskraft, ohne Abwechslung. Ich bin Buchhalter.

Die Straßenlaterne unten vor meinem Haus geht nicht mehr. Wahrscheinlich Selbstmord. Muss man jemanden informieren, die Polizei, die Familie? Zu meinem großen Glück sieht man immer noch ganz gut. Gut genug, um den Schlüssel ins Schloss zu stecken. Eine Woge von Rechnungen, die gegen den Müll schwappt, empfängt mich. Ich tauche ein in den Tunnel und steige die ersten Stufen hinauf. Auf meinem Flur musizieren gerade drei Zigeuner und spielen etwas, das an traditionelle Musik erinnert. Musik ihrer Tradition, versteht sich, denn sie haben natürlich ein Akkordeon. Aber sie sind ziemlich weit von Yvette Horner entfernt, als sie *Le Temps des cerises* neu interpretierte. Ein Junger, ein Alter, ein Greis. Wahrscheinlich eine Familie. Oder eine hervorragende Nachahmung, um nicht zu sagen eine ergreifende Darstellung des Generationenmodells. Geige, Gitarre, Akkordeon. Das Resultat ist ehrlich gesagt gar nicht schlecht: Es swingt, wie mein Großvater sagte.

Ich habe nichts gegen Swing. Ich habe auch nichts gegen Zigeunermusik, gegen das Mehrgenerationenprinzip, gegen Geigen, Akkordeons und Gitarren … Ich würde sogar sagen: ganz im Gegenteil. Aber die Situation bringt mich ein wenig aus der Fassung. Das Konzert findet immerhin auf meinem Treppenabsatz statt. Vielleicht ist es eine Überraschung, die ein Freund oder ein Arbeitskollege organisiert hat. Etwas wie ein Musiktelegramm. Aber wenn dies der Fall ist, so ist es nicht sehr schlau, weil ich ihre Sprache nicht verstehe. Wenn man mir eine Nachricht übermitteln möchte, hätte man besser Französisch singende Musiker beauftragt.

Sie nehmen den Flur vollständig ein. Es ist mir deshalb unmöglich, in meine Wohnung zu gelangen. Also warte ich. Ich schaue sie lächelnd an, um den sympathischen Typen zu geben. Ich habe keine Lust, dass man mich für einen alten Hitzkopf hält, der keine Musik auf seinem Flur erträgt. Ich versuche, an Haltung zu gewinnen, indem ich mit dem Fuß mitklopfe. Aber sie beachten mich nicht. So wenig, dass es ein wenig frustrierend wird. Ich habe mich in diesem Spiel verfangen. Ich klopfe fester mit dem Fuß, um zu ihrer Gruppe zu gehören, um Teil ihrer Musik zu werden. Immerhin stehen sie vor meiner Wohnung. Sie schauen mich immer noch nicht an. Ich hebe das Knie und lasse meinen Schuh auf das Holz der Treppe krachen, wobei ich darauf achte, im Rhythmus zu bleiben. Es gibt nämlich keinen Grund, warum nur sie Party machen sollten.

Die Sekunden verrinnen, die Treppendielen splittern. Die Zeitschaltuhr der Lampe folgt ihrem Lauf, taucht uns etwa alle zwei Minuten in Dunkelheit und zwingt den Geiger, mit dem Bogen auf den Schalter zu drücken. Ein oder zwei Mal versuche ich, mich in Richtung meiner Wohnung zu bewegen. Keine Reaktion. Ich hole den Schlüssel aus meiner Tasche. Keine Reaktion. Ich räuspere mich, aber ihre Musik legt sich darüber. Ich warte, klopfe mit dem Fuß, klopfe noch einmal mit dem Fuß. Spiele mit den Händen auf dem

Geländer und lasse das ganze Treppenhaus davon widerhallen. Ich wundere mich, dass von den Nachbarn niemand reagiert. Sie fürchten sich wohl. Das liegt daran, dass man für gewöhnlich hier auf dem Flur des ersten Stocks keine Zigeunermusik hört. Oder es ist eben niemand im Haus. Oder die Akustik ist hinter der Tür besser. Vielleicht werden die mittleren und hohen Töne durch die Stärke des Holzes gefiltert und die Musik klingt im Inneren der Wohnungen besser. Vielleicht klopfen alle meine Nachbarn in ihren Wohnzimmern mit und trinken Wodka dazu. Vielleicht haben gewisse Leute Angst vor dem Tunnel und sind untergeschlüpft, der eine bei einem Cousin, der andere bei einer alten Tante, ein dritter bei einem Arbeitskollegen: „Stört es dich, wenn ich einige Nächte bei dir verbringe, bis meine Concierge wieder aufersteht?"

Ich habe keinen Cousin, ich habe keine alte Tante, und meine Arbeitskollegen – Sie wissen, was ich von ihnen halte. Vor allem habe ich nichts gegen Tunnel, die mitten durch den Abfall gegraben werden. Das einzige Problem sind heute Abend die Zigeunermusiker. Und ich hätte gerne Zutritt zu meiner Wohnung.

In genau diesem Augenblick bemerke ich die Python, die langsam aus dem zweiten Stock herunterkommt. Natürlich denke ich an Sams Mutter und an Romain Garys *Monsieur Cousin*. Wie im Buch muss das Tier mehr als zwei Meter lang sein. Ein schönes Exemplar. Es gleitet langsam und sicher in stolzen Wellenbewegungen. Wenn eine Python überhaupt stolz sein kann. Jedenfalls macht sie keinen schüchternen Eindruck. Sie tut nichts Schlechtes, sie gleitet herunter, das ist alles. Ich frage mich, woher sie kommt und was mich das angeht. Es ist unglaublich, welche Zahl an Fragen eine Schlange auf der Treppe auslösen kann. Romain Gary beschreibt die Hysterie der Eigentümerin von Monsieur Cousins Wohnung, als sie von der Schlange aus der Klosettschüssel heraus zwischen den Beinen gekitzelt wird. Ich mag es umso mehr, dass diese den Weg über die Treppe wählt, der, geben wir es zu, der konventionellere ist.

So mutig sie auch sind, stoßen die Zigeuner beim Anblick der Python einen lauten Schrei aus. Der Überraschungseffekt, normal. Aber erstaunlicherweise hören sie nicht eine Sekunde auf zu spielen. Ich bemerke freilich, wie der Rhythmus etwas schneller wird, aber das ist absolut legitim.

Während die Python weitergleitet – sie ist noch fünf oder sechs Stufen von uns entfernt –, bewegen sich die Musiker mit kleinen überkreuzten Schritten weg, wie eine Raupe, die einen steifen Hals bekommen hat. Da steigen sie die Stufen hinunter, singen und gestikulieren dabei. Sie grüßen mich nicht, ja sie scheinen mich noch immer nicht wahrgenommen zu haben. Angezogen von ihrer Musik, folgt ihnen die Python. Das ist recht hübsch anzusehen. Das Tier gleitet über meine Füße und taucht in den Tunnel ein, gefolgt von meinen alten Schals, von denen ich seit ihrem Ausbruch nichts mehr gehört hatte. Ich deute mit der Hand eine Abschiedsgeste an, zweifle dennoch daran, dass die Schlange einen Sinn dafür hat.

Jetzt ist der Weg frei, ich kann nach Hause.

Eine wohlverdiente Dusche, während der ich witzigerweise eine alte traditionelle Zigeunerweise pfeife. Bei Gelegenheit werde ich versuchen, eine Schallplatte davon aufzutreiben.

Eine halbe Stunde später, nachdem ich neue Kleidung angezogen und schnell ein Sandwich gegessen habe, kann ich mit gebundenen Schuhen, gelockerten Muskeln und gefassten Gedanken die Wohnung wieder verlassen.

Die Dame mit dem Hund ist auf ihrem Posten. Der Hund ebenfalls, er hockt ein wenig tiefer da und schaut mit dem wachen Auge dessen, der weiß, was er zu tun hat. Er schaut geradeaus, sieht mich nicht, riecht mich nicht einmal. Wie undankbar, nach allem, was ich für ihn getan habe. Die Dame wirft mir einen flüchtigen Blick zu, deutet eine unauffällige Kopfbewegung an. Man weiß ja nie: nicht zu vertraulich werden, Abstand halten. Ich erwidere ihre Kopfbewegung ebenso unauffällig, und selbstverständlich übersehe ich das Tier.

Das Café-Schild blinkt. Die Straße ist ausnahmsweise belebt. Genauer gesagt ist sie verstopft mit einem Krankenwagen und Schaulustigen. Nichts ist besser geeignet, um einen Menschenauflauf zu erzeugen als ein kleiner Unfall. Ich weigere mich, näher heranzugehen, würde jedoch auch gerne wissen, was sich ereignet hat. Ein Toter? Ein Verletzter? Ein Junger? Ein Alter? Nur einer? Mehrere? Fußgänger gegen Fahrzeug? Fahrzeug gegen Fußgänger? Fußgänger gegen Fahrrad? Fahrrad gegen Bus? Rollstuhl gegen Traktor? Lastenaufzug gegen Rollschuh? Rollator gegen Mofa?

Lisa sitzt am Eingang ihres Cafés. Es ist mild, und die Tür ist geöffnet. Sie lächelt mir zu, reißt sich dann wieder zusammen und tut beiläufig. Dabei hebt sie nur leicht die Augenbrauen, als wolle sie sagen: „Hast du das gesehen?" Mit Worten fügt sie hinzu: „Ein Schwächeanfall." Ich gebe zu, dass ich enttäuscht bin. Ohne zu fordernd erscheinen zu wollen, hätte ich mir etwas Originelleres, etwas Sensationelleres gewünscht.

Einige Augenblicke lang verharren wir still, um die Leute zu betrachten, die zuschauen. Rücken, Nacken, fast alle Größen, Altersstufen, Hautfarben, und alle schauen in eine Richtung. Der Anblick strahlt eine gewisse Harmonie aus. Es wirkt ziemlich unterhaltsam und elegant. Und sie diskutieren, sie quasseln, sie kommentieren. Die Leute schwanken zwischen Angst und Vergnügen, sich hier zu versammeln. Da sie nur selten Gelegenheit dazu bekommen, genießen sie es.

Mit dem Gesicht gen Gemenge trottet Thomas über das Trottoir. Als er bei uns ankommt, fragt er:

„Was ist da los?"

„Ein Schwächeanfall."

„Das ist alles?“

„Ja, sorry!“

„Und wonach schauen die genau?“

„Nach dem Schwächeanfall.“

„So etwas habe ich noch nie gesehen. Ist das toll?“

„Nicht schlecht. Mehr auch nicht. Und außerdem sieht man von hier nicht gut. Zu viele Leute davor.“

„Und wen hat's erwischt?“

„Sicher jemand Älteren. Aber eigentlich wissen wir's nicht.“

„Zumindest ist er nicht hier hinausgegangen? Du hast ihm nicht einen deiner Kaffees serviert?“

„Nein, nein, kein Gast. Soweit ich verstanden habe, ist es jemand, der auf der Straße lief. Und dann lief er plötzlich nicht mehr.“

„Wie ein kaputtes Spielzeug?“

„Nicht ganz so. Eher wie ein Spielzeug, dessen Batterien schwächer werden. Du weißt schon: Es wird immer langsamer und dann ... geht es gar nicht mehr. Einfach so, in wenigen Sekunden.“

„Das wird ein Problem mit dem Herzschrittmacher sein.“

„Vielleicht.“

Sam schließt sich uns an:

„Hier ist ja richtig Stimmung! Was ist los?“

„Ein Schwächeanfall ...“

Und wieder nimmt das Gespräch über die Schwäche des menschlichen Gehäuses Fahrt auf. Im Grunde sind wir nicht sehr viel anders als all die Leute, die hinschauen.

Der Krankenwagen fährt los, schaltet sein Blaulicht an und verschwindet hinter der Straßenecke. Die Schaulustigen bleiben noch einige Momente stehen, warten darauf, dass etwas passiert. Aber es tut sich nichts. Sie wissen nicht, was sie tun sollen. Als ob es unanständig wäre, jetzt zu gehen. Hier verabschiedet, da räuspert sich jemand. Nach und nach zerstreut sich die Menge, löst sich schließlich ganz auf und lässt uns an der Türschwelle allein zurück.

Wie alle anderen ziehen auch wir uns nun zurück. Wir werden zu Schaulustigen, die im Café Platz nehmen.

Ein Kaffee und ein Umschlag. Gleicher Umschlag, aber andere Schrift. Zögerlicher. Sam gibt uns zu erkennen, wir sollten den Brief öffnen, und schaut anderswo hin.

Mein Kleiner,

hier läuft alles gut, nur bei Deinem Vater nicht. Er ist heute nicht zur Arbeit gegangen. Er sagte mir, er habe Kopfschmerzen, also habe ich ihn in Ruhe gelassen und bin zum Einkaufen gegangen. Ich habe die Gelegenheit genutzt und Stacheldraht gekauft, den ich aufbaute, während er schlief. Weißt du, das Ding kann einen richtig verletzen. Ich habe mir einen Finger abgeschnitten, aber den habe ich sowieso ziemlich selten gebraucht. Um 17 Uhr war alles fertig. Ich wette, die Nachbarn werden es nicht wagen, zu uns herüberzukommen.

Als Dein Vater den Zaun gesehen hat, drehte er seine Augen gen Himmel. Ich fürchtete mich vor seiner Reaktion, aber er sagte nichts. Zumindest befinden wir uns in Sicherheit, und ich habe Zuckervorräte angelegt, für den Fall, dass der Feind vor unserem Haus eine Belagerung beginnt. Sie haben neue Fahrräder (so ein Zufall!). Ich glaube, sie sind zu Aufklärungsfahrten unterwegs … Ich habe ein Mittel gefunden, dem ein Ende zu setzen: Nägel! Ich habe welche auf dem Gehweg und der Straße ausgelegt. Das hat seine Wirkung nicht verfehlt: Als sie das erste Mal darüberfuhren, gingen die Reifen kaputt. Du hättest sie heulen sehen sollen, du hättest deine Freude daran gehabt. Das Problem ist, dass auch die Autos Platten bekamen, und nach dem vierten hatten wir einen ziemlichen Stau in der Straße. Und zum Hupkonzert sage ich noch nicht mal etwas. Die Feuerwehrleute mussten mit Besen ausrücken. Niemand war wirklich entzückt, aber ich denke, dass sich die Spione für einige Zeit ruhig verhalten werden. Niemand wird je erfahren, woher die Nägel kamen. Das wird ein Rätsel bleiben.

Und Du, mein Liebling, was machst Du? Du musst uns bald besuchen kommen. Du hattest es mir schon für Weihnachten versprochen. Ich habe schon Eier in Schokolade vorbereitet. Du musst groß geworden sein und ein schöner junger Mann mit Krawatte und guter Frisur. Denk daran, eine hübsche junge Frau zu finden, um Dein Leben an ihrer Seite zu beschließen. Und wenn Du bei dieser Gelegenheit Kinder auftreiben kannst, zögere nicht einen Moment, es gibt gerade viele davon.

Sei umarmt.

„Eins zwei. Eins zwei." Pfeifende Rückkopplung.

„Eins zwei. Eins zwei." Ein Mann mit Oberlippenbart hält mir ein Mikro hin und erklärt, das sei für die Leute, die nicht mehr hineinpassten. Das Café ist überfüllt. Lautsprecher mussten in der Straße aufgebaut werden, wo sich seit einer guten Viertelstunde eine Menschenmenge zusammendrängt.

Pierre-Jean verbrachte seine Abende mit Schreiben. Wenn er von seinen „Verkaufstouren" zurückkam, nahm er eines seiner Hefte, zog seine Brille auf, glättete seinen weißen Bart und hüstelte, während er die Kappe seines Füllers abschraubte.

Er schrieb nichts. Zumindest sagte er mir das. Nur Geschichten ohne jegliche Bedeutung. „Es gibt Leute, die Einkaufslisten schreiben. Ich schreibe Lebenslisten." Er erfand Geschichten aus dem Nichts, sagte er mir. Ganz zweckfrei. Manchmal las er mir daraus vor. Viele Kinder wachsen mit Büchern auf. Ich wuchs mich den Geschichten meines Großvaters auf. Ich hatte noch nie von Peter Pan oder Schneewittchen gehört, aber ich kannte Dutzende anderer Abenteuer, die direkt seiner Vorstellung entsprungen waren.

Er sagte mir immer, es seien Geschichten, die er erlebt habe. Als ich ganz klein war, glaubte ich daran. Es war ein wenig wie beim Nikolaus: Am Anfang glaubte ich daran, dann bekam ich Zweifel, und schließlich gab ich vor, daran zu glauben, um den Zauber nicht zu brechen.

Ich erinnere mich daran, wie ich ihn fragte, wie Nudeln gemacht würden. Ob das ein Gemüse sei, das irgendwo wächst oder ob es wie Brot sei, etwas, das hergestellt wird. Er schien überrascht, zündete sich eine Zigarette an und dachte nach. Ich dachte, er werde mir eine Antwort geben, aber die kam nicht, und wir aßen schweigend weiter. Als wir fertig waren und ich in mein Zimmer zurückging, nahm er eines seiner berühmten Hefte zur Hand.

Erst am nächsten Abend legte er ein handbeschriebenes Stück Papier auf meinen Teller. Er erklärte mir, dass er persönlich mit Herrn Panzani telefoniert habe, einem sehr netten Herrn, der nicht sehr gut Französisch spreche, aber mit dem er die Ehre hatte, die Sache zu diskutieren: „Ich habe ihn gefragt, woher die Nudeln kommen. Weißt du, es war nicht leicht, mit ihm zu sprechen. Anfänglich lehnte es seine Sekretärin ab, mich zu ihm durchzustellen. Ich konnte nur wenige Minuten mit ihm sprechen, ehe er in eine Sitzung aufbrach. Aber er versprach mir, auf meine Frage zu antworten, und heute Nachmittag, als ich von meiner Runde zurückkam, fand ich diesen Brief auf der Fußmatte."

Verehrter Herr,

als Antwort auf Ihren gestrigen Anruf lasse ich Ihnen diese Informationen zukommen. Nudeln werden in Gruben geerntet. Diese bezeichnet man als Nudelgruben. Weltweit gibt es mehrere Vorkommen. Eine Truppe von „Nudelbauern" ist mit der Erkundung von Lagerstätten betraut. Sie treiben riesige Bohrer in den Boden und untersuchen die unterschiedlichen Schichten, die sich im Laufe der Jahrhunderte aufgehäuft haben. Sie können Glück haben und zwischen diesen verschiedenen Schichten auf ein Nudel-

Vorkommen stoßen. Hier beginnt die Arbeit der „Nudelabbauer“, die die Aufgabe haben, das Lebensmittel aus seiner natürlichen Umgebung herauszulösen. Die Größe der Vorkommen variiert zwischen ein paar Quadratmetern und mehreren Hektar, aber das Schürfen erfordert außerordentliches Können und Genauigkeit. Dann wechseln sich Baggerlader und Schubkarren Tag und Nacht in der Grube ab, bis keine einzige Nudel mehr frei herumliegt.

So sehr unsere Nudelbauern auch mit ganzer Kraft die Welt durchstreifen, so schien es leider doch, als gingen unsere natürlichen Nudelreserven zur Neige. Eine gute Neuigkeit konnte jedoch unseren Truppen das Lächeln zurückgeben, und unsere Nudelabbauer werden sich wieder an die Arbeit machen können.

Tatsächlich wurde ein neues Vorkommen entdeckt. Letzteres befindet sich im Herzen von Paris, was unsere Arbeit nicht leicht machen wird. Es fehlen uns nur noch ein oder zwei amtliche Genehmigungen, und der Abbau kann beginnen. Die technischen Schwierigkeiten werden uns allerdings zu schaffen machen. Da sich das Vorkommen unter der Kathedrale Notre-Dame befindet, werden wir sie Stein für Stein abbauen und in der Umgebung, gewiss in der Nähe des 13. Arrondissements, wieder aufbauen müssen. Es sei denn, es bieten sich im Bois de Boulogne bessere Möglichkeiten.

Sie können sich vorstellen, dass man eine solche Baustelle nicht an einem Tag aus dem Boden stampft und dass der finanzielle Aufwand wahrscheinlich Auswirkungen auf die Verbraucher haben wird. Wir ersuchen Sie deshalb um die größtmögliche Diskretion, damit nicht das kleinste Gerücht durchsickert, das einen ernsthaften Nudel-Crash auslösen könnte. Wir sehen uns Protestwellen von Seiten der Verehrer der Kathedrale ausgesetzt, die vergessen zu haben scheinen, dass das Bauwerk vor weniger als einem Jahrhundert in einem wahrhaft vernachlässigten Zustand war.

Wir prüfen noch alle Möglichkeiten, und es ist durchaus vorstellbar, dass die Kathedrale nach dem vollständigen Abbau der Nudeln an ihrem ursprünglichen Standort wieder errichtet wird.

Mit erneutem Dank für Ihr Interesse, das Sie unserem Unternehmen entgegenbringen, sende ich Ihnen mit tiefer Aufrichtigkeit meine herzlichen Grüße.

Ihr M. Panzani

Während ich den Brief las, betrachtete mich mein Großvater aufmerksam. Natürlich war ich für einen Augenblick perplex. Ich mochte Notre-Dame, und ich hatte in der Schule Victor Hugos berühmten Roman gelesen. Ich stellte mir vor, wie Esmeralda inmitten der Nudeln tanzte und Quasimodo, beim Anblick der Zerstörung seines Heims, zu Tode betrübt jammerte.

Kapitel 15

Heute wurde der Vertriebschef entlassen. Wenige Monate vor seinem Ruhestand. Ob es an schlechten Ergebnissen oder an zu viel Alkohol lag – der offizielle Grund ist nicht bekannt. Ich will ihn auch nicht wissen. Dennoch ist mir der Magen wie zugeschnürt. Sein Name ist Bernhard. Aber von heute an sagt man in den Büros: „Sein Name war Bernhard". Als ob er tot sei, vermisst gemeldet, in Luft aufgelöst, verflüchtigt. Er hat keine Lohnkarte mehr, er existiert nicht mehr. Man spricht vom ihm in der Vergangenheit, wie von einer schmerzlichen oder blamablen Erinnerung. Einige Wochen lang wird sein Name nicht einmal mehr laut ausgesprochen werden, man wird ihn flüstern.

Er war es, der mich eingestellt hat. Sie suchten einen Buchhalter, und ich war frisch diplomiert. Die Gleichung war ziemlich einfach. Der Vertriebschef beziehungsweise -exchef hatte eine Stufe nach der anderen erklommen, woran er jeden Neuankömmling erinnerte. Ob hoffnungsvolle Botschaft oder Selbstdarstellung, egal. Er war es, der Pierre-Jean gesagt hatte, dass der Firma Vertreter fehlten, als wir in Paris ankamen. Sie haben beide zusammen unten angefangen. Aber im Gegensatz zu meinem Großvater ist er nicht dort unten geblieben. Sein Ehrgeiz erschöpfte sich nicht mit der Unterhaltung von ein paar Großmüttern und zwei oder drei trockenen Keksen. Sie hatten sich vor dem

Krieg kennengelernt. Er war der Cousin eines Kumpels oder so etwas. Ich würde nicht sagen, dass sie Freunde waren, aber sie standen sich ziemlich nahe. Bis Bernard Vertriebschef wurde. Aus dem Du wurde ein Sie. Was sein muss, muss sein. Es gibt Regeln, die befolgt, Autorität und Respekt, die durchgesetzt werden müssen. Meine Wertschätzung für ihn war nie echt, aber seine Entlassung berührt mich mehr, als ich mir hätte vorstellen können. Er packte seine Sachen und räumte das Büro, ohne jemanden anzusehen. Für den Entlassenen gibt es keinen Umtrunk. Niemand wird ihm ein Fahrrad schenken und ihn daran erinnern, welchen Beitrag er für das Unternehmen geleistet hat. Ich schätzte ihn nicht wirklich, aber er war der Einzige, der keine Angst hatte, mich anzusehen. Er kam herein, erzählte mir zwei, drei Witze, oft ziemlich dreckige, und klopfte mir beim Hinausgehen auf die Schulter. Es geschah sogar, dass er mich auf die Wange küsste, um mir ein gutes neues Jahr, gute Besserung oder alles Gute zum Geburtstag zu wünschen ... Bernard war ein ausgezeichneter Gratulant. Er ergriff jede Gelegenheit, um mein Büro mit einer Flasche und zwei Gläsern zu betreten. Wir stießen gemeinsam an, und ich lachte über seine Späße, ohne ihm je zu verzeihen, dass er nach seiner Beförderung meinen Großvater dazu gezwungen hatte, ihn zu siezen. Ich werde nie Pierre-Jeans Blick vergessen, der von Erheiterung zu Erniedrigung überging, als er begriff, dass es sich nicht um einen Scherz handelte. Wir aßen alle drei gemeinsam zu Mittag, um Bernards Beförderung zu feiern.

Er brachte seine Sachen ins Auto und kam wieder hoch. Er betrat mein Büro und setzte sich wortlos neben mich. Mehrere Minuten vergingen schweigend. Ich hörte auf zu arbeiten und beobachtete ihn. Er war niedergeschlagen, verdrückte aber keine Träne. Er schaute ins Ungewisse. Er sagte nur zu mir, er sei zufrieden, mich in die Firma geholt zu haben. Und dass er Pierre-Jean gerne gehabt habe. Dann begann er noch einen Satz, brach aber ab, stand auf und ging. Ich blieb alleine zurück. Ich schrieb meinen Kündigungsbrief. Es wird keinen Umtrunk geben, auch kein Fahrrad. Von nun an wird mich nichts mehr mit dieser Gesellschaft verbinden. Ich zog meinen Schal fest und legte meinen Brief auf den Schreibtisch des Direktors. Von nun an wird man auch von mir in der Vergangenheit sprechen. Ich wäre gerne auf ein Glas mit Bernard gegangen. Allein weil ich weiß, dass wir jetzt zum Du zurückgekehrt sind und dass Pierre-Jean nicht nachtragend war. Aber er ist schon weit weg.

Ich betrachte die Fenster der Etage, in der ich so viele Jahre zugebracht habe. Die Schatten tanzen, eine Flasche wird geköpft, und der Korken folgt einem langen Bogen, der wenige Zentimeter vor meinen Schuhen endet. Ich höre Lachen und Schreie. Die Partyhüte werden herausgeholt, und die Luftschlangen fliegen in alle Ecken des Stockwerks … Die Feier ist schön, und sie haben das Geld von zwei Fahrrädern gespart.

Die Metro ist voll. Voller Leute, die es eilig haben. Die es eilig haben, vorwärts zu kommen und dabei aneinandergepresst werden. Manchen gefällt das, weil sie ihre Gegenwart spüren und für den Moment ein paar Kumpel haben. Andere haben es satt, eingequetscht zu werden. Wenn sie nicht genug davon hätten, eingequetscht zu werden, hätten sie genug davon zu warten. Wenn sie nicht genug davon hätten zu warten, hätten sie etwas Anderes gefunden. Weil es Haltung verleiht, von etwas genug zu haben. Also schauen sie finster um sich. Weil es der Fehler der anderen ist: Es sind ja nicht sie, die zu viel sind, weil sie ja nur ein Einzelner sind. Es sind die anderen. Es gibt zu viele andere.

Es gibt Menschen, die hätten gerne einen einzigen Anderen. Einen zu Hause, nur einen, und nicht jeden Abend, wenn das zu kompliziert zu organisieren ist. Aber einen anderen, mit dem man diskutieren kann und einen Teller teilen, weil sonst der große Topf nie gebraucht wird.

Es gibt Leute, die den Anderen anbeten. Den, vor den man einen Großbuchstaben setzt. Unauffällig falten sie ihre Hände. Und es gibt Leute, die einen Anderen anbeten, ebenfalls mit einem Großbuchstaben. Jedoch handelt es sich um ein anderen Anderen.

Manche Menschen sind glücklich. Sie lächeln, wenn sie allein sind oder zu zweit. Die, die lachen, tun dies selten allein, weil sie Angst haben, dass man sie beobachtet. Manche suchen die Aufmerksamkeit, weil sie eine Unterhaltung beginnen wollen.

Es gibt Leute, die sich verlaufen haben und die fragen, ob das die Linie ist, die zur Porte de Clignancourt führt. Manchmal stellen sie denen die Frage, die auf dem Bahnsteig gelandet sind und einander seit einer Ewigkeit nicht mehr gesehen haben und die sich gegenseitig fragen, wie es denn gehe. Im Allgemeinen geht es gut. Nicht immer. Dann versprechen sie, sich irgendwann einmal zu treffen, weil sie jetzt gerade nicht so viel Zeit haben. Versprochen: Sie werden sich anrufen. Seit dem letzten Mal haben sich die Nummern nicht verändert.

Manche sind mit Paketen beladen. Sie wollen bei einem Geburtstag gratulieren, oder sie haben sich einfach ein Vergnügen gegönnt. Die Leute schauen sie gereizt an, weil ihre Pakete zu viel Platz einnehmen. Dabei hätten sie selbst gerne voluminöse Pakete.

Es gibt Menschen mit Hund und ohne. Die, die keinen haben, fragen sich, ob er beißt, ob sie ihn streicheln können und ob ein Hund in der Metro erlaubt ist oder nicht. Darüber denken sie gerne nach.

Hier sind Menschen, die ein wildes Tier haben, wie Löwen oder Krokodile. Statistisch gesehen sind sie nicht zahlreich.

Und Musiker sind hier. Die begabten und die anderen. Die Begabten sammeln Münzen, weil es schon recht gut ist, was sie spielen. Die weniger Begabten sammeln Münzen, weil nicht jeder weiß, wie man ein Instrument richtig spielt.

Jedenfalls werden nie viele Münzen geworfen, aber trotzdem „vielen Dank für die Musik".

Es gibt tibetische Jongleure. Die Leute sind entzückt, und das ist selten.

Da sind auch ein Schlangenmensch und ein Schausteller mit seinem Bären. Aber der Bär käme nicht durch das Drehkreuz am Eingang ... Darum hat der Mann einfach die Leine in der Hand, die er kunstvolle Schwünge machen lässt. Manche Leute sind trotzdem beeindruckt: Da kann man sagen, was man will, ein Schausteller mit Bär ist schon etwas.

Es gibt hier Musiker in Barockkostümen. Sie gehören zusammen, aber sie spielen unterschiedliche Stücke. Die Leute erkennen, dass ihre Kleidung besonders gelungen ist, aber sie mögen sie trotzdem nicht: Sie sind anspruchsvoll.

Da sind Kontrolleure, die die Situation kontrollieren, ohne sich um die Fahrkarten zu kümmern. „Geht es Ihnen gut, Monsieur?" – „Ja, ja." – „Sehr schön, gute Reise." Sie sind sehr höflich und heben ihre Schirmmütze an, wenn sie mit Damen sprechen.

Es gibt einen Klempner, der mit seiner Saugglocke spielt. Wenn jemand ein verstopftes Spülbecken hat, dann ist jetzt der Moment oder nie. Aber niemand hat sein Spülbecken dabei. Es gibt einfach Tage, an denen man seine Gelegenheit verpasst.

Ein Fäustling sucht seinen Zwillingsbruder und lehnt hartnäckig die Hilfe eines Fingerhandschuhs ab, der ebenfalls verwaist ist. Er hat Angst vor ihrer Unterschiedlichkeit.

Eine kleine melodische Weise sucht ein Ohr, das sie aufnehmen könnte. Der Gitarrist versucht, sie zu erhaschen, aber sie ist zu kurz, und die Melodie stürzt sich aus der Metro, um eine Plattenfirma zu finden. Die Melodie ist hochmütig, eingebildet und ehrgeizig. Der Trompeter tröstet seinen Freund und erklärt ihm, dass er nichts verloren hat. Die Kontrolleure bieten ihm Bonbons an, und der Klempner bietet ihm an, die Trompete zu reinigen, um nicht untätig zu bleiben.

Und es gibt Ringo Starr. Bewundernswert und komisch. Er erklärt, dass er vielleicht nicht der beste Schlagzeuger der Welt war, aber sich trotzdem großartig amüsiert hat. Niemand widerspricht. Schließlich doch: Eine Dame widerspricht, aber sie hatte nicht gut zugehört, also sagt sie schließlich, dass sie einverstanden sei.

In den Straßen tanzen und singen die Leute, aber still und bewegungslos. Minimalistische Kunst.

Die Bäckerin begrüßt mich mit einem komplizenhaften, ja sogar triumphierenden Lächeln: „Wie immer, Monsieur?" Ja. Wie konnte sie erraten, dass ich ein Baguette wollte? Es wird ein Rätsel bleiben.

Ich stoße die Tür auf und betrete die Eingangshalle meines Wohnhauses. Gérard ist am Eingang des Tunnels postiert. Eine rot-weiße Schranke, die jeden Durchgang unterbindet, ist geschlossen. Aufrecht, stolz steht er da. Er hat seine Armeeuniform wieder angezogen. Ich weiß nicht, aus welchem Krieg diese Uniform stammt. Er fragt mich nach meinen Papieren. Ich reiche sie ihm, ohne eine Frage zu stellen.

„Außergewöhnliche Situationen erfordern außergewöhnliche Maßnahmen", erklärt er mir.

Er ist mit einer Art Gelenkarm ausgestattet, den er an meinem Körper entlangführt. Ein spitzes Pfeifen.

„Was ist in den Taschen?"

Ich hole meine Schlüssel heraus. Er macht einen zufriedenen Eindruck.

„Nichts anzuzeigen?"

Ich deute ein Nein an.

„Sie können hinaufgehen. Gute Reise."

Die Schranke hebt sich. Ich stürze mich in den Tunnel, komme aber unmittelbar wieder zurück und frage Gérard:

„Gibt es Neuigkeiten von der Concierge?"

„Die Arme ist immer noch tot."

„Ja, das weiß ich … Ich wollte sagen: von ihrer Nachfolgerin …“

„Gar nichts Neues. Wir werden uns der Situation stellen müssen, guter Freund. Bei den Bewährungsproben erkennt man die Menschen. Und es scheint, als gäbe es in diesem Gebäude einen ernsthaften Mangel daran. Wir können nur auf uns zählen.“

„Der Tunnel, sind Sie das?“

„Nein, ich bin Gérard.“

„Ja, entschuldigen Sie … Ich wollte sagen: Haben Sie den Tunnel gemacht?“

„Man macht keinen Tunnel, man gräbt ihn, sichert und stützt ihn! Aber wenn es das ist, was Sie sagen wollten: Ja, ich bin der Forscher, Ingenieur und Bauarbeiter.“

„Schöne Arbeit … Aber wäre es nicht viel einfacher gewesen, die Abfälle direkt auf die Straße zu leeren? Ich meine, auf den Gehweg, zusammen mit den Mülleimern der Nachbarschaft?“

„Das ist nicht meine Arbeit. Dafür gibt es eine Concierge.“

„Ja … aber da sie ja tot ist, sagte ich mir … Angesichts der Zeit, die Sie dafür gebraucht haben, um den Tunnel zu machen … Entschuldigung, zu graben, wäre es viel leichter gewesen …“

„Aber das Leben ist nicht leicht, Kamerad. Das Leben ist, was es ist, und man muss sich dafür in Position bringen, kämpfen, der Herausforderung stellen.“

Ich kann daraus nichts schließen. Ich ziehe es vor hochzugehen. Sobald ich um die Biegung des Tunnels herumgegangen und außerhalb seiner Sichtweite bin, grüße ich ihn militärisch. Manchmal mache ich mich gerne über Leute lustig. Das erleichtert. Aber ich möchte auch keine unnötigen Risiken eingehen.

Bei mir in der Wohnung ist alles in Ordnung, und der Kontrast zwischen drinnen und auf dem Flur draußen ist erstaunlich. Mir gelingt es fast, sie gut aufgeräumt zu finden. Natürlich sollte ich meine Kleidung akkurater stapeln, den Tisch abwischen, die leeren Flaschen wegwerfen, meine Bücher ins Regal räumen, zuvor meine Regale aufhängen und meine Post aussortieren.

Fangen wir von vorne an: Ich mache mir ein Bier auf, denn dieser Abend in der Metro hat mich erschöpft. Meine Kleidung von heute vergrößert den Wäschestapel noch einmal, während ich mich zur Dusche begebe. Zehn Minuten heißes Wasser und zweimal einseifen, dann sind meine Gedanken wieder zurechtgerückt, und ich breche auf, um meine Freunde zu treffen.

Gérard achtet weniger auf die Leute, die den Ort verlassen. Ein Gruß. Ein vorschriftsmäßiges „Nichts anzuzeigen?“, aber keine Durchsuchung, kein Metalldetektor, keine Erklärung zu den Personalien. Ich frage mich, ob er bei meiner Rückkehr da sein wird. Ich kann mir vorstellen, dass er die ganze Nacht Wache hält.

„Die Nacht ist klar und kühl. Ich habe Lust, meine Freunde zu treffen und mich mit ihnen über Politik zu unterhalten“, wie es so schön in irgendeinem Film heißt. Die Sterne, der Mond, die Straßenlaternen, alle sind an ihrem Platz, und ich bin erleichtert.

Ich bemerke die Doppelsilhouette des Paares Dame-Hund am Ende der Straße. Erstaunlicherweise ist es der Hund, der die Dame heute Abend an der Leine führt. Sie ist zielstrebiger als er und verrichtet hinter einem Sportwagen ihr Geschäft. Der Hund scheint zufrieden zu sein und krault ihr freundlich den Nacken. Heute Abend wird sie mit einem Zuckerstückchen belohnt werden. Vielleicht wird sie sogar am Fußende des Bettes schlafen dürfen.

Von Weitem höre ich das Echo der Zigeunermusiker, die den Flur eines anderen Mieters in einem anderen Haus besetzen. Die Python wird nicht weit entfernt sein.

Lisa hat alle Hände voll zu tun und winkt zu mir herüber. Sie gibt mir nie einen Kuss zur Begrüßung. Sie gibt nie irgendjemandem einen Begrüßungskuss. Zumindest nicht im Café. Ich stelle mir vor, dass das schnell nicht mehr zu bewältigen wäre, wenn sie damit anfinge, jeden, der hereinkommt, zu umarmen. Diejenigen, die sie nicht umarmen dürften, würden sich beschweren. Das zeigt, dass auch sie wichtige Gäste sind und dass es nicht zulässig ist, dass in einem Land, das für die Abschaffung von Privilegien gekämpft hat, gewisse Leute das Recht haben, Lisa zu küssen und andere nicht. Sie würden als dreckige Sozis beschimpft, worauf sie antworten würden, dass dies nicht eine Frage der Politik, sondern der Prinzipien sei. Lisa würde sich unwohl fühlen und vielleicht spontan beschließen, alle zur Begrüßung zu küssen, um die Menge zu besänftigen. Sie könnte sich ebenso dagegen entschließen. Was sie ja zurzeit tut. Letztlich ist es viel Lärm um nichts.

Bleibt noch die Möglichkeit, eine Art Geheimtreffen zu organisieren. Man würde hinter einen Vorhang gehen, der wie eine Wahlkabine aufgebaut wäre, und darauf warten, dass die Kussverteilung beginnt. Geküsst würde man hinter dem Vorhang hervorkommen und die Aufregung vor den nicht anerkannten Gästen verbergen. Ich muss den anderen dieses Projekt einer Geheimgesellschaft vorschlagen. Lisa müsste auch noch zustimmen. Für ihren Geschmack wäre es vielleicht ein wenig zu förmlich, und ihre Bescheidenheit würde darunter leiden. Und Lisa ohne ihre Bescheidenheit, das wäre nicht mehr wirklich Lisa. Weil sie schön ist und sich dafür fast entschuldigt. Also, ändern wir nichts. Ein Kaffee, die Rechnung und ein Lächeln, das ist in Ordnung für mich.

Es ist noch früh, und ich bin alleine an meinem Tisch, verloren in meinem Wahlkabinen-Projekt und meinen Gedanken an Lisa.

Ich weiß nicht, was die Leute darunter verstehen, wenn sie sagen, es gibt jemanden in ihrem Leben. Selbst wenn ich vermute, weil ich es in Büchern gelesen oder in Filmen gesehen habe, dass es sich darum handelt, als Paar zu leben: Man kommt von der Arbeit nach Hause, man verabredet sich auf ein Glas, um ins Restaurant, ins Kino, zu einer Ausstellungsvernissage zu gehen … Gegebenenfalls kann man auch einen enganliegenden Anzug anziehen. Witwen und Waisen sind gerettet. Ich weiß nicht wirklich, was verliebt sein wirklich bedeuten soll. Alles in allem ist es ein recht vages Konzept. Was ich hingegen weiß, ist, dass ich vom Aufwachen bis zum Abend mit Lisa zusammen bin. Ich habe das Gefühl, dass sie Teil meines Lebens ist. Es ist ziemlich angenehm, allein deshalb mit einem Lächeln aufzuwachen, weil man weiß, dass man am Ende des Tages mit jemandem zusammen sein wird. Seit Jahren haben meine Tage nur ein einziges Ziel: sie zu treffen. Es hat mit einer Geste, einem Tonfall, vielleicht einem Blick begonnen. Ich weiß nicht, seit wann ich sie schön fand, aber ich bin mir sicher, dass es nicht das war, was meine Aufmerksamkeit zuerst auf sich gelenkt hat. Es hat mich sogar überrascht, als ich mir klar darüber wurde: „Und außerdem ist sie hübsch." Man muss sagen, dass ich mir Mühe gebe, die Welt nicht durch das Prisma einer körperlichen Erscheinung zu beurteilen. Ich fühle mich nicht dazu berechtigt, von jemandem zu behaupten, er sei hässlich. Aussehen zu beurteilen ist das Privileg schöner Menschen.

Mir darüber bewusst zu werden, dass Lisa schön ist, hat in mir eine leichte Panikreaktion ausgelöst. Nicht dass ich Schreckensschreie ausstoßend auf die Straße gelaufen wäre. Im Vergleich dazu bin ich eine eher ruhige Natur. Dennoch hatte ich wirklich Angst, mich zu verlieben. Sie war Ausstrahlung, Stimme, Kameradin in Person, und nun bekam sie auch noch ein Aussehen. Die Gleichung wurde komplizierter, als sie es noch einige Stunden zuvor gewesen war. Am nächsten und übernächsten Tag ging ich nicht hin. Das Risiko war zu groß. Verliere nicht eine Freundin für Gefühle, die nicht in deine Welt passen. Und dann sind da noch die Gewohnheiten und meine Freunde Thomas und

Sam … Ich sagte mir, dass dies alles es wert sei, wieder hinzugehen. Also ging ich wieder hin, und was ich feststellte, war klar und deutlich: Sie war in der Tat schön. Sei's drum. Ich habe mich zusammengerissen. Alles in allem tut etwas Schönheit nie weh, wenn man sie mit dem nötigen Abstand zu einer Beziehung erlebt, die sich ganz sicher nie entwickeln wird.

Meine Freunde haben vielleicht den gleichen Weg beschritten wie ich. Ich weiß, dass sie sie schön finden, dass sie sie sehr gerne haben. Aber sie finden ausgesprochen viele Frauen schön. Wenn man ihnen im Frühling zuhört, sind alle Frauen wunderbar. Die beiden ähneln zwei sehr angeregten Jugendlichen, wenn ein hübsches Mädchen das Café betritt. Ich sage nicht, dass nicht jede Frau über einzigartige Eigenschaften verfügt, aber was ich für Lisa empfinde, befindet sich auf einer anderen Ebene. Außerdem arbeite ich daran, möglichst wenig zu empfinden: *Forbidden Planet.*

Sam kommt mit verzerrtem Gesicht herein. Er bestellt einen Whisky. Ohne Kaffee.

„Mein Vater ist tot."

Wir schauen ihn verlegen an. Ich suche nach der besten Weise, meine Frage zu stellen, aber Lisa ist wieder einmal schneller:

„Aber dein Vater ist doch seit mehreren Jahren tot?"

„Ja, natürlich, aber ich spreche nicht von diesem Vater."

Er reicht uns den halb zerknitterten Umschlag. Der Brief ist kaum leserlich, so kindlich ist die Schrift. Die Bögen sind gerundet, aber schief, und Kringel ersetzen die i-Punkte.

Meine Kleine,

dein Vater ist tot. Endlich, glaube ich. Sicherheitshalber habe ich ihn mit Stroh ausstopfen lassen. So wird er immer an meiner Seite sein, ganz friedlich auf seinem Sockel. Es erübrigt sich, dir zu sagen, dass er seit diesem Tag viel weniger Sport macht. Aber es wird ihm gut tun, ein wenig vor dem Fernseher zu sitzen. Ich habe den Eindruck, dass er glücklich ist. Nachts setze ich ihn hinaus, um die Nachbarn in dem Glauben zu wiegen, im Garten sei jemand. Das scheint ziemlich gut zu funktionieren. Aber kürzlich hat es nachts geregnet, und ich habe ihn ganz aufgeweicht vorgefunden. Ich erzähle dir nicht, welche Mühe es mich gekostet hat, ihn wieder in Form zu bringen. Anhand eines aktuellen Fotos habe ich mein Bestes gegeben. Ich bin mit meiner Arbeit ziemlich zufrieden, aber ich glaube, dass ich das Stroh wechseln sollte. Ich habe die Nähte ausfindig gemacht, das schien mir einfach. Wenn man den Preis bedenkt, den ein Präparator veranschlagt … Das einzige Problem war, dass ich ihm eine andere Position geben musste: Er fiel immerzu um. Deshalb habe ich ihn hingesetzt. Das ist nicht schlecht und gibt ihm etwas von einem Stubenhocker, was mir in letzter Zeit fehlte.

Ich will dich nicht länger aufhalten, meine Große. Ich habe Wasser auf dem Herd. Ich erhitze gerade die roten Fische, die ich gestern gekauft habe. Sie sind richtig niedlich und spielen mit den Bläschen im Topf. Du wirst sehen, wie sie im Wasser hin- und herflitzen. Wie echte Kinder! Ich hoffe, sie werden dennoch nicht zu weit wegschwimmen: Es ist bald Schlafenszeit. Überhaupt habe ich den Platz deines Vaters im Garten eingenommen, seit er aufgeweicht ist. Ich beschmiere mich mit Schlamm (das habe ich in einem Film gesehen) und liege die ganze Nacht auf der Lauer. Ich höre eine Menge seltsamer Geräusche, aber die Nachbarn scheinen vorsichtig zu sein. Trotzdem habe ich eine Wolfsfalle vor ihrem Haus aufgestellt. Sicher ist sicher.

Sei umarmt.

Thomas drückt Sam sein Beileid aus, wobei er sich Mühe gibt, ihm zu erklären, dass ein ausgestopfter Vater besser als keiner sei und dass dies recht hübscher Nippes sei, um das Haus der Familie zu schmücken. „Im Wohnzimmer muss er sich recht dekorativ machen", verdeutlicht er.

Aber wir haben nicht die Zeit, um uns lange über diese Frage auszulassen, so groß ist der Ansturm heute Abend. Zu viele Leute, viel zu viele Leute. Lisa hat viel um die Ohren, oder, um genau zu sein, viel in den Händen. Sie winkt mir zu, dass ich unverzüglich anfangen soll. Ich weiß nicht, was ich denken soll. Das alles nimmt Ausmaße an, die Zweifel in mir aufkommen lassen. Gestern ein Mikro, heute Tribünenstufen, die im Café aufgebaut werden, Klappstühle auf der Straße. Männer, Frauen, Familien. Ich freue mich wohlgemerkt für Lisa, die direkt aus diesem System ihren Nutzen zieht, indem sie ihre Kasse füllt, auch wenn sie die Sache nicht veranlasst hat. Ihre Jahresbilanz wird deutlich gestiegen sein, und ich weiß, wovon ich spreche. Wie am Vorabend ergreife ich das Mikro, das man mir hinhält, und fange an, ehe ich mir zu viele Fragen stelle.

Mein Großvater holte mich von der Schule ab. Mit einer Hand trug er meinen Ranzen. Während dieser mir erdrückend schwer schien, hob er ihn an, als ob es sich um einen Sack Federn handele.

Seine freie Hand glitt in die meine. Er fragte mich immer, wie mein Tag in der Schule verlaufen sei. Worauf ich regelmäßig mit einem „gut" antwortete, das ihn niemals zufrieden stellte. Er saß mir mit Fragen im Nacken. Er wollte wissen, was ich gemacht, was ich gelernt hatte, ob wir Gedichte gelesen, Aufgaben gelöst hätten … eben die Sachen, die man so schnell wie möglich vergisst, sobald man durch das Schultor gegangen ist. Ich antwortete mit Brummen, Kopfnicken, „Ja" oder „Nein", wenn seine Fragen genau genug waren.

Schließlich ließ er damit locker: „Wenn du in der Schule nichts lernst, werde ich den Direktor aufsuchen müssen, um zu klären, ob es sinnvoll ist, dass du weiterhin jeden Tag hingehst.“ Ich schaute ihn lächelnd an. Damals glaubte ich, dass es ihm ernst sei, und fragte mich immer, wann er sich dazu entschließen würde, zum Direktor zu gehen und mit ihm zu sprechen.

Pausenlos stellte ich mir meine Tage ohne Schule vor. Was würde ich mit meiner Zeit machen? Jedenfalls hätte ich mich nicht gelangweilt. Ich hätte meine Tage mit meinem Großvater verbracht. Ich hätte ihn auf seinen Verkaufstouren begleitet. Ich hätte Bücher mit ihm gelesen. Vor allem hätte ich ihn ins Bistro begleitet.

Das Bistro. Dieses Wort ließ mich träumen. Es handelte sich um einen magischen Ort. Das Bistro roch wie mein Großvater. Nach Zigarettenrauch.

Und die Geräusche. Im Bistro waren immer Geräusche. Die der Gläser, die aneinanderstießen, der Tür, die klirrte, wenn ein Kunde eintrat. Stimmen und Gelächter. Die leiseren von Karten, die abgelegt wurden. Die der Stammgäste: Jenen, die am Vormittag kamen, begegnete ich manchmal, wenn keine Schule war. Arbeiter, die ein letztes Glas tranken, nach einer Nacht bei der Arbeit. Arbeiter am Abend, die nach ihren langen Tagen von der Gewerkschaft sprachen.

Ich wusste nicht, was das ist, eine Gewerkschaft. Aber es schien etwas wirklich Wichtiges zu sein. Ich wusste nicht, was das ist, aber ich wusste, dass die Gewerkschaft und der Chef nicht wirklich Freunde waren. Nach dem, was ich verstanden hatte, wurden die Arbeiter ausgebeutet … „ein wenig wie Sklaven“, wie mir eines Tages einer der Gäste im Bistro erklärt hatte. Ich entdeckte, dass es noch Sklaven gab, und das faszinierte mich. Ich stellte mir die Arbeiter vor, wie sie in weißen Tuniken Körbe mit Lebensmitteln für ihre Chefs herbeitrugen, die nicht zögerten, sie gegebenenfalls auszupeitschen. Ich stellte mir die Arbeiter vor, wie sie die Körper der Chefs, die Bäuche ansetzten, massierten, ihnen zu trinken einschenkten und ihre Büros reinigten, während sie auf Knien rutschten und um Verzeihung flehten. Die Fabriken waren für mich ein umso mysteriöserer Ort geworden, als ich nie eine Abbildung von einem Sklaven gesehen hatte, der eine Schirmmütze trug und eine Kippe im Mundwinkel hatte.

Im Bistro kannte jeder meinen Großvater. Er ging täglich dorthin. Alle seine Freunde waren dort, glaube ich. Er spielte nicht Karten. Er lehnte immer mit dem Ellbogen auf dem Tresen, trank ein Glas und rauchte dabei eine Zigarette. Wenn ich mit ihm unterwegs war, durfte ich einen Fruchtsaft bestellen. Der war immer „ein Geschenk des Hauses". Das Bistro lag unten in einem Gebäude, und ein „Haus" gab es nicht, zumindest nicht im Umkreis von einer Viertelstunde Fußmarsch. Das Wichtigste war, dass der Fruchtsaft „ein Geschenk" war. Mein Großvater hatte nicht viel Geld, und ich wollte es nicht darauf ankommen lassen, ihn meinen Saft zahlen zu lassen, weil ich fragte, um welches „Haus" es sich handelte.

Ich empfand eine Mischung aus Furcht und Hoffnung. Manchmal führten uns die Geschichten meines Großvaters nach Italien. Er hatte niemals einen Fuß dorthin gesetzt, auch wenn er etwas anderes behauptete. Er kannte Italien von Calvino und Svevo, aber auch das Italien der Pizzen, der Eiscreme und der römischen Paläste. Es war die Bildung derer, die sich damit begnügen mussten, mangels finanzieller Mittel anhand der Bilder zu reisen, die sie hier und da aufgeschnappt hatten.

Eine Geschichte, die er mir erzählt hatte, handelte von der Mafia. Für mich war die Mafia ein wenig wie die Gewerkschaft. Ein Begriff, der etwas bezeichnete, dessen Umrisse zu erfassen mir nicht gelang. Aber etwas wusste ich von ihr: Die Mafia beschützte die Ihren und zögerte nicht, die Anderen zu töten, wenn sie sich in Dinge einmischten, die sie nichts angingen.

„Das ist ein wenig wie eine Familie oder ein Haus", hatte er mir erklärt.

War es die Mafia, die mir jede Woche meinen Fruchtsaft im Bistro meines Großvaters schenkte?

Lisa gibt mir ein Zeichen, dass die Zeit für die Pause gekommen sei. Es hat sich schon eine kleine Warteschlange vor den Toiletten gebildet. Lisa nutzt dies, um eine Runde im Raum zu drehen, die Gläser aufzufüllen, abzukassieren und ihre Kasse klingeln zu lassen. Sie ist erschöpft. Auch für sie wäre es an der Zeit, dass hiermit Schluss ist, dass das Leben wieder seinen normalen Lauf nimmt. Der von zuvor, der der Stammgäste und der Abende, als wir gemeinsam einsam waren. Den Lauf, als sie Zeit hatte, sich zu uns zu setzen, eine Platte auszusuchen, unserer Stille zuzuhören und Sams Briefe zu kommentieren. Aber schon nehmen die Leute wieder ihre Plätze ein, und es wird still.

Er war es, der mich jeden Morgen zur Schule brachte. Jedes Mal der gleiche Weg, die gleichen Straßen, die noch zur Hälfte schliefen, die gleichen Leute, denen wir guten Morgen sagten. Als wir in die Nähe der Schule kamen, bemerkten wir die ersten Kameraden mit ihren Müttern. Sie hatten alle eine Mutter. Ich hatte einen Großvater. Ein „Guten Morgen", als wir an der Bäckerin vorbeigingen, eines für den Lebensmittelhändler, noch eines zur Concierge eines Gebäudes und ein letztes vor dem Bistro. Ein Winken oder ein einfaches Kopfnicken. Manchmal nur eine eilige Geste. Wir waren oft zu spät dran.

Ich hasste es, zu spät zu kommen. Alle Blicke auf mir. Alle Blicke, die nie lange verharrten. Mein langer Schal, der mich nie verließ, sommers wie winters. Der verbarg, was er konnte, und der durch die große Wärme exakt das Gegenteil dessen bewirkte, was er sollte. Er zeichnete mich. Er zog die Augen auf mich.

Wenn man im Alter eines Zehnjährigen ist, erträgt man keinen Unterschied. Vor allem, wenn er hässlich ist. Mein Großvater drückte meinen Arm und murmelte mir gelegentlich zu, dass die Leute sich wohl fragten, woher ein so schöner Schal komme. Aber ich ließ mich nicht täuschen. Ich wusste, dass die Augen an meinem Gesicht klebten, dass sie versuchten, dessen Konturen zu erahnen. Als ob dies in wenigen Sekunden gelingen könnte. Wo es mir doch nach monatelanger Betrachtung immer noch nicht geglückt war.

Manchmal bin ich unverhüllt vor die Tür gegangen, um zu sehen, ob dies möglich sei. Ich beobachtete meine Zuschauer, und sie drehten sich nach mir um. Das Phänomen von Anziehung und Abstoßung. Das war es, glaube ich, was mich am meisten störte. Ich hatte nie die Gelegenheit, um in ihren Blicken zu lesen. Ich konnte nur raten. Manchmal verrieten ihre abrupten Nackenbewegungen Angst oder Abscheu. Ich lauerte auf die nun folgende Reaktion, in der Hoffnung oder der Furcht, die Augen könnten sich erneut auf mich richten. Aber nichts. Sie waren auf ihre Kosten gekommen.

Im Unterricht setzte ich mich immer nach hinten. Auf den Platz der Versager. Natürlich nur, wenn man davon ausgeht, dass die Versager nicht gesehen werden wollen. Das war bei mir der Fall. Ich denke, meine Lehrerin mochte mich. Sie tat alles, um mich wie einen normalen Schüler zu behandeln, und ließ mich zu Wort kommen, wann immer sie es konnte. Das war, sobald ich den Finger nur hob. Ich gehörte zu denen, die am häufigsten auf die Fragen, die sie stellte, antwortete. Damit wollte sie nichts gutmachen, aber auf diese Art machte sie verständlich, dass ich wie die anderen war. Dass mein Gesicht nicht das Abbild meines Geistes war. Meine äußere Erscheinung war beschädigt worden, aber die Zerstörung beschränkte sich darauf. Das war zumindest die Botschaft, die die Lehrerin aussenden wollte.

Die Pause war schwieriger. Da gab es niemanden, der mich beschützte. Ich war allein unter den anderen Kindern. Sie lachten mich nicht aus, aber das hätte ich vielleicht vorgezogen. Sie fürchteten sich vor mir. Manchmal hörte ich ein nervöses Lachen, ein Glucksen. Ich gehörte nicht zum Kreis der Schüler. Ich hatte keine Freunde. Die Kinder, die anders sind, stehen am Rand. Von frühester Kindheit an muss man sich in eine Form pressen. Und meine persönliche Schale war ganz schön angeschlagen.

Also wartete ich oder spielte allein. Ich war nicht ausgesprochen traurig. Selbstverständlich hätte ich mich lieber mit den anderen vergnügt, Sammelbilder getauscht oder mich in große Murmelpartien gestürzt, aber ich hatte mich damit abgefunden. Ich fühlte mich wohl, allein mit mir, ganz in Ruhe. Ich setzte mich auf eine Bank und erholte mich von den Blicken der anderen. Sie waren miteinander beschäftigt, und das war gut für mich. Versunken in meiner Fantasie vergaß ich an manchen Tagen, wo ich mich befand. Im Herbst, wenn ich die Blätter betrachtete, die im Wind flogen, oder im Frühling, wenn die ersten warmen Tage kamen. Ein oder zwei Mal ging ich sogar so weit und lockerte meinen Schal. Ein- oder zweimal erinnerte mich ein Entsetzensschrei daran, dass es unmöglich war, mich so zu zeigen.

Es war die Schule, die mir am stärksten meine Andersartigkeit widerspiegelte. In der übrigen Zeit bewegte ich mich in der Erwachsenenwelt. Der Welt meines Großvaters. In der Schule hörte ich der Lehrerin zu und versuchte, ein guter Schüler zu sein. Ich tat, was man von mir erwartete. Das war alles. Natürlich gab es diesen Stein, der mir jeden Morgen im Magen lag. Aber dieser Stein quälte mich nicht wegen der Aufgaben, wegen der Angst, abgefragt zu werden oder den Stoff nicht zu beherrschen. Das alles war mir völlig egal. Ich wusste, dass man mich auf alle Fälle bestehen lassen würde.

Abends stellte ich mir beim Einschlafen vor, dass mein Gesicht plötzlich völlig geheilt sei. Ich kam in die Schule und lief zu meinen Freunden. Mit ihnen gegen einen Ball treten, plaudern, Sammelbilder tauschen, sich Geheimnisse erzählen, in ihrer Nähe sein. Ich betete auch dafür, dass ein Wunder geschehe. Manchmal trat ich morgens vor den Spiegel … nur für den Fall … Aber das Wunder ereignete sich nicht, und ich blieb allein. Als der Spiegel zerbrach, ersetzten wir ihn nicht.

Ich gebe das Mikro zurück und zeige meinen Kameraden beim Verlassen des Cafés mit einer Handbewegung, dass ich es dabei bewenden lassen werde. Ich fühle mich ausgepumpt. Dieses Spielchen bereitet mir kein Vergnügen mehr. Ich habe das Bedürfnis, allein zu sein, *Zenos Gewissen* wieder zur Hand zu nehmen, die Fliege an der Wand zu betrachten, mich zu erinnern oder zu vergessen, aber allein zu sein. Das Wunder ist nie eingetreten, und ich brauche kein Publikum, um mir das zu bestätigen. Ich brauche keine Unbekannten, um darüber zu sprechen. Ich brauche sie nicht mehr. Ich weiß, dass ihre Gegenwart mich ermutigte weiterzumachen, wie ein Künstler, der gezwungen ist, auf die Bühne zu steigen, wenn der Saal voll besetzt ist. Ohne es zu wissen, war es Thomas, der mich auf die Spur brachte: Das Publikum ist nicht das Wichtigste. Das Einzige, das zählt, ist, was man zu erzählen hat. Als er seinen Roman fertig gestellt hatte, lief er den Lesern nicht nach. Vielleicht wird er es eines Tages tun. Er hat geschrieben, was er schreiben wollte, ohne sich darum zu kümmern, was man darüber denken könnte. Das Wichtigste für ihn war es, ans Ziel seines Projekts zu gelangen. Den Kreis zu schließen. Das habe ich verstanden, als wir anstießen: Die Erzählung wird sich nur gerecht, wenn sie an ihr Ende kommt. Die Geschichte kann schön sein, der Autor Talent haben. Wenn es kein Ende gibt, hat nichts von dem, was er geschrieben hat, Bestand.

Für meine Freunde begann ich, meine Geschichte zu erzählen. Sie allein hörten den Anfang. Ihnen ist das Ende vorbehalten. Es wird nur uns gehören. Die anderen brauchen nur zu ihren Fernsehern, zu ihren Radios, zu ihren Zeitungen und Büchern zurückkehren. Oder sie kommen weiterhin hierher. Wenn ich letztlich dazu beigetragen habe, sie zum Ausgehen und Aufstehen vom Sofa bewegt zu haben, wird meine Narbe wenigstens zu etwas gut gewesen sein. Lisa wird ihnen erklären, dass die Aufführungen vorbei sind. Jetzt sollen sie auf die Bühne steigen und von sich erzählen. Und wenn sie nichts zu erzählen haben, dann können sie ja etwas erfinden. Alleine oder zu mehreren, da gibt es keine Vorschriften. Es sei denn, Thomas oder Sam sind einverstanden damit, meine Nachfolge anzutreten. Sie haben Geschichten, die erzählt werden wollen. Für Thomas wäre es die Gelegenheit, von seinen Kindern zu sprechen. Angesichts des Alters, das sie heute hätten, haben sie wohl schon viel erlebt.

Trotz der späten Stunde harrt Gérard auf seinem Posten am Eingang aus. Die Schranke ist unten, und ich bin schon dabei, meine Papiere herauszuholen, als sich mein Blick auf den Boden richtet.

„Zinnsoldaten?"

„Eine Armee, Monsieur!"

Er erklärt mir, dass die Situation für ihn allein zu kompliziert wurde. Zu viele Dinge zu regeln, zu viele Leute, die durchgehen wollen. Dann muss der Tunnel überprüft und hier und da ausgebessert werden, wenn man nicht will, dass er zusammenstürzt. Um etwaige ungelegene Gäste zu beeindrucken, beschloss er, Verstärkung kommen zu lassen. In seiner Wohnung fand er seine alten Zinnsoldaten wieder. „Auf der Packung steht: „Wirklichkeitsgetreue Nachbildung – einzigartig!", eröffnet er mir sehr stolz. Er hat sie in Gefechtsordnung auf dem Boden aufgereiht. Kurz wollte er sie wie bei Austerlitz aufstellen ... Aber da die Bewaffnung sich weiterentwickelt hat und die Kavallerie weniger wirksam ist als zu Beginn des 19. Jahrhunderts, wählte er eine klassischere Aufstellung. „Sollen sie nur versuchen, an uns vorbeizukommen!", stößt er hervor.

Ich gehe in die Hocke, um Zeit zu haben, für ihn lobende Worte zu finden. „Das stimmt, die sind sehr gut gemacht. Sehen aus wie echte. Mit denen im Eingang riskiert man nicht mehr viel ..." Ich mache gar keine Bemerkung zu den Uniformen, die zeitlich nur vage datiert scheinen, auch nicht über die abblätternde Farbe, die der Armee einen desolaten Eindruck verleiht. Er ist mit der Antwort zufrieden, doch als ich durchgehen will, hebt er nicht die Schranke. Ich weiß nicht, was ich tun soll, räuspere mich und wende mich ihm mit einem flehenden Blick zu.

„Ihre Papiere. Sie wollen sich doch wohl nicht bei mir einschmeicheln? Wie würde ich denn vor meinen Truppen aussehen, wenn ich anfange, das Reglement zu übergehen?"

Ich füge mich. Ich habe keine Wahl.

Er setzt seine Brille auf und hält mir meinen Ausweis vor das Gesicht.

„Das Foto ähnelt Ihnen kaum!"

„Das war vor fast zehn Jahren. Die Haare werden grau, wachsen und werden geschnitten. Man bekommt Falten."

„Natürlich. Das kann ich Ihnen übrigens auch nicht vorwerfen. Aber Sie müssten daran denken, es zu aktualisieren oder ..."

„Oder?"

„Sich anstrengen, mehr Ihrem Foto zu ähneln."

„Hm ... das scheint mir schwierig: Ich kann nicht rückwärtsgehen."

„Damit wir uns richtig verstehen, Monsieur: Ich fordere Sie nicht auf, jünger zu werden. Ich sage nur, es wäre angesichts der Umstände günstig, sich um mehr Ähnlichkeit zu bemühen. Damit die Person in Ihrem Ausweis und jene, die mir gegenübersteht, mehr Übereinstimmungen haben, als es aktuell der Fall ist."

Ich lasse den Schal etwas herunter, um seine letzten Zweifel zu zerstreuen und um zu einem anderen Thema überzugehen.

„Algerien?", fragt er mich.

„Nein. Was die weißen Haare und die Falten angeht, sehe ich zu, was ich tun kann."

„Darauf zähle ich. Außergewöhnliche Umstände erfordern außergewöhnliche Maßnahmen. Das nennt man Kriegsanstrengungen."

„Ja, ich verstehe ... Aber wir sind nicht wirklich im Krieg."

„Der Krieg ist überall, Monsieur. Wir müssen bereit sein. Vierzig waren wir es nicht, und Sie sehen, wohin uns das geführt hat."

Ich schlucke. Vierzig waren wir nicht bereit. Vierundvierzig waren wir es nicht viel besser.

Ich nehme meine Papiere an mich, gehe über die Zinnarmee hinweg und stelle mich vor die Schranke, die sich sofort hebt. Gérard grüßt mich mit der Hand an der Schläfe. Er ähnelt einem Soldaten in einer Kino-Komödie. In dem Augenblick, in dem sich die Tür hinter mir fast geschlossen hat, werfe ich ihm einen letzten Blick zu: Er behält seine Haltung bei. Gerecktes Kinn, den Blick sinnierend verloren auf einen Punkt etwa fünf Meter von ihm entfernt. Die vermüllte Umgebung gibt der Szene einen Hauch Endzeitstimmung, die Gérard recht gut steht.

Kapitel 16

Der Wecker läutet, und ich stehe nicht auf. Der Wecker läutet, und ich lasse ihn läuten. Der Wecker läutet, und ein Nachbar klopft an die Wand, damit ich ihn ausschalte. Am Samstagmorgen versteht niemand mit dem Wecker Spaß. Ein ungewöhnlicher Samstag, weil der Montag ungewöhnlich sein wird. Ich muss mich nach den Kündigungsfristen erkundigen. Ich muss eine neue Arbeitsstelle finden. Ich könnte eine Anzeige aufgeben: „Buchhalter auf der Suche nach neuen Zahlen“, „solides Fundament auf der Suche nach einem wackeligen Unternehmen“ … Aber ich bin mir sicher, egal, um welche Gesellschaft es sich handelt, muss man sich früher oder später über Zahlen beugen.

Wie dem auch sei, Samstag ist der Tag der Croissants und der Presseschau im Café. Die Dame mit dem Hund verlässt tagsüber das Haus nicht. Jedenfalls habe ich sie noch nie wahrgenommen. Es sei denn, sie verändert ihre Gestalt, oder sie ist ohne Hund nicht mehr dieselbe.

Sam und Lisa sind schon da. Und ein anderer Gast. Der Scheingast, der an seinem Tisch Selbstgespräche führt. Die Sozio-Kommunisten haben ihm alles genommen. Wir hören ihm zu. Er erzählt, man habe ihm Schlafmittel in den Kaffee getan. Er sei vor seinem Montage-Band eingeschlafen und auf der Stelle entlassen worden. Das ist das Werk eines

Gewerkschafters. Nach einem Monat Suche fand er eine neue Anstellung, die er nach erneutem Einschlafen am Arbeitsplatz wieder verloren hat. Dieses Mal geht der Fehler aufs Konto der Führung der sozialistischen Partei, die beschlossen hat – er wisse wirklich nicht warum – ihm das Leben zu verderben, indem sie ihm erneut Rauschmittel in den Kaffee getan hat. Natürlich hasst er sie dafür bis auf den Tod. Und außerdem ist seine Frau mit einem Russen durchgebrannt, der in Paris für ein Treffen der Marxisten Halt machte.

Er sitzt vor seinem Glas Weißwein, wackelt leicht auf seinem Stuhl hin und her und öffnet seine großen, ausgewaschenen Augen. Ein paar Bartstoppeln hier und da lassen vermuten, dass er auch beim Rasieren wackelt. Ein Betrunkener aus dem Bilderbuch. Mit allen Eigenschaften: die lange, rote Nase, der schmutzige Mantel, das Hemd, das nur auf einer Seite aus der Hose herausschaut. Wir schauen unauffällig zu ihm hinüber. So unauffällig wir können. Er sucht keinen Blickkontakt. Er erklärt nur. Das ist alles. Er bestellt noch ein Glas, weil dieser Weiße nicht schlecht ist und zu Hause ohnehin niemand auf ihn wartet, da seine Frau ja wirklich mit einem dieser Kommunistenschweine abgehauen ist. Wenn man das als zwei Traumjobs bezeichnet und sie als die Frau, die er liebte – da hat sich doch das Schicksal gegen ihn verschworen! Und diese dumme Kuh von der Zeitarbeitsfirma, die ihm keinen Job vermitteln will, wo er doch weiß, wie man mit diesen Dingern umgehen muss. Er war schon auf vielen Baustellen. Und seit wann kann ein Mann so ein kleines Gerät nicht mehr bedienen, nur weil er nach der Arbeit ein wenig trinkt? Und vorher auch ein wenig. Bei der Arbeit aber niemals. Weil er seine Prinzipien hat. Man darf doch noch machen, was man will, oder nicht? Er ist sicher, dass die Kleine von der Zeitarbeit Kommunistin ist. Alles Kommunisten. Ebenso der Hund, der bei der Nachbarin aus dem dritten Stock die ganze Nacht lang bellt. Ein Mistkommunist! Selbst die Hunde haben ihr rotes Parteibuch! Wenn er nachts nicht schläft, dann seinetwegen. „Ein roter Hund, glauben Sie das?"

Lisa bittet ihn, etwas leiser zu sprechen. „Kommunistin!", brüllt er ihr ins Gesicht, ehe er ein paar Münzen auf den Tisch wirft. Die Rechnung geht nicht auf.

Thomas kommt herein, ohne Croissants, aber mit einer kleinen Katze.

„Die kleine Katze lebt!", ruft er.

Wir schauen uns an. Kurze Stille. Dann kommt Lisa mit dem Kopf hinter dem Tresen hervor:

„Ist das die messianische Variante aus *Die Schule der Frauen*?"

Sam schaut sie perplex an.

„Ja, in *Die Schule der Frauen* sagt Agnes zu Arnolphe: ‚Die kleine Katze ist tot'", erklärt Lisa.

„Warum sagt sie das zu ihm?"

„Hast du nie Molière in der Schule durchgenommen?"

„Doch, *Don Juan*: ‚Ich glaube, dass zwei und zwei vier ergibt.'"

„Ja, aber da ist kein Zusammenhang zu einer Katze …"

„Aber es ist leichter in einer Unterhaltung unterzubringen."

„Bringst du es oft unter?"

„Nie."

„Nun gut, heute zumindest einmal …"

„Ich weiß immer noch nicht, warum sie sagt, dass die kleine Katze tot sei. Agnes hatte eine Katze?"

„Ich bedauere, euch zu unterbrechen", mischt sich Thomas ein, „aber ich sagte gerade nur, dass die kleine Katze lebt."

„War sie denn zuvor tot?", fragt Sam.

„Äh … nein, sie hat immer gelebt … zumindest seit ihrer Geburt."

„Im Bauch ihrer Mutter gilt sie nicht als lebendig?"

„Da weiß ich nicht Bescheid. Ich glaube, es gibt einen bestimmten Zeitpunkt … Das Leben gilt als begonnen ab einer bestimmten Anzahl von Monaten im Bauch. Bei den Frauen auf alle Fälle."

„Bei den Katzen nicht?"

„Ich habe keine Ahnung von der Gesetzgebung zur Abtreibung bei Katzen."

„Die Katzen haben nicht genug für ihre Rechte gekämpft."

„Im Gegenteil, sie sind frei, abzutreiben, wann immer sie es für richtig halten!"

„Sie sind nicht wirklich frei. Es sind ihre Besitzer, die das entscheiden. Oder hast du schon einmal eine Katze gesehen, die einen Schwangerschaftsabbruch fordert, weil ihre familiäre Situation bereits ziemlich kompliziert ist?"

„Man spricht bei Tieren von Schwangerschaft?"

„Warum nicht?"

„Man sagt auch nicht, dass sie gebären, sondern sie werfen ... Also gibt es vielleicht ein Wort oder einen Ausdruck, um von ihrer Schwangerschaft zu sprechen ..."

„Trächtigkeit vielleicht?"

Da er spürt, dass ihm das Gespräch langsam entgleitet, setzt Thomas das Kätzchen auf die Zeitungen, die auf dem Tisch ausgebreitet liegen. Er erklärt, wo er es gerade gefunden hat. Auf der Straße.

Für gewöhnlich sammelt er keine verirrten Tiere auf, aber in diesem Fall sagte er sich, dass das Kätzchen immerhin „sehr niedlich" sei. Er schaute nach rechts und nach links: Da war niemand. Er dachte, er werde es einer alten Dame geben, weil alte Damen doch Katzen mögen. Darum verkaufen die Briefträger übrigens ihre Kalender: Da gibt es immer welche mit Katzen, die ihre Zunge herausstrecken. Thomas' Katze streckt ihre Zunge nicht heraus, und es wird nicht leicht werden, eine alte Dame für sie zu finden. Das Problem mit den Tieren ist, dass sie niemals genau das tun, was man von ihnen erwartet. Er kann immer noch versuchen, eine Studentin für das Kätzchen zu finden. Die Sorte Studentin, die ohne Freund aus der Provinz nach

Paris kommt: Eine Katze leistet Gesellschaft und ist unabhängiger als ein Hund. Zwar muss man regelmäßig die Streu wechseln, aber nicht wie mit einem Hund vor die Tür gehen. Einziges Problem: die Haare. Sie hinterlassen sie überall und in einem Maße, das ziemlich entnervend ist. Schon nach wenigen Minuten ist Thomas' Mantel davon übersät. Er reibt ihn zwanghaft ab, um schließlich die Haare einzeln mit den Fingerspitzen abzuklauben, während die Katze zwischen den Tischen herumläuft. Als er mit dem Ergebnis offenbar zufrieden ist, nimmt er das Tier wieder auf seinen Arm und grüßt uns zum Abschied mit der freien Hand. Für uns wird es heute keine Croissants geben.

Er ist hinaus und sucht nach einer Person, die dafür geeignet ist, eine Katze aufzunehmen, die ihre Haare verliert und ihre Zunge nicht herausstreckt.

Da wäre doch die kleine, alte, sehr nette Dame, die an der Straßenecke wohnt. Sie langweilt sich ganz allein zu Hause. Sie geht nur am Wochenende hinaus. Unter der Woche hört sie Radio und löst Kreuzworträtsel. Sie hat eine ganz leise Stimme, wie sie kleine, alte Damen haben, und wir müssen die Ohren spitzen und uns zu ihr hinunterbeugen, um sie zu hören. Sie weiß über das ganze Leben im Viertel Bescheid. Wir haben mit dem Leben im Viertel gar nichts zu tun. Sie lebt am Tag, wir bevorzugen die Nacht. Sie hört nur Klassik, wir die Beatles. Sie spricht, wir hören, sie spricht, wir hören, sie spricht, wir hören, so viel wir können, und preisen ihre kleinen Gewohnheiten, die der Grund dafür sind, dass sie nur am Samstag ins Café kommt.

Thomas kommt wenige Minuten später mit ihr und immer noch ohne Croissants zurück. Sie setzen sich zusammen an einen Tisch und bestellen zwei Tassen Tee.

„Was Sie bräuchten, ist eine Katze."

„Eine Katze?"

„Ja, eine kleine Katze. Sie tut so gut, so eine Katze."

„Ja … vielleicht …"

Thomas hat seine Beute geködert. Er öffnet seinen Mantel und holt das Kätzchen heraus. Wir hatten nicht einmal bemerkt, dass es da war.

„Wenn Sie wollen, gehört es Ihnen."

„Das ist sehr nett … aber …"

„Aber was?"

„Nun ja … Ich will nicht zu anspruchsvoll erscheinen … aber streckt es nicht seine Zunge heraus?"

„Doch. Aber nicht jetzt … Sie ist eine Katze, die ihre Zunge maßvoll herausstreckt. Sie macht das nur im Privaten."

„Oh, sie ist gut erzogen!"

„Genau, so ist es."

Thomas legt ihr das Tier in die Hände. Die alte Dame ist entzückt und strahlt übers ganze Gesicht, was einer schönen Würdigung ihrer Krankenkasse gleichkommt, die Zahnkosten offenkundig besonders gut erstattet.

Nachdem die Katze untergebracht ist, kommt Thomas an unseren Tisch, wo ich gerade anfange, meine Sorgen bezüglich Concierge, Abfall und Tunnel zu erzählen. Sie trauen ihren Ohren nicht und mutmaßen, dass es sich um eine der Geschichten meines Großvaters handelt. „Bist du sicher, dass dein Tunnel nicht durch eine deiner Nudelgruben gebohrt wurde?" Ich schwöre, ich rechtfertige mich, ich füge alles Nötige an Details hinzu, um überzeugend zu sein, und achte darauf, nicht zu viel zu sagen, um Verdacht zu wecken. Sie bleiben skeptisch. Ich verspreche ihnen noch einmal, dass dies die Wahrheit ist und schlage ihnen vor, vorbeizukommen und sich selbst davon zu überzeugen. Wir verabreden uns für morgen Abend. Da haben wir Sonntag, und das Café wird geschlossen sein. Die ideale Gelegenheit.

Ich informiere Gérard, dass ich Gäste haben werde. Ich lege keinen Wert darauf, dass er sie zurückdrängt, ehe sie den Tunnel sehen konnten. Ihm gefällt diese Geschichte mit den Gästen gar nicht. Er fragt mich, ob es auch alles

Franzosen sind, ob alles mit ihnen in Ordnung ist, ob sie alle ihre Papiere haben, ob sie nicht kürzlich in ein feindliches Land gereist sind, ob sie sich nicht in irgendeinem tropischen Land eine Krankheit zugezogen haben, ob es unter ihnen kein illegales Paar gibt, ob die Männer keine Deserteure sind, ob sie ein Problem mit Alkohol haben (obwohl ein Schlückchen zwischen zwei Schlachten nie schadet), ob, ob, ob … Ich beruhige ihn, so gut ich kann, und denke, dass es mir recht gut gelungen ist, auch wenn es mich auch eine große patriotische Rede und eine Flasche Cognac (für das Schlückchen zwischen zwei Schlachten) gekostet hat.

Ich mache es mir mit *Zenos Gewissen* in meinem alten Sessel bequem, eine Zigarette im Mund und den Aschenbecher auf der Armlehne. Bei mir zu Hause habe ich keinen Spiegel. Ich bin nie auf die Idee gekommen, einen zu haben. Ich habe gelernt, mich ohne zu rasieren, anzuziehen, zu leben. Heute Abend hätte ich gerne einen gehabt. Einen großen Spiegel mir gegenüber an der Wand, auf der die Fliege nicht die Güte hatte, mir keinen noch so kleinen Tanzschritt zu schenken. Einen großen Spiegel, um zu sehen, ob ich meinem Großvater ähnele, als er in diesem Sessel hier saß, mit demselben Aschenbecher, um das gleiche Buch zu lesen. Ich bin nur ein wenig kleiner als er, und meine Haare sind noch nicht allzu sehr ergraut. Ich schließe die Augen und sehe sein Gesicht vor mir, seine Silhouette und die Rauchwolke, die seinem Mund entströmt und die ihn nicht ganz verhüllen kann. Um ehrlich zu sein, kenne ich sein Gesicht besser als meines, und ich vermag nicht zu erkennen, ob ich ihm ähnele.

Kapitel 17

Der Augenblick naht, in dem ich meinen Dämonen gegenübertreten muss. Ich kann nicht weiter um sie herumschleichen. Von jetzt an fühle ich ihren heißen Atem auf meiner Narbe, und ich habe einen Punkt ohne Wiederkehr erreicht. Svevo lässt seinen Helden sagen: „Das Leben ist weder schön noch hässlich. Ich finde es vielmehr originell." Meines hat im Hässlichen begonnen, aber Pierre-Jean bemühte sich, mir darin die Schönheit und das Schöpferische zu zeigen. Jedoch ist es dieses Hässliche, von dem ich mich heute befreien muss. Ich bin nicht Zeno, ich verstecke mich nicht hinter eigebildeten Krankheiten. Ich habe mich verloren, weil es ein Teil von mir wünschte, weil ich in diesem Geist erzogen wurde. Wenn ich heute meinen Schild sinken lasse, werden diese Erinnerungen mir wahrscheinlich einen Schlag mitten ins Gesicht versetzen. Erinnerungen, die zu lange verschüttet waren, mich aber unaufhörlich umkreisten. Ich bin nicht Zeno, ich habe keine Erfahrungen mit der Psychoanalyse gemacht. „Am Anfang einer Sitzung", sagt er, „hat man den Eindruck, einen Wald zu betreten, in dem man nicht sicher ist, ob man auf einen Freund oder einen Räuber treffen wird." Ich meinerseits weiß, dass es keine Freunde sind, denen ich begegnen werde.

Ich habe Angst. Ich sterbe vor Angst. Es ist eine seltsame Vorstellung, in den Kampf zu ziehen, wenn man sein eigener Gegner ist. Ich öffne eine Flasche Whisky, um beherzt ans Werk zu gehen. Es ist vielleicht nicht meine beste Waffe, aber der Krieg hat seine eigenen Gesetze. Ich weiß noch nicht, wie ich mich anstellen werde. Ich habe keine Methode. Oder vielmehr: Ich habe nur eine Methode. Die, die Pierre-Jean sein Leben lang gewissenhaft angewendet hat. Sich nicht mit der Wirklichkeit belasten, sondern die Gegenwart abwandeln, um die Vergangenheit zu vergessen. Wenn ich meinte, dass die Welt nicht schön genug sei, ich aber nicht in der Lage, sie zu verändern, könne mich niemand daran hindern, sie mir nach meinen Wünschen vorzustellen, hatte er mir erklärt. Er war nicht naiv. Er wusste, dass der Weg schwer war, und er wandte seine Prinzipien wortwörtlich an. Ich erinnere mich an den Tag, als wir zu einem Arzt gingen. Wir liefen durch dunkle Viertel, da die Sonne noch nicht geruht hatte aufzugehen und es stattdessen unablässig nieselte. Ich war kein Kind mehr, und ich wusste, dass ihn dieser Termin ängstigte. Nach langen Minuten der Stille begann er mir zu erzählen, was er sah. Er verwandelte die Gebäude in Gebirge, die roten Ampeln in bewaffnete Wachen, die abgesperrten Durchgänge in wacklige Stege, die Gehsteige in Wege, auf denen tausend Gefahren auf uns lauerten. Es war nicht seine Absicht, mich abzulenken, sondern er wollte sich während des Hinwegs einfach vergessen. Je näher er seiner Diagnose kam, desto stärker verwandelte er seine Umgebung, um sich besser darin zu verlieren.

Bis heute weiß ich nicht, ob es die beste Lösung ist, aber es ist die einzige, die ich kenne. Ich konsultiere keinen Arzt, ich fürchte keine Diagnose, aber ich muss in den Wald vordringen, um dort diese alten Räuber zu finden, die ich mit aller Kraft vergessen wollte. Und um mich damit auseinanderzusetzen, werde ich es auf Pierre-Jeans Art machen: Die Wirklichkeit ins Wanken bringen, die Umgebung verwandeln. Ich werde mich nicht in Verlegenheit bringen lassen von der Glaubwürdigkeit, diesem miesen bürgerlichen

Begriff, den er so sehr verabscheute. Und wenn ich aufs Ganze gehen muss, werde ich es tun.

Es ist zwanzig Uhr, als ich vor dem Café zu ihnen stoße. Wir brechen eine Art Konvention, denn bis jetzt versammelten wir uns immer rund um den gleichen Tisch im gleichen Raum. Wir sind ein wenig erstaunt, uns draußen zu sehen. Der Metallzaun ist vorgezogen, die Straße verlassen, ein Hund bellt. Lisa trägt einen leichten Mantel. Ich sehe sie nie im Mantel, nicht mal in einem leichten. Man könnte ohne den Tresen, der uns trennt, fast von einer Fremden sprechen. Ich halte kurz inne. Ich weiß nicht, ob ich ihr draußen einen Kuss zur Begrüßung geben oder die Hand schütteln soll. Weil ich zweifle, begnüge ich mich mit einem Gruß aus der Entfernung, den ich sofort bedauere. Das war die Gelegenheit, und ich habe sie nicht ergriffen. Sam und Thomas ihrerseits haben sie vielleicht ergriffen.

Wir wechseln ein paar kurze Worte. Wir wissen nicht wirklich, wie wir uns verhalten sollen. Ich spreche vor allem für mich: Thomas, die Hände in den Taschen vergraben, ist wie immer, und Sam, ganz in seinen Gedanken versunken, ist nur zur Hälfte bei uns. Lisa hüpft kaum wahrnehmbar von einem Bein auf das andere, wahrscheinlich um sich aufzuwärmen. Als wir uns in Bewegung setzen, scheint sie über den Asphalt zu gleiten. Ich hatte nie zuvor ihren Gang bemerkt: einen besonderen Rhythmus zwischen dem Rollen ihrer Schultern, dem Pendeln ihrer Arme und der Frequenz ihrer Beine. Ich schaue sie aus dem Augenwinkel an.

Wir erreichen meine Straße. Der Himmel ist dunkel und hängt tief. Wir bleiben abrupt stehen.

Männer und Frauen stehen auf jeder Seite des Gehsteigs und bilden ein Spalier. Am Ende steht Gérard auf der Höhe der Eingangstür zu meinem Wohnhaus in Habachtstellung. Meine Freunde zögern weiterzugehen. Ich gehe ihnen voran und deute ihnen mit einem Kopfnicken an, dass sie nichts zu befürchten haben.

Gérard kommt uns entgegen. Er erklärt uns, dass er erneut den Ordnungsdienst verstärken musste. Einer seiner Freunde hat in der Metro jemanden Deutsch sprechen hören. Und man weiß ja, wozu die fähig sind.

„Und die Zinnsoldaten?“, frage ich ihn.

Er verzieht sein Gesicht, wendet sich Richtung Himmel, ohne verhindern zu können, dass eine Träne seine Wange herunterläuft.

„Hier hat sich ein Drama abgespielt.“

„Was ist passiert?“

„Der Mieter aus dem vierten Stock. Er kam die Treppen heruntergerannt. Er war vor seiner üblichen Uhrzeit unterwegs. Ich hatte keine Zeit, zum Rückzug zu blasen. Er hat eine halbe Garnison vernichtet. Ein echtes Gemetzel.“

„Überlebende?“

„Sehr wenige. Und die Moral ist auf Tiefpunkt. Stellen Sie sich vor, eine Woche Belagerung ohne eine Bewegung, und als Dank für den erbrachten Dienst werden sie wie gemeiner Scheißdreck niedergemacht. Das ist widerwärtig!“

„ … “

„Entschuldigen Sie bitte. Für gewöhnlich pflege ich nicht ein solches Vokabular zu benutzen. Aber meine Männer haben etwas Besseres verdient.“

„Entschuldigen Sie sich nicht. Das ist ganz natürlich … Aber diese Leute hier … Werden sie lange bleiben?“

„Solange es die Situation erfordert.“

„Aha.“

„Sie können in Ihre Wohnung, sobald ich die üblichen Kontrollen durchgeführt habe.“

Wir holen also einer nach dem anderen unsere Papiere heraus. Bei Thomas verweilt Gérard länger und fragt ihn, ob er eventuell bereit sei, sich seiner Bürgerwehr anzuschließen, da er aufgrund seines Alters den Krieg mitgemacht habe. Thomas lehnt das Angebot ab, indem er das Spiel mitspielt, aber Probleme mit Hüfte und Armgelenk vorgibt, die ihn daran hindern, zu rennen oder eine Waffe zu halten.

Gérard ist enttäuscht, zeigt aber Verständnis und erklärt, dass sein eigener Bruder Plattfüße habe.

Die Passfotos entsprechen den Gesichtern, auch wenn Gérard Lisas neue Frisur absolut nicht gut findet. Er weist sie darauf hin, dass man zu viele äußere Veränderungen vermeiden solle, um die städtischen Sicherheitsdienste nicht zu verwirren. Ich versuche, ihre Ausweisfotografie zu erspähen, denn seit ich sie kenne, erinnere ich mich nicht, bei ihr eine neue Frisur bemerkt zu haben. Ich würde sie gerne sehen. Einfach so, um Lisa auf andere Weise schön zu finden.

Gérard kehrt uns den Rücken zu und gibt zwei Reihen von „Wachen“ das Zeichen, dass alles in Ordnung ist. Er steigt auf eine Weinkiste und ruft laut: „Die Leute, die im Begriff sind, das Gebäude zu betreten, sind unsere Freunde!“ Ein Flügelhorn ertönt, begleitet von einigen Posaunen. Lisa zuckt zusammen, Thomas wirft mir einen fragenden Blick zu. Ich bleibe stoisch: nichts Ungewöhnliches für den Augenblick. Zwei Frauen in weißen Tuniken treten hervor und führen einen orientalischen Tanz auf. Ein Kind umkreist sie und wirft Rosenblätter. Die Blechbläser spielen weiterhin ihre ohrenbetäubende Musik, die überhaupt keinen Bezug zu den Bewegungen der Tänzerinnen hat. Ein alter Mann in Jagdkleidung kommt hinzu, holt eine Taube aus seiner Umhängetasche und lässt sie ausfliegen. Die Szene ist recht hübsch. Der Vogel zögert einen Augenblick, ehe er losfliegt, verliert einige Federn, die kreiselnd zu Boden segeln, und beschließt letztlich, dass er sich oben am Himmel von Paris besser fühlt als unten in der Tasche eines alten Mannes, eingezwängt zwischen einer Tabakdose und einem Butter-Schinken-Sandwich. Er fliegt also davon und bekundet seine Freude, indem er seinen Darm entleert und damit den Zauber dieses Bildes bricht. Daraufhin nimmt der Jäger sein Gewehr hoch, legt es an, zielt und schießt. Der Knall hallt von den Häuserfassaden wider. Ein Bündel blutiger Federn fällt unter allgemeiner murmelnder Zustimmung vom Himmel.

Das Kind rennt in seine Richtung, um es im Flug aufzufangen, aber es ist nur noch Brei, und es kann nur noch einen Teil aufsammeln. Das Kind ist enttäuscht, aber erholt sich schnell davon: Es hatte keine Blütenblätter mehr und wirft deshalb ein paar Taubenkrümel auf die Schleier der Tänzerinnen. Diese mögen das und lächeln glücklich, während ihre Tuniken rot gesprenkelt werden. Eine der beiden niest, als sich eine Feder auf ihre Oberlippe legt.

Die Gesichter wenden sich nach oben: Ein Trapezkünstler befestigt ein Seil am Geländer eines Fensters im dritten Stock. Er taucht seine Hände in Talg, bläst hinein und lässt eine kleine weiße Wolke aufsteigen, die einige Sekunden in der Luft stehen bleibt, ehe sie sich auflöst. Der Trapezkünstler bereitet sich vor, er konzentriert sich und ist kurz davor, das Seil zu betreten. Stille legt sich über die Menge. Auf den Stirnen bilden sich Schweißtropfen, Oberteile werden unter den Achseln feucht. Zähne klappern, eine Zahnbrücke wird locker, eine Füllung bricht heraus, jemand verschluckt sein Gebiss. Eine Herzkranke stirbt an Erstickung, man organisiert eilig einen Trauerzug, das Buffet sollte gleich da sein. Der Trapezkünstler streckt einen Arm aus. Macht mit einem Bein einen Schritt. Streckt den anderen Arm aus. Nur noch ein Bein hält ihn an der Häuserwand. Er beginnt seine Nummer. Allgemeiner Aufschrei: Er fliegt geradezu. Beschreibt eine leichte und erhabene Kurve zwischen den Gebäuden, die sich gegenüberstehen. Gemurmel, Aufstöhnen, Ohnmachtsanfälle. Die Posaunen weichen den Querflöten, das Horn einem Cembalo, der Winter dem Frühling. Der Mann auf dem Trapez lächelt anmutig mit geschlossenen Augen. Als er sie wieder öffnet, will er sehen, wie die Gebäudefassade näherkommt. Alles ist geplant. Die Leute sind zuversichtlich. Der Mann lächelt nach wie vor. Die Wand ist nur noch wenige Meter entfernt, und er lächelt immer noch. Ein dumpfes Geräusch. Eine rote Spur an der Fassade auf Höhe des dritten Stocks. Ein wenig darunter, um genau zu sein. Der Trapezkünstler hängt da wie angeklebt. Er lächelt noch immer über das ganze Gesicht, obwohl er seine ganze Kraft aufwenden muss, überzeugend zu sein. Die Zuschauer erwarten die Fortsetzung der Nummer, die allerdings den Eindruck vermittelt, nicht fortgesetzt werden zu können. Der Mann versucht mit einigen Gesten, seine Position zu verlassen, aber er klebt tatsächlich fest. Da ist nichts zu machen. Ein Knall. Immer noch lächelnd taumelt der Körper, kippt zurück und löst sich schließlich von der Wand. Wie ein Ziegelstein zerschellt er am Boden. Unter seinem Schnauzer hervor pustet der Jäger die Rauchwolke aus dem Gewehrlauf seiner Waffe weg. Allgemeine Hurra-Rufe. Nicht jeden Tag lässt man eine Taube und einen Trapezkünstler abstürzen. Plötzlich fühlt der Jäger die Lust in sich, auf alles zu schießen, was sich bewegt: auf eine Ente, die humpelt, aber dennoch in Freiheit lebt, auf eine Sängerin aus Québec, einen Plüschbären, eine Konservendose, eine Postkutsche, eine Bank, einen Leprakranken, Schneewittchen und drei ihrer Zwerge, eine Wassermelone, den Traum eines jungen Mädchens. Ihr Prinz wird nicht zurückkehren, daran besteht jetzt gar kein Zweifel mehr.

Lisa, Sam und Thomas weisen Anzeichen einer gewissen Fiebrigkeit auf.

Ich signalisiere ihnen, mir zu folgen, aber sie sind zurückhaltend. Das anfängliche Ehrenspalier ist einem völligen Chaos gewichen, in dem selbst eine Katze ihre Jungen nicht mehr fände. Das ist auch ungefähr das, was sich zuträgt: Eine alte Dame, die mit einem Pelzmantel bekleidet ist, kriecht auf allen Vieren herum und quäkt: „Wo seid ihr, meine Kleinen?“ Lisa beugt sich zu ihr hinunter, um zu fragen, ob sie Hilfe benötige, und wirft einen entsetzten Blick auf vier abgezogene Fuchswelpen. Die alte Dame erklärt ihr: „Diesen Mantel habe ich selbst gemacht, aber jetzt fürchte ich, dass sich diese süßen Tierchen erkälten werden.“

In Zeitlupe gehen wir weiter und rutschen bei jedem Schritt fast auf dem Konfetti, den Teilen der Taube und des Trapezkünstlers aus, die auf dem Boden liegen geblieben sind. Ein kleines Mädchen singt ein Lied. Für ein Hüpfseil hat sie ihr Trampolin verlassen. Lisa schaut mich erstaunt an. Ich blinzle zu, was sie sogleich erwidert.

Meine Gefährten sind nun am Eingang des Tunnels. Die Absperrung ist geöffnet. Sie sind ganz überwältigt. Gérard, der uns gefolgt ist, beeilt sich, uns eine Touristenbroschüre zu reichen, und erklärt, dass wir auf Wunsch unseren Besuch hier von einem Fotografen verewigen lassen können. Die Aufnahmen werden für die bescheidene Summe von 40 Francs verkauft, wenn wir herunterkommen. Ich danke ihm höflich und erinnere ihn daran, dass ich Mieter bin und selbst einen Fotoapparat besitze.

Die Stufen knarren, und die Lichter blinken. Gérard hat zusätzlich eine Reihe von Lautsprechern aufgestellt, die Vogeltschilpen von sich geben. „Um den Feind zu täuschen“, erklärt er uns. „Wo Vögel singen, fallen keine Granaten.“ Die Treppen hinaufzugehen wird dadurch nur angenehmer. Wir steigen in gebückter Haltung hinauf.

Der Tunnel ruft die erhoffte Wirkung hervor. Lisa macht große, runde Augen. Thomas und Sam haben seit zehn Minuten kein Wort mehr gesagt, was zumindest für den ersten der beiden völlig ungewöhnlich ist. Eine Katze kratzt sich hinter dem Ohr. Im Erdgeschoss rülpst Gérard. Ein Schuh des Trapezkünstlers fällt wieder auf den Boden zurück, nachdem dessen Absatz die Spitze einer Wolke gestreift hatte.

Zum ersten Mal habe ich Gäste.

Wie ein Künstler, der gerade die Bühne betreten will, wie ein Schriftsteller, der dazu bereit ist, sein Manuskript lesen zu lassen, oder eher wie ein Jugendlicher, der seine Freundin in sein Zimmer einlädt, werde ich von einer Art Lampenfieber erfasst. Hier ist mein Zuhause, Pierre-Jeans Zuhause. Seit dreißig Jahren kam niemand hier herein. Ich lade meine Freunde ein, auf den Stufen vor der Wohnung Platz zu nehmen. Schließlich haben wir es nicht eilig.

Die Bahnfahrt schien mir eine Ewigkeit zu dauern.

Ich erinnere mich nicht mehr genau an unsere Ankunft in Paris. Ich erinnere mich an den Schmerz, den ich in Bezug auf mein Gesicht verspürte. Ich erinnere mich, dass ich zwischen den Binden, die mich schützten, nichts erkannte und dass mein Großvater mir alles beschreiben musste, was er sah. Er war völlig aus dem Häuschen angesichts der Idee, an die Orte zurückzukommen, an denen er meiner Großmutter begegnet war.

Wir waren an der Gare Austerlitz, glaube ich, angekommen. Da waren eine Menge Menschen und viele Stimmen. Die Leute sahen sich wieder und fielen sich in die Arme. Seit Kurzem war der Krieg vorbei. Es war wie ein großes Fest. Ich erinnere mich an den Klang eines Akkordeons, den Duft von heißen Maroni, die man grillte, und an das Lachen von Frauen. Genau so stellte ich mir Paris vor: überall Menschen, elegante Frauen mit großen Hüten, Männer im Anzug, andere mit Schirmmütze. Pfiffe, Rufe, Hurras und ein paar Tränen. Fliegende Händler, die ihren Krimskrams anpriesen. Das Paradies der Klänge, Geräusche im Übermaß.

Pierre-Jean kommentierte alles: die Farben, die Autos, die Leute, er ließ keine Einzelheit aus. Um ehrlich zu sein, ich glaube, er war aufgeregter als ich. Über diese Reise hatten wir kaum miteinander gesprochen. Wir waren eines Morgens einfach so mit zwei Koffern aufgebrochen. Einem großen für meinen Großvater und einem kleineren für mich. Beide waren leicht. Uns war fast nichts geblieben.

Wir steuerten das Hotel an, in dem mein Großvater für uns reserviert hatte. Wir verbrachten dort eine Woche, bis wir eine Wohnung gefunden hatten. Eine Woche voller Spaziergänge. Eine Woche voller Postkartenansichten von Paris: Notre-Dame, die Seine-Quais mit den Bouquinisten, Sacré-Cœur, die Maler auf der Place du Tertre. Pierre-Jean war dermaßen verzaubert, dass er gelegentlich vergaß, mich an die Hand zu nehmen.

Ich erinnere mich an den Nachmittag, den wir am Ufer des Canal Saint-Martin verbrachten, wo er in jeder Gasse darauf gefasst war, Arletty und das Hôtel du Nord zu entdecken.

In dieser Filmumgebung fand er wirklich wieder Geschmack am Leben. Den ganzen Tag lachte er. Als ob er eine Seite umgeblättert habe, ein neues Leben beginne. Und wir besichtigten Wohnungen. Weder die erste, noch die zweite, noch die dritte war die richtige. Aber wir mussten zu einer Entscheidung kommen. Wir trafen sie bei der fünften Besichtigung. Wir hatten nicht viel Geld, deshalb wichen wir auf eine ganz kleine Unterkunft aus. Das war unser Zuhause. Ein Zuhause mit geblümter Tapete, ein altmodisches Zuhause. Ein Zuhause mit einem Zimmer mehr, als wir benötigten. Um darin gar nicht so wenige Dinge zu verstauen. Um darin einem alten Spülbecken und einem roten Fisch Unterschlupf zu gewähren.

Während ich nach dem Schlüssel tief unten in meiner Tasche suche, lehnen sich meine Gefährten über das Geländer, um auszumachen, bis zu welcher Höhe sich die Abfälle stapeln. Sie drücken ihre Hand fest aufs Gesicht, um sich vor dem Geruch zu schützen, an den ich mich schon gewöhnt habe. Je nach Wochentag verändern sich die Nuancen. Ich konnte auf diese Weise feststellen, dass in meinem Haus die Tradition des Fischessens am Freitag noch in Ehren gehalten wird.

Da sind wir. Immer noch schweigend folgen sie mir in die Wohnung. „Kaffee?“ Ich hole eine Whisky-Flasche heraus und schenke vier Gläser voll. Wir stehen in dem kleinen Zimmer, das mir als Wohnzimmer, Esszimmer und ein wenig als Zimmer für alles dient. Sie schauen jeden Gegenstand eingehend an, jede Fotografie, die an die Wand geheftet ist. Vor allem Lisa ist von meiner Sammlung fasziniert. Sam und Thomas schauen sich aufmerksam und mit fragendem Blick um.

Ruinen. Fotografien von zerstörten Häusern, unscharfe Bilder in Schwarz-Weiß. Ein verbrannter Gasherd. Ein verkohltes Auto. Verlassene Straßen.

Die Tür des Raumes am Ende des Ganges steht offen. Meine Schals haben ihren Platz wieder eingenommen, sorgfältig zusammengelegt und gestapelt, wie die verschiedenen Schichten meines Lebens. Ich erinnere mich nicht daran, sie weder wiedergefunden, noch sie aufgeräumt zu haben. Und ebenso wenig, die Käfige weggeworfen zu haben, die sie noch vor wenigen Tagen einsperrten.

Das Geräusch eines Vogels, der ans Fenster klopft, lässt uns aufschrecken. Ich mag es nicht, wenn Vögel ans Fenster klopfen: In meiner Familie gilt das als Ankündigung des Todes. Es gibt Zeichen, denen man nicht ausweichen kann. Der Vogel ist groß und bunt. Ich habe ihn noch nie gesehen. Es sieht aus wie ein Vogel aus Lateinamerika, wie man ihn in den Büchern von Gabriel García Márquez findet. Ich öffne ihm. Wahrscheinlich hat er genug von dem Tumult im Freien, genug von dem Jäger, der auf alles, was sich rührt, schießt. Er hat wahrscheinlich genug von der Metro und den Zeitungsverkäufern. Ich hole ein fünftes Glas heraus. Es gibt keinen Grund, warum er nicht auch an unserem Abend teilnehmen sollte. Außerdem sträubt er sich nicht, als ich ihm seinen Whisky reiche.

Wir setzen uns endlich hin, stoßen an und heben die Gläser an unsere Lippen. Thomas schnuppert. Er liebt Whisky. Übrigens ist er der Einzige, der sich damit auskennt, und ich habe die Flasche für ihn ausgesucht. Zigaretten werden angezündet. Der Vogel lehnt Sams Angebot ab: Er hat gerade aufgehört, und Rauchen ist weder gut für den Atem noch für das Fliegen in großer Höhe.

Vereinzelte Stimmen dringen von der Straße zu uns hoch. Ein Ball prallt an der Hauswand ab. Ich lehne mich ans Fenster. Gérards Bürgerwehr liefert sich ein Fußballspiel. Auf den ersten Blick sind alle Schüsse erlaubt und Stichwaffen zugelassen. Trotzdem eine schöne Partie, in der die Abseitsregel auf sehr willkürliche Weise angewendet wird. Viele Tore, einige gut aufgebaute Aktionen. Wenn der Jäger nicht weiterhin sein Übermaß an Ehrgeiz unter Beweis stellt, ist darauf zu wetten, dass sie sich in Richtung eines Monster-Ergebnisses bewegen. Auf die Schnelle wurden Sitzreihen aufgestellt, und das Publikum genießt das Schauspiel. Einige Scharmützel sind zu bemerken, aber alles in allem ist die Stimmung heiter. Gérard, der nur die Farben der Republik zulässt, konfisziert sofort die Fahnen, die geschwenkt werden.

Meine Freunde sind zu mir herübergekommen. Wir rauchen am Fenster und nutzen die Gelegenheit, um dem Spiel ein paar Minuten lang zuzuschauen. Bis der Jäger beschließt, ihm ein Ende zu setzen, indem er mit einem gut gezielten Schuss den Ball erledigt. Der Mann ist stolz, aufrecht, zielgenau. Wir nehmen unsere Plätze wieder ein. Der Vogel gibt nicht den kleinsten Kommentar ab. Durch das Fenster hört man noch den Lärm von den Sitzreihen, die sich langsam leeren.

Ehe es still wird, beuge ich mich zu meiner Stereoanlage und lege die erste Platte des *White Album* der Beatles auf. Ich peile mit dem Arm des Plattenspielers direkt *Dear Prudence* an. Von den ersten Gitarrentönen an entspannt sich Lisas Gesicht. Sie blickt mich an und lächelt endlich. Wir alle lauschen dem Song wie in religiöser Andacht. Es gibt Songs, die zu unterbrechen frevelhaft wäre. Und schließlich haben wir es nicht eilig. Die Nacht ist lang, und ihre Langsamkeit schreckt mich nicht.

Ich weiß nicht, wie viel Zeit ich im Krankenhaus verbracht habe. Mehrere Wochen, vielleicht zwei Monate. Woran ich mich erinnere, sind die langen durchwachten Nächte, in denen ich darauf wartete, dass der Schmerz vergehen möge. Die Erleichterung, wenn ich am Morgen die Schritte der Krankenschwestern hörte, die kamen, um mich zu beruhigen.

Ich erinnere mich weder an meine Ankunft, noch an die ersten Tage, die ich dort verbrachte. Eines Morgens wachte ich auf. Ich sah nichts. Es waren zuerst Klänge, die zu mir drangen. Gedämpfte Klänge. Es war unmöglich, mich zu bewegen. Mein ganzer Körper schmerzte. Mein Kopf war so heiß. Nicht wie bei Fieber. Mehr so, als ob man eine Mahlzeit aus dem Ofen holt. Eine sehr heftige Hitze, die nicht verging. Mehrere Male erwachte ich und schlief wieder ein. Ich war so müde, dass ich keine Kraft hatte, ängstlich zu sein. Ich wusste nicht, wo ich war, mit wem ich da war, bis ich die Stimme meines Großvaters hörte. Er sprach mit einer Dame. Sie machten einen traurigen Eindruck, aber es gelang mir nicht, sie zu fragen, warum. Ich schlief sofort wieder ein.

Die Zeit verging, und ich konnte ein wenig Licht durch einen Schleier sehen. Ich konnte meine Hände ans Gesicht führen. Es war von einem Verband bedeckt. Vielleicht meine Hände ebenso. Die Berührung war seltsam. Weich und seltsam … schwer zu erklären.

Als man bemerkte, dass ich erwacht war, führte man einen kleinen Schlauch in meinen Mund. Eine süße Flüssigkeit floss hindurch. Die war nicht sehr gut, aber ich hatte nicht die Kraft, mich dagegen zu wehren. Deshalb habe ich sie geschluckt wie eine Gans, die man stopft. Meine Mundwinkel schmerzten fürchterlich, und ich hätte gewünscht, der Schlauch wäre noch kleiner gewesen.

So verbrachte ich lange Tage, an denen ich nichts sah und so ziemlich alles hörte. Mein Großvater hatte mir erklärt, was sich zugetragen hatte, ohne zu viele Einzelheiten zu erzählen. Die Verbände würden noch einige Zeit auf meinem Gesicht bleiben. Danach sähe ich aus wie neu. Das war es, was er mir damals sagte.

Ich hatte überall Verbände. Auf dem Rumpf, natürlich auf dem Gesicht, aber auch auf der Schädeldecke und den Unterarmen. Jeden Morgen wurden sie abgenommen, um mir ungefähr eine Tonne Heilsalbe aufzutragen. Damit es weniger weh tat, gab man mir kurz davor eine Spritze. Die

Krankenschwester war sehr nett. Sie redete immerzu mit mir, während sie ihre Arbeit machte. Ich fühlte fast nichts mehr und hatte den Eindruck, sehr leicht zu sein. Tatsächlich mochte ich diese Augenblicke ganz gerne, zumal die Krankenschwester sagte, ich sei ein kleiner, sehr mutiger Junge. Ich mochte es, dass sie das sagte, aber ich mochte noch lieber, wenn sie es meinem Großvater sagte, wenn er ins Zimmer zurückkehrte, nachdem sie den Verband gewechselt hatte. Er räusperte sich. Ich spürte ihn ganz in meiner Nähe. Mehr als einmal wollte er mir mit der Hand durch die Haare fahren, aber er traf auf den Verband und begnügte sich damit, ihn nur leicht zu berühren.

Alle waren nett zu mir, aber die Ärzte konnten mir nur wenig Zeit widmen, während die Krankenschwestern mich verwöhnten. Man muss dazu sagen, dass ich das einzige Kind im Krankenhaus war. Ich durfte ein Einzelzimmer haben. Oder vielmehr eine geräumige Abstellkammer, die gerade so groß wie ein Bett für meine Größe war. Mir war das gleich. Die Schreie aus den anderen Zimmern, die über den Flur hallten, reichten mir. In der Nacht weckte mich manchmal Gebrüll. Ich hatte Angst. Angst, Schmerzensschreie zu hören. Angst, weil ich nichts sah.

Mein Großvater durfte nicht im Krankenhaus schlafen. Eines Abends versuchte er, sich unter meinem Bett zu verstecken, um die Nacht an meiner Seite verbringen zu können. Aber als die Krankenschwester hereinkam, um mir die Medikamente für den Abend zu verabreichen, stieß er sich am Lattenrost und machte einen Höllenlärm. Hustend kam er aus seinem Versteck heraus und entschuldigte sich, wobei er so tat, als hätte er etwas verloren. Die Krankenschwester schimpfte mit ihm, wie man mit einem Kind schimpft, das eine Dummheit begangen hat, die nicht sehr schlimm ist. Sein Plan war fehlgeschlagen, und ich verbrachte eine weitere Nacht allein.

Er saß am Fuß meines Bettes und las mir die Schlagzeilen der Zeitungen vor. Die Alliierten rückten vor, aber das dauerte. Es dauerte lange. Mein Großvater erklärte mir ihre Route, die Städte, die sie einnahmen. Er beschrieb mir die Ruinen. Er erzählte mir von den Amerikanern. Ich hatte den Eindruck, an ihrer Seite zu sein. Es gab viele Tote und viele Zerstörungen, aber die Deutschen flohen. Ich fühlte, wie traurig er war. Er hatte Mühe zu lesen und nicht mehr die Kraft, sich über das Ende der Besatzung zu freuen.

Ich erinnere mich an den Tag, an dem ich das erste Mal sehen durfte. Ich hoffte, dass man meine Verbände vollständig abnehmen würde, aber man begnügte sich damit, einen Abstand zwischen zwei Binden zu lassen, um meinen Augen Luft zu gönnen. Es war dunkel im Raum. Als ich jedoch zum ersten Mal die Lider öffnete, fühlte es sich wie eine erneute Verbrennung an. Ich brauchte einen Moment, aber nach ein paar Minuten erahnte ich erste Formen. Vor allem die meines Großvaters, der nicht wusste, wie er sich auf mein Bett setzen sollte. Sein Rumpf kauerte auf dem beschränkten Platz, bemüht, mich nicht zu stören. Ich sah ein Schattentheater: seinen Haarschopf, seine gebogene Nase und seinen dünnen Oberlippenbart, seine mageren Arme, von denen sich einer auf das eiserne Bettgitter stützte und der andere auf seinem Schenkel ruhte. Obwohl ich seine Gesichtszüge nicht erkennen konnte, wusste ich, dass er mich anschaute. Wahrscheinlich lächelte er mich sogar an. Er sagte nichts, aber ich hörte seinen Raucheratem.

Die Tage gingen dahin, und ich sah immer besser. Ich konnte weder lesen, noch mich lange auf irgendetwas konzentrieren, aber ich entdeckte die Gesichter zu den Stimmen, die mich seit meiner Ankunft in ihrem Klang gewiegt hatten.

Das Gesicht meines Großvaters war um mehrere Jahre gealtert. Er sah mitgenommen aus und seine Augen strahlten eine unergründliche Traurigkeit aus. Es gelang ihm nicht, glücklich auszusehen, auch wenn seine Stimme versuchte, dies glauben zu machen.

Der Arzt, den ich mir groß und jung vorgestellt hatte, war in Wirklichkeit ein kleiner, korpulenter Mann. Er hatte keine Haare mehr, dafür eine große Brille, die sein Gesicht beherrschte. Seine Augenbrauen schienen unaufhörlich zu tanzen. Es erschöpfte mich, sie in meinem Sichtfeld zu haben, und ich hörte schnell auf, sie anzuschauen. Wenn der Arzt in mein Zimmer kam, richtete ich meine Augen nur noch auf seinen Bauch. Die Knopfleiste seiner Hose war ein Folterinstrument, dessen einziges Ziel es war, seinen Magen zu blockieren. Ich dachte, er wolle verhindern, dass sein Mittagessen in die Tiefen seines Bauches gelange. Sein Körper bestand aus zwei Kugeln, die zu beiden Seiten seines Gürtels saßen. Ich musste mir einfach vorstellen, was passierte, wenn er die Knöpfe öffnete: Wurde sein Körper zu einer Kugel, oder behielt er die gleiche Form, da er daran gewöhnt war, zweigeteilt zu sein?

Die Krankenschwester am Morgen war ebenfalls nicht so hübsch wie in meiner Vorstellung. Sie ähnelte einem Stelzenläufer, der zufällig vorbeigekommen war, nicht wusste, wo er landen sollte und sich im letzten Augenblick für den Hof des Krankhauses entschieden hatte. Sie ging mit großen Schritten und schien sich in der Enge meines Zimmers unwohl zu fühlen. Wenn die Tür zum Flur offen war, sah ich sie von Zeit zu Zeit vorbeikommen, so luftig-leicht, als wollte sie gleich abheben. Ich hatte immer Angst, dass sie mich durch ein Fenster verließe und nicht wiederkomme.

Was mein Gesicht anging, so durfte ich es immer noch nicht ansehen. Man erklärte mir, dass es besser sei, noch ein wenig zu warten. Und dass meine Augen auch geschädigt worden seien und ich sie nicht ermüden solle. Aber ich hatte genug vom Nichtstun. Genug von den Schmerzen. Mit der Zeit verringerte man meine Medikamente, und die Schmerzen nahmen zu. Ich hatte den Eindruck, es höre niemals auf.

Draußen herrscht endlich Stille. Der große Vogel hat sich auf meinen Sessel fallen lassen, und wir flüstern, um ihn nicht aufzuwecken. Wir wissen nicht viel von ihm. Auch von ihm nicht.

„In meinem Roman“, murmelt Thomas, „gibt es auch einen großen Vogel. Aber er ist schwarz-weiß. Die anderen mögen ihn nicht, weil er keine Farben hat. Deshalb geht er auf die Suche, um seine Federn bunt zu färben. Auf seinem Flug begegnet er anderen Tieren, denen etwas fehlt.“

„Was zum Beispiel?“, frage ich ihn.

„Oh, da gibt es vieles. Einen Elefanten ohne Rüssel, einen Tiger ohne Streifen, ein Walross ohne Zähne. Da ist auch ein Kamel, das nur einen Höcker hat und darunter leidet, dass es für ein Dromedar gehalten wird.“

„Haben die Dromedare bei den Kamelen einen schlechten Ruf?“

„Darüber weiß ich nicht Bescheid, aber ich stelle mir vor, dass sie es schon etwas gemein finden müssen, nur einen Höcker zu haben. Na ja, zumindest das Kamel, um das es geht, kommt schlecht mit der Situation zurecht, aber das liegt mehr an seiner Persönlichkeit als Kamel.“

„Und findet dein Vogel seine Farben?“, fragt Sam, der den Eindruck gemacht hatte, gar nicht zuzuhören.

„Eigentlich findet er sie nicht. Sie sind alle belegt. Also verzweifelt er ein wenig … Er durchlebt eine Art Vogeldepression. Das sind aber nicht mehr als zehn Seiten. Sonst würde es zu anstrengend für den Leser.“

„Du wirst den Roman also zum Lesen freigeben?“, jubelt Lisa.

„Das kann ich noch nicht sagen. Aber es ist nicht unmöglich.“

„Deine Geschichte hört so auf? Der Vogel findet seine Farben nicht, wird depressiv und basta?“

„Nein, nein, er setzt seine Suche fort.“

„Aber … dann ist das eine Art philosophische Erzählung?“

„Nein, das ist einfach eine Geschichte. Einfach so, ohne Anspruch. Ich habe nicht versucht, eine Botschaft zu vermitteln. Ich habe mich darauf beschränkt, eine Geschichte zu erzählen."

„Und findet er am Ende seine Farben?"

„Im Grunde findet er sie nicht, aber er macht eine andere, noch viel sensationellere Entdeckung: eine neue Grundfarbe."

„Wie bitte?"

„Ja, vorher gab es Gelb, Blau und Rot ... und er entdeckt eine neue Farbe. Ausgehend von ihr wird er Hunderte andere Farben durch Mischen herstellen können. Das bietet ihm unendliche Möglichkeiten. Darum ist er nicht nur der einzige Vogel mit solchen Farben, sondern auch die einzige Tierart, die daraus ihren Nutzen ziehen kann."

„Das ist aber nicht möglich!"

„Was ist nicht möglich?"

„Die Sache mit der neuen Grundfarbe. Das ist wissenschaftlich unmöglich ... Zumindest denke ich das, oder? Sonst hätte man sie doch schon gefunden."

„Aber das ist völlig egal! Meinst du, es gibt einen Vogel, der Farben sucht, um sich seine Federn zu färben?"

Auf der Straße beginnt die Musik wieder leise zu spielen. Eine Geige, dann eine weitere und noch eine dritte. Das *White Album* hat gerade aufgehört, und so müssen wir nichts Neues suchen. Und ausnahmsweise spielen die Musiker gut. Einige Nachbarn werfen ihnen Geldstücke zu, die auf dem Pflaster abprallen. Die Münzen fallen im Rhythmus. Ein Scherenschleifer schließt sich den Musikern an und bringt eine Klinge an einem Schleifstein zum Kreischen. Klingt wie die Rückkopplung bei einer elektrischen Gitarre. Der Effekt wirkt erstaunlich gut, aber der Vogel schreckt aus dem Schlaf hoch, schlägt mit den Flügeln, stößt sich an der Hängelampe und verliert ein paar Federn. Benommen fällt er zu Boden.

Ich gehe in die Küche und hole ihm Wasser und Eis. Bis ich zurückkomme, ist das Tier wieder bei sich. Die Musik auf der Straße wird lauter. Leute singen und tanzen. Einige beschweren sich über die Münzen, die ihnen auf den Kopf geworfen werden.

„Ich hatte einen seltsamen Traum“, sagt das geflügelte Tier zu uns.

„Ich wusste nicht, dass Vögel träumen“, lächelt Lisa.

„Natürlich träumen Vögel.“

„Und was träumen sie so?“

„Oh, wie die Menschen, wir träumen, dass wir fliegen.“

„Das ist alles? Aber ihr könnt fliegen. Das ist doch gar nicht interessant!“

„Die Träume sind nicht dafür gemacht, interessant zu sein. Man kann uns immerhin nicht dazu verpflichten, davon zu träumen, dass wir zu Fuß gehen.“

„Ja, ja, natürlich … Und wovon träumst du noch?“

„Von allem ein wenig … Ich kann kein genaues Beispiel geben. Manchmal träumt man vom Essen, manchmal von der Liebe.“

„Das ist nicht wahr, oder?“

„Pah, doch, warum nicht? Aber das sind lauter kleine Träume.“

„Und das war jetzt dein seltsamer Traum?“

„Nein. Ich träumte, ich war in einem Schwarz-Weiß-Film, aber hatte erstaunlicherweise meine Farben behalten. Ich flog durch eine zerstörte Landschaft. Über eine zerstörte Stadt, in der niemand mehr lebte. Jedoch hörte man Weinen. Das Weinen eines Kindes und das eines Mannes. Sie waren nicht beieinander, aber ihr Weinen antwortete sich gegenseitig von einem Ende der Stadt zum anderen. Ein Traum, der dir die Federn gefrieren lässt. Ich flog weiter und weiter auf der Suche nach dem Kind. Aber ich konnte es nicht ausfindig machen. Da war zu viel Rauch. Die Stille wurde von einigen Explosionen durchbrochen. Da war auch Motorenlärm, aber weit entfernt.“

Während er uns seinen Traum erzählt, rollt eine Träne seinen Schnabel hinunter. Seine Füße, die nicht auf den Boden reichen, bewegen sich nervös und beschreiben seltsame Bögen in der Luft des Wohnzimmers. Lisa steht auf und nimmt ihr Glas in beide Hände. Sie geht zu einer Wand und schaut die Fotos, die dort hängen, ganz genau an. Sie verharrt schweigend. Auf der Straße versuchen sich die Musiker an einem Walzer. Dem Scherenschleifer gelingt es, schöne Kratzeffekte herauszuarbeiten. Die Münzen werden seltener, und einige herabfallende Scheine streicheln die Köpfe der Musiker.

„Also ist es das?“, fragt mich Lisa.

„Ja, das ist es“, antworte ich ihr.

„Das ist was?“, murmelt Sam.

„Da, wo du gelebt hast“, fährt Lisa fort.

„Und die Fotos? Du hast uns nie von dieser Sammlung erzählt …“

„Die Fotos … sind von dort, wo ich herkomme.“

„Und wo ist das?“

„Dieses hier, das ist in Bordeaux.“

Ich konnte endlich das Krankenhaus verlassen, um bei Leuten zu wohnen, die ich nicht kannte. Sie hießen Jeannine und Lucien und hatten ein kleines Haus in Bordeaux. Sie hatten sich freiwillig gemeldet. Wir konnten nirgendwohin, und ich sollte jeden Tag zweimal zur Behandlung ins Krankenhaus. Bei ihnen schlief mein Großvater, seit ich im Krankenhaus lag. Zweimal am Tag durchquerte er die Stadt, um mich zu besuchen.

Als Kind, das noch nie sein Dorf verlassen hatte, fand ich die Stadt riesig. Ich glaube, das lag daran, weil es ein Krankenhaus gab, das vom Krieg verschont geblieben war. Es ist ziemlich befremdlich, irgendwo zu sein, ohne sich an die Ankunft zu erinnern.

Diese Zeit ist in meiner Erinnerung recht unscharf. Man verabreichte mir viele Medikamente, damit ich nicht zu sehr unter den Schmerzen litt. Jeannine und Lucien bedauerten alles. Was mir zugestoßen war, was ihnen zugestoßen war, alles. Nichts war mehr in Ordnung. Sie verbrachten ihre

Zeit damit, mich zu bedauern und sich zu entschuldigen, als ob sie für etwas verantwortlich gewesen seien. Ich wusste nicht, was antworten. Ich begnügte mich mit einem „Danke“. An den ersten Tagen beschränkte sich unsere Unterhaltung auf „Entschuldigung – Danke – Entschuldigung – Danke“.

Erst später begannen wir, uns besser kennenzulernen. Lucien schien derjenige zu sein, der sich am meisten um mich sorgte. Man muss sagen, dass mein Großvater während dieser Zeit auch nicht mehr sprach. Er nahm mich in seine Arme und hielt die Laute, die seinem Mund hätten entweichen können, zurück. Später erklärte er mir, dass er nichts zu sagen gehabt habe. Wir hatten Dinge erlebt, die man Kindern nicht erklären kann. Dinge, die selbst Erwachsene nicht verstehen können. Deshalb verharrte er bewegungslos, richtete die Augen ins Ungewisse und hielt seine Tränen zurück.

Lucien nahm mich mit. Ich durfte nicht allzu weit weg, aber wir gingen bis zum Park in der Nähe ihres Hauses. Ein Spaziergang von ein paar Minuten, in denen er mich an der Hand hielt. Er sagte, dass ich ihn an seinen Sohn erinnere. Ich hatte ihn nur auf einem Foto gesehen. Auf einem alten Foto, auf dem er nicht viel älter war als ich. Er war aus dem Krieg nicht heimgekehrt. Aus dem letzten Krieg, aus dem, der gerade zu Ende ging. Es gab ein anderes Foto, auf dem er in Uniform neben Lucien stand. Beide lächelten, und im Hintergrund trug Jeannine einen Korb mit irgendetwas. Blumen oder Früchten. Ich weiß es nicht genau. Er hieß Justin. Er sollte Grundschullehrer werden. Aber er war in den Krieg gezogen, ehe er seine erste Klasse unterrichtet hatte.

Lucien erzählte mir aus seinen Erinnerungen, und ich hörte ihm zu. Wegen des Schmerzes konnte ich nicht allzu viel sprechen. Um zu zeigen, dass ich allem folgte, was er sagte, nickte ich mit dem Kopf, aber selbst das tat weh.

Das Schlimmste war das Essen. Ich ernährte mich nur von Suppe. Mit einem Strohhalm. Jeannine bereitete sie zu. Sie verwendete viele verschiedene Gemüsesorten, vor allem aber Kartoffeln, die im Strohhalm stecken blieben. Ich musste mit meiner ganzen Kraft saugen, und das ließ meine Schmerzen wieder aufleben. Um die Atmosphäre aufzulockern, erklärte uns Lucien, dass Kartoffeln typisch deutsches Essen seien und sie deshalb schmerzten.

Ihr Haus ähnelte in etwa dem, worin ich in meinem Dorf gelebt hatte. Später erfuhr ich, dass man diesen Haustyp in Bordeaux „Échoppe“ nannte. Einen großen Raum zur Straße hin und einen kleineren nach hinten, soweit ich mich erinnere. Da war auch ein kleiner Garten. Klein für jemanden, der es gewohnt war, auf dem Land zu leben. Die beiden waren sehr stolz darauf. Sie arbeiteten hart, um einen kümmerlichen Rasen und ein paar Blumen wachsen zu lassen. Wenn es abends mild war, stellten sie einen Metalltisch und vier Stühle hinaus. Wir verharrten still, um dem Rauschen des Windes in den Zweigen und dem Gesang der Vögel zuzuhören.

Ich mochte das Häuschen gerne, aber es gab dort keinen einzigen Spiegel. Ich weiß nicht, wie sie es anstellten, sich zu kämmen. Eines Tages suchte ich einen Spiegel, um zu schauen, wie mir ein Anzug steht, den sie mir geschenkt hatten. Ein Anzug, der ihrem Sohn gehört hatte. Ich ging ins Esszimmer, in mein Zimmer, in das meines Großvaters und schließlich ins Bad … Kein Spiegel. Alle waren entfernt worden.

Wenn ich abends aus dem Krankenhaus, in das ich immer noch zu meiner täglichen Behandlung ging, zurückkam, setzten wir vier uns um den Tisch, und nach dem Abendessen lasen sie mir reihum eine Geschichte aus einem alten Buch vor, das sie aus ihrer Bibliothek geholt hatten. Ich hatte noch nie so viele Bücher gesehen. Dutzende über Dutzende. Bücher in allen Farben und Formaten. Natürlich konnte ich damals noch kaum lesen, und zwischen den Binden, die mein Gesicht bedeckten, hindurchzuschauen, war eine anstrengende Übung. Aber ich ließ oft meine Finger über die vergilbten Buchschnitte gleiten und entzifferte die Titel. Da war einer, der meine Aufmerksamkeit auf sich zog. Es war *Das Chagrinleder* von Balzac. Ich fand, dass etwas mit *Kummer* und *Haut* sehr gut zu meinem Zustand oder zumindest dem meines Gesichtes passte. Einmal entschloss ich mich, das Buch zu öffnen, aber die Schrift war sehr klein und dicht gedrängt. Es zu lesen war zu schmerzlich, und ich habe es nach einigen Zeilen sein lassen.

Gegen Ende meiner Genesungszeit verließen Lucien und ich immer häufiger das Haus. Er sagte, er „ersticke" in seinen vier Wänden und müsse frische Luft schnappen gehen. Wir gingen bis zur Garonne, die man hinter den Gittern des Hafens erkannte. Er erklärte mir, dass Bordeaux früher einer der größten europäischen Häfen gewesen sei. Dass Leute aus der ganzen Welt hierherkamen. Man verschickte Wein nach England und ließ Sklaven kommen ... Da lagen riesige Schiffe, es wimmelte von Menschen. Schreie, Beschimpfungen. Kisten, die entladen wurden, die Bewegung der Kräne, Taue. Stege, die hinauf- und hinunterführten. Der Gesang einiger Seeleute, die Seufzer vor der Abfahrt.

Ich schaute die Gitter an und sah nur Stille. So weit das Auge reichte. Nichts. Leere Steinplatten, verlassene Lagerhäuser. Kein Grund zu träumen. Nichts, das einen Vorgeschmack auf Exotik und Reisen gab.

Dennoch kam ich sehr gerne zum Port de la Lune. Zum Mondhafen. Hübscher Name für einen so trostlosen Ort. Es war kurz nach dem Krieg, und ich bezweifle, dass ich viele Orte in Frankreich gefunden hätte, die Fröhlichkeit ausstrahlten. Ich sah das Leben durch den Spalt meines Verbandes hindurch. Ich durchstreifte die Stadt und entdeckte sie durch zwei Horizonte, die zu eng beieinanderlagen. Ich hob den Kopf, um die Fassaden aus Stein zu erblicken.

Dort erlebte ich meine ersten Tage der Freiheit. Ich hatte die Freuden der Befreiung nicht gekannt. Für mich hatte sich alles in einem Zimmer im Krankenhaus abgespielt, und ich kannte das Kriegsende nur aus den Erzählungen anderer. Also nicht besonders gut. Ich hatte Gesprächsfetzen vernommen, das Geräusch von Flaschen, die man entkorkt hatte, Schreie, Lachen und Tränen. Mancherorts war es schrecklich. Lucien hatte mir ein oder zwei Frauen gezeigt, die mit eiligem Schritt und gesenktem Kopf gingen, um den sie trotz der Wärme fest einen Schal gebunden hatten. Als ich ihn fragte, warum sie so gekleidet seien, antwortete er mir traurig, dass man ihnen die Haare abrasiert habe, weil sie während des Krieges etwas Schlechtes getan hätten.

An den Wänden gab es keine Aushänge mehr auf Deutsch. Keine Hakenkreuzfahnen mehr. Doch die Warteschlangen vor den Geschäften und die traurigen Gesichter blieben. Im Grunde hatte sich nicht viel geändert. Außer für mich, der vor diesem Jahr 1945 noch nie durch die Straßen von Bordeaux gestreift war.

Ich liebte es, durch die Straßen zu laufen. Eine große Stadt. Eine große Stadt wie in den Büchern. Stundenlang konnte man auf den Bürgersteigen laufen, ohne je einen ungepflasterten Weg nehmen zu müssen. Das war für mich exotisch. Es war betörend. Wir liefen, Lucien sprach, und ich versuchte, so viele Dinge wie möglich anzusehen. Alles, was sich in den paar Zentimetern meines Gesichtsfeldes abspielte.

Während dieser Zeit sah ich meinen Großvater etwas seltener. Er hatte Termine, kümmerte sich um unsere Zukunft. Manchmal ging er für vier oder fünf Tage weg, ohne abends zurückzukommen, um Freunde zu treffen, die ihm eine Arbeit besorgen konnten.

Lucien und Jeannine besaßen ein kleines Haus am Becken von Arcachon. Geerbt oder etwas in der Art. Im Sommer gingen sie dorthin oder am Wochenende, aber der

Weg war weit. Sechzig Kilometer, das war eine kleine Expedition. Sie hatten mir schon mehrfach davon erzählt und versprochen, mich mitzunehmen, sobald die Ärzte einverstanden wären. Ein Winter verging, ein Frühling ebenfalls. Der Sommer kam pünktlich, und die Ärzte befanden, dass mein Zustand einen Ortwechsel erlaubte, vorausgesetzt, ich sei vorsichtig und dächte daran, den Verband zu wechseln und meine Medikamente einzunehmen. Als ob es möglich gewesen wäre, sie zu vergessen.

Es war das erste Mal, dass ich das Meer sah. Ich war vorbereitet auf seine riesige Ausdehnung, auf seine Unendlichkeit und auf alles, was man über das Meer lesen kann. Was mich aber am meisten beeindruckte, waren der Geruch und die Geräusche. Die Geräusche vor allem. Diese Mischung von Klängen kannte ich nicht. Den Klang der Wellen, des Wassers, das den Sand knirschen lässt, der Vögel, die immerzu schreien und sich von der Luft tragen lassen. Der Geruch des Schlicks, des Salzes. Und der Wind. Der unvorstellbare Wind, der einen umweht, die Haare zerzaust und niemals aufhört.

Am Morgen gingen wir Krabben fischen. Wir standen zu dritt im Wasser, das uns bis zur halben Wade hinaufreichte, und zogen unsere Fangnetze hinter uns her. Wir streiften sie über den Boden und wirbelten eine Menge leerer Austernschalen auf, manchmal ein Seepferdchen. Jeannines Netz schien mir riesig. Es kam mir vor, ein Wal hätte hineingepasst. Es war niemals einer darin, aber die Zahl der Krabben, die sich damit fangen ließ, war unvorstellbar. Man hätte glauben können, dass sie sie köderte oder dass sie ein Geheimnis hatte, um sie in ihr Netz zu locken.

Es war noch kühl, und die Sonne begann erst, uns den Rücken zu wärmen. Wir hatten Vorsichtsmaßnahmen ergriffen, um mein Gesicht zu schützen. Zusätzlich zum üblichen Verband trug ich eine leichte Kapuze und einen großen Hut. Anscheinend ist die Sonne der größte Feind der Heilung.

Abends stellten wir drei Stühle in den Garten. Ich erinnere mich, dass Jeannine einen Ricard mit viel Wasser trank. Lucien nahm einen Whisky. Und ich ein Glas Wasser mit Sirup. Dann ging Jeannine in die Küche und briet unseren Tagesfang in der Pfanne. Ich legte die Krabbenköpfe auf dem Tischrand ab. Jeannine und Lucien aßen die Krabben ganz, was mich sehr beeindruckte. So verging der Abend langsam und endete mit einer Runde Karten. Es waren Spiele, deren Regeln mir heute entfallen sind.

Tagsüber machten wir Ausflüge mit dem Fahrrad. Ich nahm das ihres Sohnes. Wir kreuzten durch die Straßen und passten auf, den sandigen Bürgersteigen nicht zu nahe zu kommen. Lucien und Jeannine kannten jedermann und mussten den Lenker quasi mit einer Hand halten, da sie mit der anderen ständig grüßten. Manchmal hielten wir an, um uns für einen Augenblick mit jemandem zu unterhalten. Ich erinnere mich an einen Fischer, den sie kannten. Ich erinnere mich vor allem an seine Hände, an denen zwei Finger fehlten. Genauer gesagt ein Finger und zwei Glieder eines anderen Fingers. Meine Augen waren von seinen Händen hypnotisiert. Es schmerzte mich für ihn.

Dieses Bild verfolgte mich den ganzen Tag über, aber ich wartete bis zum Abend, um Lucien darauf anzusprechen. Er erklärte mir, dass er nicht wisse, wie der Fischer seine Finger verloren habe. „Sicherlich in einem Fangnetz." Ich sah ihn staunend an. Lucien kannte jemanden, dem Finger fehlten, ohne dass er wusste, was ihm zugestoßen war. Ohne ganz sicher zu sein … Sind es nur die Kinder, die neugierig sind? Die von Menschen fasziniert sind, denen Fingerglieder fehlen?

Es war eine seltsame Zeit. Eine Zeit, in der man sich über die entstellten Gesichter des Ersten Weltkriegs nicht aufregte. Den Menschen kam es auf ein Fingerglied oder ein Gesicht nicht an. In diesem Augenblick hatte ich ein wenig Mitleid mit dem Mann, aber als ich Jahre später daran dachte, sagte ich mir, dass ich gerne mein Gesicht gegen seine Hand getauscht hätte.

Ich habe niemals wirklich verstanden, warum wir weggegangen sind. Es war ein neuer Riss. Ich denke mir, sie konnten uns nicht allzu lange beherbergen oder dass es für Pierre-Jean wichtig gewesen war, etwas Neues anzufangen. Eine neue Umgebung, eine neue Stelle, neue Freunde.

Von diesem Aufbruch sprachen wir seit ein paar Monaten. Wir wussten alle, dass er unvermeidlich war. Ich sehe Jeannine vor mir, die ihre Tränen zurückhielt. Lucien, der sparsam mit Worten umging, war der Hals wie zugeschnürt, und die Zunge klebte am Gaumen. Als der Zug in die Gare Saint-Jean einfuhr, halfen sie uns, die Koffer im Abteil unterzubringen. Ich lehnte mich aus dem Fenster, um sie zu sehen. Ich glaubte, dass etwas Besonderes bei diesem Abschied geschehen werde. Dass sie hinter dem Zug herlaufen würden, um schließlich an Bord zu springen. Dass sie weiße Taschentücher schwenken oder einen Hut in die Luft werfen würden. Aber nein: Lucien hob zurückhaltend die Hand. Jeannine drückte sich in seine Arme. Der Zug beschleunigte und fuhr in Richtung Norden.

Wir waren allein im Abteil, und ich legte meinen Kopf mit dem Turbanverband auf die Knie meines Großvaters. Ich war in der Stimmung, zu weinen, doch die Tränen kamen nicht. Mich schmerzte das Kinn, das Gesicht, das Herz.

Der Lärm, der uns umbrauste und mich wiegte, war höllisch.

Niemand stieg in Angoulême zu.

Niemand stieg bis zu unserer Ankunft in Paris zu.

Wir blieben allein und schwiegen.

Kapitel 18

Sam sinkt in den Sessel, Thomas stützt die Ellbogen auf den Tisch, eine gerauchte Zigarette zwischen seinen Lippen. An seiner Seite sitzt Lisa, die mich anstarrt. Der Vogel ist damit beschäftigt, seine Federn zum Glänzen zu bringen, ohne auch nur eine Kleinigkeit dessen, was ich erzähle, zu versäumen. Es herrscht Stille, die nur vom Knirschen des Holzparketts, ein paar Hupgeräuschen und dem weiter entfernten Motorenbrummen unterbrochen wird. Auf der Straße unten packen die Musiker ihre Instrumente ein, die Menge zerstreut sich langsam. Draußen nimmt das normale Leben wieder seinen Lauf. Hier drinnen ist es angehalten. Kurz bevor es kippt.

Ich fülle die Gläser ein letztes Mal, ehe ich mit meiner Erzählung fortfahre. Nun sind wir am entscheidenden Punkt angelangt. Ich stehe auf einer seltsamen, wackligen Bühne und werde mir klar darüber, dass die Episoden, die ich im Café erzählte, nur eine Reihe von Wiederholungen waren, ehe ich jetzt ins Herz der Geschichte vordringe. Wie ein Pianist, der seine Fingerübungen macht, ehe er sich an einer Partitur von Chopin versucht. Abgesehen davon, dass die Noten, die ich vorhabe zu spielen, nicht das Werk eines Genies sind, sondern eine einfache Zeugenaussage. Eine schlichte Aussage, dokumentiert durch eine Narbe und Erinnerungen, die zu lange verdrängt wurden. Wenn ich in

Lisas Café durch die Anwesenheit der Zuschauer ermutigt worden war, dann ist es hier die Gegenwart meiner Freunde, die mir erlaubt, endlich an diesen Tag zurückzukehren, der niemals hätte stattfinden dürfen. Ihre stille und wohlwollende Anwesenheit. Lisas Blick ist wie eine Einladung, den Faden wiederaufzunehmen, wie eine ausgestreckte Hand.

Der Himmel war blau, als unser Leben kippte.

Der Himmel war blau, als die Deutschen kamen.

Man erzählte fürchterliche Geschichten von ihnen. In den Wäldern folterten sie Widerstandskämpfer, die nicht wollten, dass Frankreich den Deutschen gehört. Ich wollte das auch nicht. Ich fand die Sprache viel zu kompliziert, und ich sah nicht ein, wozu es gut sein sollte, alles zu verändern mit der Begründung, Fremde wollten sich unser Land aneignen. Ein Land kann man nicht stehlen. Ich verstand, dass man Brot stiehlt, Murmeln, ein Fahrrad ... Das sind alles sinnvolle und praktische Dinge. Aber ein Land!

Jedenfalls hatten wir Angst, als sie kamen. Aber niemand ahnte, was geschehen würde. Sicher, sie waren sehr zahlreich und ziemlich erregt. Aber die Alliierten waren gelandet, und das war ein Grund, angespannt zu sein.

Pierre-Jean arbeitete an diesem Tag. Er war schon Vertreter. Mit seinem Fahrrad war er im Département unterwegs. Als er am Nachmittag auf dem Rückweg in Richtung Oradour fuhr, setzte er einen Fuß auf dem Boden ab und holte eine Zigarette aus einer Innentasche seines Jacketts. Mit zusammengezogenen Augenbrauen strengte er sich an, genau zu erkennen, was er dort in der Ferne sah. Da war Rauch. Viel Rauch. Etwas Ernsteres als ein einfacher Brand. Er hätte hinzueilen können, Hilfe leisten, das Feuer löschen helfen, aber etwas hat ihn zurückgehalten und ihm das Leben gerettet.

Er lehnte sein Fahrrad gegen einen Baum und setzte den Weg zu Fuß fort. Vor der letzten Biegung nur wenige hundert Meter vor dem Dorf kletterte er auf einen Baum. Da er das für gewöhnlich nicht tat, musste er es dreimal versuchen, um dann nicht viel zu sehen. Er hörte Flammen prasseln und Schreie. Panische Schreie, Weinen. Er hörte überall den Tod. Er kletterte hinunter und kehrte um. Er rannte, fiel hin und konnte nicht mehr atmen. Er blieb stehen, übergab sich und vergaß, wieder zu atmen.

Seit dem Morgen hatte er kursierende Gerüchte aufgeschnappt. Eine deutsche Division zog durch. Am Vorabend waren sie in Rochechouart und Saint-Julien angekommen. Ziemlich aufgeregt hatten sie Autos beschlagnahmt und waren Leuten gegenüber gewaltbereit, die ihnen nicht schnell genug gehorchten. Überall in der Umgebung hatte es Zusammenstöße und Vergeltungsschläge gegeben.

Den Rest des Tages versteckte sich Pierre-Jean in einem Graben. Er deckte sich mit allem, was er fand, zu: Zweige, Blätter, ausgerissene Pflanzen.

Die Angst hatte ihn in ihrer Gewalt und ließ ihn nicht nachdenken.

Ein Tier in der Falle. Er konnte nur warten und beten. Nichts geschah. Er verstand nichts. Die Amerikaner waren doch gelandet. Scheiße! Was spielte sich hier ab? Bei ihm zu Hause!

Er begann zu frieren. Seine Hose war feucht durch das Wasser im Graben, aber er wagte nicht, ihn zu verlassen. Er war zu weit entfernt, um genau zu hören, was vor sich ging. Vielleicht waren die Deutschen schon seit mehreren Stunden abgezogen.

Es wurde Nacht. Er fröstelte.

Vor Angst gelähmt, blieb er noch mehrere Stunden im Graben liegen. Die Stimmen aus dem Dorf setzten ihm zu. Stimmen voller Angst. Stimmen, die um Hilfe riefen, die an den Wänden widerhallten. Die seiner Familie, seiner Freunde. Auch meine.

Er erklärte mir später, dass die Stimmen ihn niemals verlassen haben. Sie weckten ihn schweißgebadet sogar manchmal mitten in der Nacht.

Als er endlich bis zum Eingang des Dorfes gelangte, empfing ihn nichts als Stille.

Lisa steht auf und geht zur Wand, um die Fotos anzusehen. Sie verweilt vor jedem. Thomas und Sam trinken ihre Gläser aus. Der Vogel reckt sich und glättet dabei seine Federn.

Die Fliege ist zurückgekommen. Seit Langem habe ich sie nicht gesehen. Minutenlang dreht sie ihre Runden in der Luft unter Sams genervtem Blick, der sie mit dem Handrücken vertreiben will. Sie lässt sich auf der Armlehne seines Sessels nieder, dann auf dem Rand seines Glases und dreht dann wieder ihre Runden über uns. Ich lasse sie nicht aus den Augen. Für den Fall der Fälle.

Sie heftet sich an die Wand und reibt sich die Vorderbeine. Schließlich geht sie ein wenig aus sich heraus, deutet ein paar Tanzschritte an, zwei vor, einer zurück. Sie schaut sich um: Niemand rührt sich, der Weg ist frei. Sie wippt hin und her, bewegt ihren Allerwertesten, breitet ihre Flügel aus und legt sie wieder an, ganz im Fluss der Geräusche, die von der Straße heraufkommen. Sie zieht ihren Büstenhalter aus, errötet leicht und beginnt einen Cha-Cha-Cha. Ich habe so lange auf sie gewartet, dass ich nicht einmal die kleinste Bewegung andeute. Ich reiße die Augen auf und versuche, die Aufmerksamkeit meiner Freunde zu wecken. Ich recke das Kinn, zwinkere mit den Augenlidern. Nichts zu machen. Diese Vorstellung ist für mich, nur für mich allein. Die Szene dauert einige Minuten, bis das erschöpfte Insekt das Tempo zu verringert, sich tief zu verbeugt und sich eine Zigarette ansteckt. Die Fliege nimmt einen tiefen Zug und stößt langsam kleine Rauchkringel aus. Dann nimmt sie wieder ihre Fliegen-Bewegungen auf und reibt sich zufrieden die Vorderbeine.

Ein Murmeln von Lisa weckt meine Aufmerksamkeit. Sie steht vor der Fotografie meiner Eltern. Lachend und sich an den Händen haltend schauen sie ins Objektiv. Es ist das einzige Bild von ihnen, das ich besitze. Aufgenommen vor dem Krieg. Eines der wenigen belebten Fotos, die ich habe. Es hängt an der Wand in der Mitte von allen anderen. Ein wenig Leben mitten in den Ruinen. Ein wenig Vorkriegszeit mitten im Krieg.

Die Schattierung der Fotografie ändert sich unmerklich. Zuerst erscheint ein Gelb, das ich noch nie bemerkt habe, dann ein wenig Rot auf den Wangen meiner Mutter. Der Himmel färbt sich blau. Ein blasses und trauriges Blau. Aber nach und nach wird es kräftiger und zu einem Sommerhimmel. Das Schwarz der Haare meiner Mutter geht in ein Kastanienbraun über. Die Haare meines Vaters bleiben schwarz und weiß. Darin hat sich meine Erinnerung nicht getäuscht. Innerhalb weniger Augenblicke erscheinen die Farben klar und deutlich. Es ist das erste Mal, dass ich meine Eltern in echten Farben wiedersehe. Zuletzt hatte ich geglaubt, sie seien immer schwarz-weiß gewesen.

Lisa steht neben mir. Sie hakt sich bei mir unter. Unsere Körper berühren sich, und ich fühle eine Wärme, die ich bisher nicht kannte. Gemeinsam schauen wir die Fotos an, die jetzt alle farbig sind. Einige tanzen darauf, andere halten einen Pokal in der Hand. Ein Akkordeonspieler in einer Ecke. Leute mit Schirmmützen, Hunde, spielende Kinder.

Ich sehe unser Haus wieder und seine geblümte Tapete. Der Gasherd läuft. Ein Topf wird erhitzt. Direkt daneben schält meine Mutter Gemüse. Da ist mein Großvater, der neben ihr sitzt. Er trägt eine braune Weste und eine graue Hose. Seine Augen sieht man nicht.

Auf dem nächsten Foto deckt sich das Dach mit Ziegeln, und Vorhänge wachsen in den Fenstern.

Auf einem anderen sprießt Rasen vor dem Haus.

Wieder auf einem anderen steht eine Dame auf der Treppe vor dem Haus. Ich erkenne sie nicht.

Auf einem weiteren Foto gibt der Briefträger ein Paket ab.

An meinen Wänden nimmt das Leben nach und nach wieder seinen Lauf. Die Ruinen machen dem Dorf Platz, wie ich es vergessen hatte. So wie es für immer hätte bleiben sollen. Mit Männern, Frauen, Kindern und Tieren. Die Leute machen einen glücklichen Eindruck. Ein oder zwei Grimmassen, ein von der Sonne geblendetes Gesicht, unscharfe Umrisse, Bewegungen, die das Objektiv nicht gut erfasste. Der Ort Oradour vor Oradour.

Sam und Thomas haben sich uns angeschlossen. Jemand drückt mir eine Zigarette in die Hand.

An jenem Tag war ich krank. Es war gutes Wetter, aber ich hatte eine Art Grippe. Es wehte ein leichter Wind, wie im Frühling oder zu Beginn des Sommers. Zu krank, um in die Schule zu gehen, aber nicht krank genug, um auf die Mahlzeit zu verzichten. Mein Vater war am Morgen zur Arbeit aufgebrochen und hatte einen Kuss auf meine brennend heiße Stirn gedrückt. Meine Mutter räumte die Suppenschale ab, die ich gerade leergegessen hatte.

Da klopfte ein kleiner, grauer Vogel ans Küchenfenster. Er war dagegen geflogen und wirkte benommen. Wir beobachteten ihn für ein paar Momente. Er rappelte sich auf, schüttelte sich, machte ein paar Schritte und verschwand.

Lärm auf der Straße. „Die Deutschen."

Die Deutschen hatte ich schon gesehen. Mein Großvater verabscheute sie, mein Vater mochte sie nicht. Ich war ihrer Meinung, auch wenn ich das Leben vor der Ankunft der Deutschen nicht kannte.

Seit vier Jahren waren sie auf- und abmarschiert, hatten sich mit ihren Uniformen fast überall in der Gegend blicken lassen. Man hatte mir gesagt, dass das die Bösen seien, die uns unser Land stehlen wollten. Ich wusste Bescheid über die Bösen, denn man hatte mir viele Geschichten mit Menschenfressern, Wölfen, Schurken, Zyklopen und allen Arten von Monstern erzählt.

Als ich die Deutschen zum ersten Mal sah, war ich ein wenig enttäuscht. Ebenso erleichtert. Sie waren wie wir. Der einzige Unterschied war ihre Uniform. Es waren auch viele Blonde unter ihnen. Aber nichts, was aus ihnen Monster gemacht hätte. Mehr als einmal habe ich sie lächeln, sogar lachen sehen. Wenn sie anhielten, um etwas zu trinken, versuchten sie, Französisch zu sprechen und machten einen wohlerzogenen Eindruck.

In der Stille tickte die kleine Pendeluhr in ihrem Holzkasten, während sich meine Mutter schon mit der Vorbereitung des Abendessens abmühte. Es klopfte an der Tür. Es ist Gisèle, die Nachbarin. „Sie sagen, wir müssen hinauskommen.“ Aber ich bin ja krank. Ich bin nicht zur Schule gegangen, und zwar nicht, damit ich dann in den Straßen auf- und abspaziere mit der Begründung, die Boches hätten es so beschlossen.

Aber Gisèle macht nicht den Eindruck, als scherze sie. Wir müssen unsere Papiere bereithalten. Meine Mutter lässt den Topf stehen und öffnet die Schublade des Buffets. Sie lächelt mich an, reicht mir die Hand und geht mir voran auf die Straße. Sie hat vergessen, ihre Schürze abzunehmen, aber das macht ja nichts, wir werden nicht lange weg sein.

Wir begeben uns auf den Dorfplatz.

Wir warten mit den anderen, den Nachbarn. Es ist heiß, und ich fühle mich schlecht. Weitere Deutsche kommen. Da ist eine ganze Division. Eine Division, die laut spricht, die lärmt. Eine Division, die nicht den Eindruck macht, auf Frieden aus zu sein. So eine Landung zerrt an den Nerven, wenn man vier Jahre lang an der Befestigung von Hunderten von Kilometern Strand gearbeitet hat.

Männer kommen an uns vorbei. Umgeben von Uniformierten. Ich suche nach meinem Vater, aber ich entdecke ihn nicht. Ich würde ihm gerne zuwinken. Nur um ihm zu zeigen, dass ich mein Bett verlassen konnte. Damit er stolz auf mich wäre. Keine Frage, morgen werde ich wieder zur Schule gehen. Er mag es nicht, wenn ich zuhause bleibe.

Man muss lernen, immerzu lernen. Weitere Deutsche, weitere Nachbarn. Wir verstehen nicht, was hier vor sich geht. Sie machen den Eindruck, jemanden zu suchen, aber wir sind uns nicht sicher. Auf jeden Fall gibt es hier nichts zu finden. Also warten wir, danach werden wir zu unseren Beschäftigungen und Krankheiten zurückkehren.

Bewegungen neben der Festwiese. Männer, die man leise wegführt. Endlich sehe ich ihn. Vorsichtig hebe ich die Hand und versuche, nur von ihm bemerkt zu werden. Er ist weit weg, er dreht den Kopf in alle Richtungen, auch er sucht. Mama drückt mir die Hand. Es ist heiß.

Ein Uniformierter schreit die Männer, die um uns herumstehen, an, sie sollen hervortreten. „Warum?“, frage ich Mama. Sie zieht die Augenbrauen zusammen. Vor den Deutschen stellt man keine Fragen. Aber ich verstehe nicht, warum man die Männer von den Frauen trennen muss, um die Ausweispapiere zu kontrollieren.

Der Erste, der aus unserer Gruppe heraustritt, ist Gérard. Er war im Ersten Weltkrieg. Man sagt, er habe dort einen Teil seines Verstandes gelassen. Er hasst die Deutschen. Er hasst alles und jeden. Er war es, der die Zigeunermusiker vertrieben hatte, als sie vor einigen Jahren kamen.

Die Männer, die sich zwischen uns hindurchschlängeln, stoßen zu der Gruppe, der mein Vater angehört. Er schaut in unsere Richtung. Ich winke erneut. Endlich, er hat mich gesehen!

Er möchte zu uns herüberkommen und macht ein paar Schritte in unsere Richtung, aber ein Soldat schlägt ihn. Papa stürzt. Der Soldat richtet seine Waffe auf ihn, und meinem Vater fällt es schwer, sich aufzurichten. Ich rufe ihm zu, er soll seine Papiere zeigen. Er hat nichts Schlechtes getan, es kann ihm nichts passieren. Er soll bleiben, wo er ist. Wir sehen uns heute Abend, und ich bin fast nicht mehr krank. Der Deutsche brüllt ihn an. Man versteht seine verfluchte Sprache nicht. Seit sie da sind, wollen sie sie uns aufzwingen. Wir wollen sie nicht lernen. Die Sprache des Besatzers. Papa scheint zu verstehen, dass er aufstehen soll, aber er blutet. Ich bin zu weit entfernt, um zu erkennen, was er hat. In seinem Gesicht klafft eine Wunde. Er hatte mir erklärt, dass das Gesicht sehr leicht blutet, weshalb man besonders aufpassen muss. Ich ertrage es nicht, ihn bluten zu sehen. Er ist nicht einmal bewaffnet, er kann sich nicht einmal verteidigen. Schließlich stellt er sich wieder in die Reihe, aber der Soldat drückt die Waffe in seinen Rücken. Er kann sich nicht mehr für ein „Hallo“ zu uns umdrehen. Ich kann es nicht erwarten, dass er mir erzählt, was sich zugetragen hat. Ich kann es nicht erwarten, dass die Amerikaner kommen und den Nazis ins Gesicht schlagen.

In der Männergruppe entdecke ich einen Jäger aus dem Dorf. Ohne Gewehr. Heute sollte er eines dabeihaben. Er tut nichts. Er ist wie die anderen: eine Art Gefangener, der nicht mehr weiß, was er tun soll. Die Spitzen seines Bartes hängen herab. Dieses eine Mal hätte ich ihn gerne bewaffnet gesehen. Hubert, ein ehemaliger Trapezkünstler, ist auch da. Er hat umgeschult und lichtet jetzt Äste aus. Auch er weiß nicht mehr, was er tun soll. Wahrscheinlich würde er jetzt lieber zwischen zwei Ästen balancieren.

Mein Vater und seine Freunde verlassen die Festwiese. Man hat sie in mehrere Gruppen aufgeteilt. Je fünf oder sechs. Von da, wo ich bin, kann ich sie nicht zählen. Mamas Hand tut mir fast weh, ich fühle meine Fingerspitzen nicht mehr. Stille senkt sich über den Platz. Wir warten immer noch. Jetzt sind nur noch Frauen und Kinder da. Es muss gegen vier Uhr am Nachmittag sein.

Die Männer sind seit mehreren Minuten weg. Wir hören eine Folge von kräftigen und wiederholten Schüssen. Es klingt wie Gewehrschüsse. Gewehrschüsse, Mama? Ihre Hand schwitzt in meiner. Gewehrschüsse, Mama? Sie antwortet nicht. Gewehrschüsse, Mama? Sie ist aufgelöst. Alle um mich herum verlieren die Nerven. Die Soldaten hindern uns daran, nachzusehen, was dort geschieht. Dort muss es doch ein Problem geben. Vielleicht können wir etwas tun, um zu helfen.

Rauch. Eine Rauchfahne. Direkt daneben eine zweite. Eine dritte, dann eine vierte. Sie vermischen sich und bilden eine große Wolke. Schreie. Mama zittert.

Die Soldaten bei uns sind nervös. Sie lassen den Abzug ihrer Waffen nicht los. Sie gehen auf und ab und achten darauf, dass niemand seinen Platz verlässt.

Eine Stunde vergeht. Ich habe kein Kopfweh mehr. Ich warte und habe Angst. Weil Mama Angst hat. Weil Papa blutet und wir ihn nicht versorgen können.

Man gibt uns mit Handzeichen zu verstehen, dass wir Richtung Kirche gehen sollen. Man befiehlt es uns. Wir sind mehrere Hundert. Wir rempeln aneinander und reden nur wenig. Eine Mischung aus Schweigen und Flüstern. Ist das der richtige Moment, um beten zu gehen? Ich werde für Papa beten. Und für meinen Großvater, der nicht da ist, der aber heute Abend zurückkommen wird.

Am Eingang der Kirche drängen sich die Menschen. Die Offiziere schreien Befehle. Wir verstehen nichts. Mama lässt meine Hand nicht los, aber das ist schwierig: Wir sind dicht gegen die anderen gedrängt. Gedrückt. Ich bekomme kaum Luft. Meine Kopfschmerzen fangen wieder an. Meine Angst nimmt zu. Die Frauen gehen eine nach der anderen hinein. Wir sind vorne in der Gruppe. Kinder schreien. Der Tumult steigt mir zu Kopf. Ich lasse mich treiben, habe keine Kontrolle mehr über meine Bewegungen. Der Rauchgeruch macht mir das Atmen schwer. Kohlepartikel sind in der Luft. Überall. Ein Rockschoß versperrt mir die Sicht. Meine Füße werden zertreten. Ich lasse die Hand nicht los. Mitten zwischen all diesen Leuten und ihrer Angst ist es heiß. Ich wünschte, mein Vater wäre bei uns. Ich hoffe, es geht ihm nicht allzu schlecht. Warum müssen wir so schnell hinein? Warum dieses Gedränge?

Die Hand, die mich führt, zieht mich weiter. Ich habe zu wenig Luft, bin durcheinander und habe immer mehr Angst. Ich möchte, dass mein Vater bei mir ist. Ich möchte wissen, wo er ist. Ich möchte, dass man mich aus der Vorhalle dieser Kirche herauslässt. Ich möchte, dass die Amerikaner kommen, und zwar jetzt! Ich möchte verstehen. Ich habe Angst zu verstehen. Ich habe Angst vor dem, was meinem Vater zugestoßen ist. Ich habe Angst, weil Mama Angst hat. Ich habe Angst, weil ich kein Deutsch verstehe. Ich habe Angst, weil ich gar nichts verstehe. Weil es nach Rauch riecht. Weil ich die Wut, den Schweiß und die Tränen mit meinem Atem aufnehme. Ich habe Angst zu verstehen. Ich weigere mich zu verstehen. Ich weigere mich, in dieser Kirche zu bleiben. Ich weigere mich, meinen Vater hilflos bluten zu lassen. Ich weigere mich, diesen Männern zu gehorchen, die nicht mal von hier sind.

Ich will, dass sie zu sich nach Hause zurückkehren. Ich will zu mir nach Hause. Ich will mich ausruhen, um morgen fit für die Schule zu sein. Ich möchte, dass man uns in Ruhe lässt. Mein Großvater wird bald zurückkehren. Mein Vater ist verwundet.

Wir werden ins Innere gedrückt. Die einen gegen die anderen. Schreie. Schüsse. Meine Ohren pfeifen. Dumpfer Lärm, weinende Frauen, panische Kinder. Ich bekomme kaum Luft. Man bedeckt uns mit etwas. Mit Stroh? Wo ist Mama? Wo ist ihre Hand? Ich möchte sie nicht verlieren. Warum sind alle am Boden? Warum dieses ganze Stroh? Warum wieder Schüsse, Pfiffe, Schreie? Warum hallt alles? Warum beten wir nicht in dieser Kirche? Warum tun sie das? Es ist heiß. Es wird immer heißer. Ich huste, ich ersticke. Ich möchte hinaus. Ich krieche am Boden. Mama? Entschuldige, ich habe deine Hand verloren. Mama? Wo bist du? Meine Augen stechen. Ich bin taub. Ich brülle. Alles ist schwarz. Der Rauch. Immer mehr Rauch. Eine Explosion. Geräusche, die widerhallen. Überall. Dumpfe Schreie. Stimmen, die flüstern, schreien, brüllen, sprechen, murmeln.

Frauenstimmen, Kinderstimmen. Stimmen, die nichts verstehen, die sich nicht hören. Ein paar deutsche Stimmen dort drüben.

Es ist dunkel. Ich kann meine Augen nicht mehr öffnen. Neben mir ist es feucht und heiß. Es klebt. Es ist rot. Meine Augen sind geschlossen. Ich will sprechen. Ich höre meine Stimme nicht. Ich fühle meine Hand nicht mehr. Ich bin ganz allein. Mama hat meine Ausweispapiere. Mein Kopf ist schwer. Eine Fliege hat sich auf mein Gesicht gesetzt.

Eine Hand auf meinem Mund. Man zieht mich. Es ist heiß. Meine Beine verbrennen. Überall Licht. Flammen. Glasfenster explodieren. Man zieht mich. Mein Gesicht. Mein Gesicht. Es verbrennt. Ich schmelze. Man zieht mich. Ich stoße Leute an. Körper von Frauen. Mama? Man trägt mich, man zieht mich hoch. Man lässt mich gleiten. Die Hitze erstickt mich. Wasser. Wasser, bitte. Einen Schluck. Ich habe Schmerzen. Mein Kinn brennt. Meine Hand nähert sich meinem Gesicht. Der Geruch von verbranntem Fleisch. Immerzu Schreie. Und ich bin über allen. Ich atme nicht mehr. Es tut zu sehr weh. Macht nichts, ich verstehe es nicht, ich will nur noch schlafen. Mama, komm zu mir! Ich bin oben, weit oben. Man hat mich über die Frauen gehoben. Ich fühle die Flammen, ich höre die letzten Schreie, spüre die letzten Tränen.

Luft. Endlich Luft. Ich falle.

Kapitel 19

Wie ein Musiker bleibe ich am Ende der Aufführung auf der Bühne stehen und bin nicht in der Lage zu sagen, ob meine Stimme gezittert hat und ob mir Tränen übers Gesicht gelaufen sind. Ich habe ein Lied vorgetragen, das ich nicht geschrieben habe, und trug dabei einen Anzug, der mir zu groß war. Ich weiß nicht, wie lange ich gesprochen habe, und stelle fest, dass mein Glas leer ist, ohne mich daran zu erinnern, es an meine Lippen geführt zu haben. Meine Beine zittern. Meine Freunde sitzen regungslos da. Sie starren mich an. Thomas' Augen sind feucht, und in der Dunkelheit kann ich nicht genau erkennen, welches Licht Sams Augen belebt. Auf Lisas Gesicht liegt ein Ausdruck, den ich noch nicht von ihr kenne. Er erinnert an „Maria mit dem Kind". Ein neues Bild einer Heiligen, an dem ich mich festhalten kann und das mich mit seiner inneren Ruhe und Sanftmut umhüllt. Der Vogel fliegt zum Fenster hinaus, winkt uns ein letztes Mal mit dem Flügel zu und lässt uns in unserer abgeschiedenen Runde zurück.

Ich betrachte meine Freunde und denke an all die Gesichter zurück, die sich in Lisas Café gedrängt haben. Mir wird klar, dass ich seit jenem Junitag nie wieder so viele Menschen um mich versammelt gesehen habe. Wahrscheinlich ist das der Grund, weshalb ich vor ihnen mit meiner Erzählung nicht fortfahren konnte.

Ich nehme eine Fotografie meines Großvaters von der Wand. Er ist schmal, seine Wangen sind eingefallen, er hat Ringe unter den Augen. Wir lassen uns einen Moment Zeit, es zu betrachten. Der Geruch der Zigaretten, die wir geraucht haben, rückt das Bild noch näher an die Wirklichkeit. Pierre-Jean schaut schelmisch drein. Ich weiß nicht, wer ihn fotografiert hat. Ich war es nicht. Jedoch hatten wir zu dieser Zeit wenig Kontakt zu anderen. Das ist eines der Geheimnisse, die ich nie ergründet habe. Niemals wollte, übrigens.

Pierre-Jean starb eines Morgens oder eines Abends. Ich aß gerade Crêpes, als das Krankenhaus anrief. In diesem Augenblick sagte ich mir, ich würde nie wieder Crêpes essen. Ich nahm den Hörer ab, stammelte ein paar Worte und zog meinen Mantel an. Er war krank. Seit Langem. Es war diese Krankheit, die einen husten und die Ärzte sagen lässt, man solle nicht so viel rauchen.

Ich hatte ihn am Vorabend gesehen. Er hatte mich lächelnd angeschaut und mir erklärt, es sei doch schade, nicht zu wissen, welche seiner ersten Zigaretten ihn in diesen Zustand versetzt habe.

Aber ich glaube nicht, dass es die Zigaretten waren, die seine Lungen zerstört haben. Es ist der Rauch aus Oradour, der meinen Großvater nie verlassen hat. Wie jedes Kind glaubte ich, er sei unsterblich, und je näher ich das Ende kommen fühlte, desto häufiger fragte ich das Krankenhauspersonal, ob er bald nach Hause zurückkehren dürfe. Ihre Antworten wurden mit jedem Mal nebliger, ihr Lächeln starrer. Die Stimme am Telefon erkannte ich nicht.

„Es ist vorbei.“

So ist das also … Aber war’s das? Aus und vorbei. Wir wischen alles mit einer Bewegung des Handrückens weg.

Nein, es wird niemals vorbei sein.

Als er in seinem letzten Bett lag, hatte er immer noch sein trauriges Lächeln im Gesicht. Das er sich aufzusetzen zwang, um sich zu beweisen, dass er glücklich war. In dem kleinen Zimmer stand immer noch der Stuhl, auf dem ich so viele Stunden zugebracht hatte. Wie gewöhnlich spähte ich, als ich hereinkam, nach der Bewegung seiner Atmung unter dem weißen Leintuch. Dieses Mal war es vergeblich, aber ich wartete ein wenig. Wer weiß. Ich wusste nicht, ob ich ihn grüßen sollte, ihn umarmen, mit ihm sprechen. Wir hatten so sehr versucht, den Tod zu vergessen, dass ich nicht mehr wusste, wie ich mit ihm umgehen sollte.

Ich setzte mich hin und legte meine Hand auf seine. Ich konnte sie fast nicht berühren. Sie war schon kalt, aber ich wagte es nicht, meine Hand wegzuziehen, aus Angst, ihn zu kränken. Als ob er noch gekränkt sein könnte. War er noch irgendwo hier? Saß er hier neben mir auf dem Bett und schaute uns an, ihn und mich?

Ringsum waren Geräusche von Geräten. Piep piep piep piep … Sie erinnerten mich an die Apparate, an die er bis heute Morgen noch angeschlossen war. Eine Art betäubender Rhythmus, den man schließlich hasst, genauso wie man die Angst hasst, dass er eines Tages aufhört. Ich höre Schritte auf dem Flur. Männer und Frauen, die an Türen klopfen, um zu fragen, ob sie hereinkommen dürfen. Sein Atem steht still. Einige Krankenschwestern lachen in einem Raum am Ende des Ganges. Ein metallischer Gegenstand fällt herunter und hallt wider. Geräusche von klappernden Tellern und klirrendem Besteck. Ein Telefon und eine Stimme, die antwortet. Sein Atem steht immer noch still. Durch das kleine Fenster gelangen auch Geräusche von der Straße zu uns herein. Ein Mann schreit, ein Auto hupt, ein Motorradmotor heult auf, ein Hund bellt. Es ist immer noch bedrückend, dass sein Atem stillsteht.

Natürlich weinte ich. Natürlich war ich auf die ganze Welt böse. Natürlich hatte ich den Eindruck, allein auf der

Welt zu sein. Noch einsamer zu sein als damals, als wir Oradour verließen.

Die Zeit verging. Ein Tag, zwei Tage, eine Woche, ein Monat, ein Jahr. Ich aß wieder Crêpes. Ich fragte mich, ob ich mein Versprechen gebrochen hätte. Für einen Augenblick fühlte ich mich schuldig.

Ich versuchte mich an alles zu erinnern, wovon er sagte, ich solle es nicht vergessen. An all die kleinen Lektionen, die er mir unauffällig erteilt hatte. Davon gab es viele. Ein Leben voller Kleinigkeiten.

Wir sprachen selten von damals. Er hatte mir erklärt, dass ich alles in mir trage und dass es nichts mehr gebe, das er mir beibringen könne. Ich wusste, dass es für ihn zu hart war. Er hatte von Oradour nichts gesehen. Nichts von dem, was sich ereignet hatte. Er hatte nur gesehen, was davon übriggeblieben war. Aber es waren die Laute, die ihn verfolgten. Genauso wie mich.

Diese Stimmen, die ihn und mich mitten in der Nacht weckten.

Kapitel
0

Die Sonne geht auf, während es sich die Geigenspieler auf der Straße bequem machen. Ich weiß nicht, ob ich wirklich den Tod in meinem Dorf überlebt habe. Sicherlich besser als ich dachte, auch wenn ich einen wichtigen Teil meiner selbst dort zurückgelassen habe. Den hat man mir herausgerissen. Man sagt, das Leben gehe weiter. Meines ging weiter. Das von Pierre-Jean auch. Eine Zeit lang. Wir taten so, als könne das Leben von Neuem beginnen, und das ist uns gar nicht so schlecht gelungen. Weil wir den Anschein aufrechterhalten mussten, dachte ich sogar, ich könnte die Vergangenheit vergessen. Ich dachte sogar, Vergessen sei gut. Für manche Menschen vielleicht. Für mich nicht. Ich sage nicht, dass das eine gut und das andere weniger gut sei: Jeder macht es, wie er kann oder will.

Ich habe mich tragen lassen. Das war bequemer. Ich musste nicht auf zerbrochenes Glas und heiße Glut treten. Ich musste nicht über Körper steigen. Jemand anderes hat das für mich getan, und ich werde nie wissen, wer. Man hat nur vergessen, mir die Ohren zuzustopfen. Manche sagen, das Geruchsgedächtnis sei das ausdauerndste. Aber ich kann schwören, dass es Laute gibt, die mich bis heute verfolgen und die mitten in der Nacht auftauchen, um sicherzustellen, dass ich nichts vergessen habe. Alles in allem tun sie ihre Arbeit als Erinnerung. Mit der Zeit lernte ich, sie zu zähmen oder zumindest mit ihnen zu leben.

Als ich an dem besagten Abend, an dem ich Pierre-Jeans Foto aus meiner Brieftasche gezogen hatte, nach Hause zurückkehrte, öffnete ich den großen Schrank, in dem ich die wenigen Gegenstände, die ich von meinem Großvater aufbewahrte, verstaut hatte. Hauptsächlich waren das Blätter, auf denen er alles, was ihm durch den Kopf ging, aufschrieb. Ich hatte damals nicht den Mut, alles zu lesen, aber ich bin auf seltsame Briefe gestoßen, die er meinem Vater nach dessen Tod geschrieben hatte. Ich weiß nicht, warum er sie verfasst hat. Vielleicht einfach, um ihm von der Seite der Lebenden aus zuzublinzeln. Mir wurde bewusst, dass er mir sein Leben gewidmet hatte, ohne jemals seine eigene Trauer zu erwähnen. Ich dachte, dass er in diesen Briefen im Spott über sich selbst sicherlich ein Mittel gefunden hatte, seine eigenen Schmerzen zu verjagen. Und ich dachte an Sams Schmerz, als er uns von seinem versäumten Abschied von seinem Vater erzählt hatte. Ich sagte mir, dass diese Briefe eigentlich ihm zustünden.

Ich weiß nicht, ob ich eines Tages diesen Schal ablegen werde. Ich weiß nicht, ob ich eines Tages Thomas' Roman lesen werde. Ich weiß nicht, ob Lisa mich eines Tages zur Begrüßung auf die Wange küssen wird. Ich weiß nicht, ob mein Großvater sich von seinen Stimmen befreit hat, und ich weiß nicht, ob ich mich selbst eines Tages von ihnen befreien werden kann. Aber ich vermag heute Jean Tardieus Gedicht wieder lesen, das mir mein Großvater nie vortragen konnte. Er nannte es ‚Ein Mund ohne Mensch', weil sein Titel zu schwer auszusprechen war: Oradour.

In Oradour gibt es keine Frauen mehr
In Oradour gibt es keinen Mann mehr
In Oradour gibt es keine Blätter mehr
In Oradour gibt es keine Steine mehr

In Oradour gibt es keine Kirche mehr
In Oradour gibt es keine Kinder mehr

Keinen Rauch mehr und kein Lachen
Keine Dächer mehr und keine Speicher
Keine Mühlsteine mehr und keine Liebe
Keinen Wein mehr und keine Lieder

Oradour, ich habe Angst, von dir zu hören
Oradour, ich wage es nicht
Mich deinen Wunden
Dem Blut deiner Ruinen zu nähern,
Ich kann nicht, ich kann keinesfalls
Deinen Namen weder sehen noch hören.

Ich schreie und brülle
Jedes Mal, wenn ein Herz
Unter den Schlägen der Mörder zerbirst
Oradour
Ein verängstigtes Gesicht

Zwei aufgerissene Augen, zwei rote Augen
Zwei ernste Augen, zwei große Augen
Wie die Nacht so der Wahn
Die Augen kleiner Kinder:
Sie werden mich nicht verlassen

Oradour
Ich wage nicht mehr
Deinen Namen zu lesen oder auszusprechen

Oradour, Schande der Menschen
Oradour, Schande auf ewig
Unsere Herzen werden keinen Frieden finden
Außer durch schlimmste Rache
Hass und Beschämung für immer.

Oradour hat keine Gestalt mehr
Oradour hat keine Frauen und Männer mehr
Oradour hat keine Kinder mehr
Oradour hat keine Blätter mehr
Oradour hat keine Kirche mehr

Kein Rauch mehr und keine Mädchen
Keinen Abend mehr und keinen Morgen
Keine Tränen mehr und keine Lieder.

Oradour ist nur noch ein Schrei
Und das ist die schlimmste Verletzung
Für ein Dorf, das einst lebte
Und es ist die schlimmste Schande
Nichts mehr als ein Schrei zu sein.

Name für den Hass der Menschen
Name für die Schande der Menschen
Der Name für unsere Rache

Auf dass man überall in unserem Land
Mit einem Schauder höre
Den Mund ohne Mensch
Der auf ewig brüllt.

Ich habe ein Gedicht und eine Narbe. So viel zu meinem Schrank mit Erinnerungen. Ich habe ihn sorgfältig verschlossen, um nichts daraus entkommen zu lassen. Aber Schlösser können brechen, und es ist unmöglich, eine Narbe zu vergessen, wenn sie als Maske dient, die man nicht abnehmen kann. Von meiner Unterlippe bis weit ins Innere meines Hemdes reicht dieser Abdruck der Geschichte, diese unauslöschliche Zeichnung. Ich gebe mir alle Mühe, sie zu verdecken, um den Menschen, die meinen Weg kreuzen, den Anblick zu ersparen. Was das Gedicht anbelangt, so war es vielleicht ausreichend, es auf meine Art zu erzählen.

Ich musste mich von der Gewalt seiner Worte entfernen, um mich ihm wieder anzunähern und die Schreie zu besänftigen, die seit diesem Tag im Juni in mir tönen.

Nachwort

Diese deutsche Ausgabe stellt die erste Übersetzung meines Romans dar. Das macht mich besonders stolz und glücklich. Diese Symbolik ist alles andere als unbedeutend, weil ich beim Schreiben dieses Buches nicht mit dem Finger auf die Schuldigen zeigen, sondern die Erinnerung an die Opfer wachrufen wollte. Vor allem wollte ich meinem Großvater ein ehrendes Andenken setzen. Er war an diesem 10. Juni 1944 nicht in Oradour, aber er ist dort aufgewachsen. Er hat dort seine Freunde, einen Teil seiner Kindheit und seines Lebens zurückgelassen.

Ich erinnere mich, wie stark mich auf der weiterführenden Schule die Lektüre zweier Bücher über den Ersten Weltkrieg beeindruckt hatte. *Die hölzernen Kreuze* von Roland Dorgelès und *Im Westen nichts Neues* von Erich Maria Remarque. Zwei Bücher, zwei Länder im Krieg, zwei Feinde. Aber zwei Männer mit der gleichen Geschichte. Die ehemaligen Feinde empfanden die gleichen Schmerzen, litten unter den gleichen Narben. Ich weiß nicht, ob die Literatur die Welt retten wird, aber ich denke, dass sie dazu beitragen kann. Geschichten kennen keine Grenzen. Es macht mich besonders stolz und glücklich, dass *Ein Mund ohne Mensch* ins Deutsche übersetzt wird. Dies beweist umso mehr, dass Zeit vergangen ist, dass Frankreich und Deutschland nicht mehr verfeindet sind und dass uns unsere Schmerzen verbinden.

Von einer deutschen Leserin, die mein Buch auf Französisch gelesen hatte, erhielt ich Post. Einen wunderbaren Brief. Wahrscheinlich den schönsten, den ich jemals erhalten habe. Am Ende ihres Briefes bezog sie sich auf die Stelle, bei der der Erzähler und Pierre-Jean die Sterne betrachten, und gab ihrer Hoffnung Ausdruck, dass eines Tages auch ein deutscher Name unter meinen Sternen sei. Mir wurde in diesem Augenblick klar, dass es für mich in dieser Frage noch nie einen Zweifel gegeben hat. Es gab Deutsche vor und nach Oradour. Zwischen Jean Tardieus Gedicht und *Ein Mund ohne Mensch* sind mehrere Jahrzehnte vergangen. Die Stimmen haben sich verändert. Auf den Schrei des Dichters antwortet das Flüstern des Schriftstellers.

Danksagung

Als ich David Meulemans begegnete, lag das ursprüngliche Manuskript zu diesem Roman weit hinten in einer Schublade und klemmte zwischen zwei schlechten Romanen, einer Schachtel Paracetamol 1000 und zwei oder drei Schallplatten, denen ich eine neue Chance geben wollte. Dafür hatte ich mir selbst ein Versprechen gegeben. Ich danke David, dass ich diesen Text wieder hervorholen durfte und für das Vertrauen, das er in mich setzte. Ebenso danke ich Viviane du Guiny und Julien Delorme. Mit ihrem Rat, ihrer Geduld und den richtigen Worten, die sie fanden, ermutigten mich die drei, mir diesen sonderbaren Stoff vorzunehmen und immer weiter zu überarbeiten.

Ich danke den Beatles, dass sie *The White Album* aufgenommen haben, worum ich sie nicht einmal gebeten habe.

Danke an Erika. Alle Schriftsteller sollten eine Erika haben. Wenn ich darüber nachdenke, sollten übrigens alle Menschen eine Erika haben.

Danke an Marie-Laure, meine beharrliche und unnachgiebige Lektorin, die Jagd auf meine sprachlichen Marotten machte. Das pikst manchmal ein wenig, tut der Gesundheit des Textes aber gut.

Danke an Marie fürs Lesen und ihre Anmerkungen.

Danke an Ysabelle für ihre Ermutigung und ihre Unterstützung über Jahre hinweg.

Der Tunnel aus Müllsäcken ist keine Allegorie auf meine Arbeit am Text und auf die Begegnungen, die ich im Laufe der Jahre machte, zwischen der ersten Fassung des Romans und der hier veröffentlichten Fassung. Diese Aufzählung wäre deshalb unvollständig ohne eine freundschaftliche und dankbare Erwähnung von Frédéric Moret, Olivier Salaün, Valérie Millet, Sandrine Duvillier, Marc Villemain und Eric Bonnargent.

Da es ohne die Leser keine Bücher gäbe, danke ich allen Buchhändlern, die mich seit meinen ersten Veröffentlichungen ermutigt und unterstützt haben. Sie werden wissen, wer gemeint ist. Ich werde sie nicht vergessen.

Und schließlich danke ich meinem Großvater Jean, der zu nah bei Oradour geboren wurde. Mit diesem Buch hoffe ich, ihm einen Teil dessen, was er mir schenkte, zurückgegeben zu haben.

Weitere Romane im austernbank verlag:

Franz Bartelt:
Ich kann nicht sprechen

Cécile Reyboz:
Ode an die Krake

Éric Faye:
Zimmer frei in Nagasaki

Yamen Manai:
Die Serenaden des Ibrahim Santos

Arnaud Dudek:
Strand am Nordpol

Alle Titel sind auch als ebook lieferbar

www.austernbank-verlag.de
fb: austernbank verlag